OUBLIER LES FLEURS SAUVAGES

Céline Bentz

OUBLIER LES FLEURS SAUVAGES

PRÉLUDES

Couverture : © Studio LGF. © Azat 1976/iStock.

Préludes est un département de la Librairie Générale Française.

ISBN : 978-2-253-08084-8

À ma mère.

Depuis que j'ai quitté le Liban pour m'installer en France, que de fois m'a-t-on demandé, avec les meilleures intentions du monde, si je me sentais « plutôt français » ou « plutôt libanais ». Je réponds invariablement : « L'un et l'autre ! » Non par quelque souci d'équilibre ou d'équité, mais parce qu'en répondant différemment, je mentirais. Ce qui fait que je suis moi-même et pas un autre, c'est que je suis ainsi à la lisière de deux pays, de deux ou trois langues, de plusieurs traditions culturelles.

Amin MAALOUF,
Les Identités meurtrières, 1998.

Je suis lasse de ne pas savoir où mourir. C'est là le plus grand motif de tristesse de l'émigré. Qu'avons-nous à voir avec les cimetières des pays où nous vivons ?

Vous ne comprenez pas ? Nous avons examiné nos pensées une par une pendant trente ans. Pendant trente ans, nous avons soupiré après notre paradis perdu, un paradis à nous, unique, spécial. Un paradis de maisons brisées et de plafonds effondrés. Un paradis aux rues désertes, aux morts sans sépulture. Un paradis de murs démolis, de tours abattues et de champs dévastés.

María Teresa LEÓN,
Memoria de la melancolía, 1970.

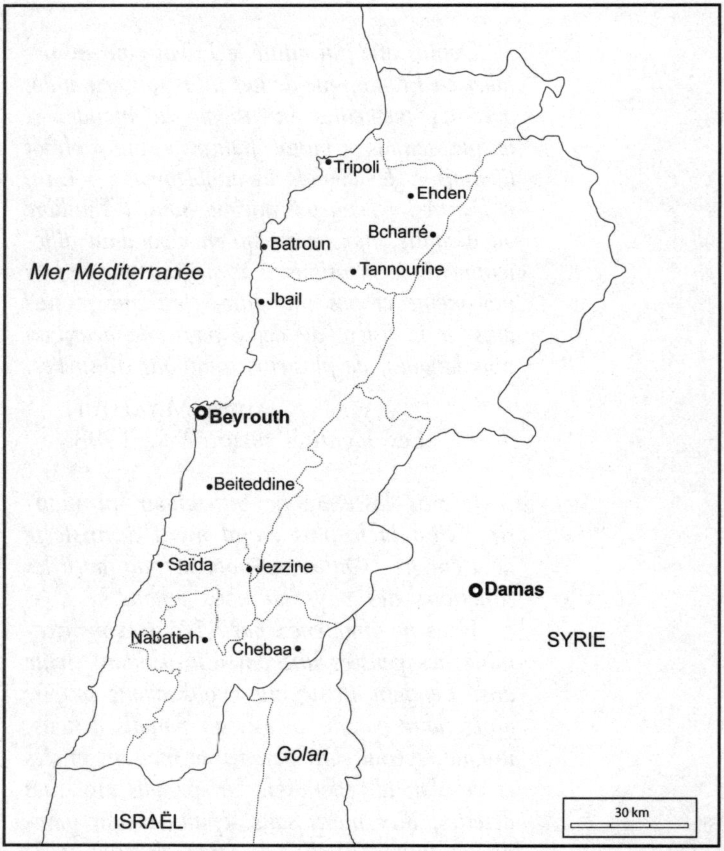

Tripoli
Ehden
Bcharré
Batroun
Tannourine
Mer Méditerranée
Jbail
Beyrouth
Beiteddine
Saïda
Jezzine
Damas
Nabatieh
Chebaa
SYRIE
Golan
ISRAËL
30 km

Chapitre 1

À l'été 1984, Amal terminait son année de première. Comme la plupart des élèves de sa classe, elle occupait ses interminables vacances à travailler. Au Liban, les congés estivaux étaient, et sont toujours, d'une longueur incompréhensible, trois mois, parfois quatre. C'était d'autant plus absurde qu'en pleine guerre très peu de Libanais pouvaient s'offrir le luxe de voyager, ne seraient-ce que quelques jours. Au lycée public de Saïda, la notion même de tourisme confinait au grotesque. En conséquence, les écoliers en déshérence trouvaient de quoi s'occuper entre juin et octobre. Les familles, peinant le plus souvent à joindre les deux bouts, ne crachaient pas sur les quelques sous que pouvaient glaner leurs enfants. À l'exception des adolescents, tout le monde y trouvait son compte.

Amal avait fait comme les autres. La famille Haddad était nombreuse. Les aînés partis, restaient encore à nourrir et loger les cadets, et des connaissances de passage au gré des situations personnelles et des difficultés rencontrées par ceux qui savaient pouvoir trouver refuge dans le petit appartement misérable situé à côté de la bananeraie la plus étendue de la ville. Évidemment, personne ne l'avait contrainte à travailler, les parents – limités par leur illettrisme – tenaient à donner à leurs enfants la chance qu'ils n'avaient pas eue. D'autres avaient moins de scrupules et n'hésitaient pas – en cette période troublée – à déscolariser les plus petits pour qu'ils contribuent à l'effort collectif, se cassant le dos et prenant des risques inconsidérés à parcourir les rues en tous sens pour livrer des bonbonnes d'eau ou de gaz et vendre des fruits sur des charrettes à bras. Dibba et Ahmad, loin d'adhérer à ces raisonnements à court terme, tenaient à préserver la scolarité de leurs enfants. Pour lutter contre la perpétuation du malheur, en effet, pour conjurer le sort, ils avaient placé de grands espoirs en leur progéniture et ils tenaient à lui offrir les moyens de s'y conformer.

Fatima, née au village dans des conditions terribles, était la première de la fratrie à avoir survécu. Elle avait vu le jour dans les années 1950, à une époque où l'instruction était encore loin d'être une priorité. Mariée jeune à un négociant de tabac de la Bekaa, elle était déjà mère de cinq enfants et, alors qu'elle cherchait à s'adapter à sa nouvelle vie et à aider ses enfants à s'accomplir, souffrait de son ignorance. Pour ses parents, il était évident que cette exception ne devait pas se reproduire. L'éducation serait la priorité pour les six autres.

Abbas, le plus âgé des garçons était donné en exemple. Lui aussi était né à Chebaa, avant l'expropriation[1]. Il avait suivi un très brillant cursus et était à présent ingénieur et architecte. Contrairement à sa sœur Fatima, avec laquelle il avait partagé les premières années de sa vie, il s'était marié à l'étranger. Tout juste diplômé, il avait rencontré au centre culturel français, où il avait l'habitude de se rendre pour emprunter des dictionnaires et des manuels de grammaire et d'échecs, une Française rafraîchissante, professeure d'italien et violoniste à ses heures. Quelques mois plus tard, la belle Marie-Rose l'emmenait dans ses valises et il entamait une nouvelle vie en France, en Lorraine, à Nancy, loin du chaos ambiant. Depuis l'autre rive de la Méditerranée, depuis la cité de Stanislas Leszczynski, il frayait dans des milieux saoudiens, enfin franco-libano-saoudiens. Comme beaucoup de Sunnites, il avait trouvé en la monarchie et ses réseaux d'influence wahhabites un immense employeur, et n'avait pas tardé à mettre ses talents au profit de la construction de mosquées aux quatre coins du Golfe. Pendant ce temps, son épouse demeurée en France regardait seule grossir les comptes en banque et s'occupait des deux bambins qu'il avait tout juste eu le temps de lui laisser, Jules et Valérie – ou Imad et Ibtissam, c'était selon. Surmenée et désespérée par l'absence de son mari, Marie-Rose n'avait pas tardé à concocter un plan dévolu à flatter les intérêts de tous : Amal pourrait venir vivre à Nancy, dans leur appartement, y étudier et même y apprendre la musique comme elle en avait déjà exprimé le désir. En contrepartie, elle ferait office de nourrice. Il y avait toujours un prix à payer.

Cette proposition, formulée au plus chaud de l'interminable été qu'elle traversait, séduisit la jeune fille, avide de nouvelles aventures. De plus, la France n'avait jamais cessé de la faire rêver. Si elle en parlait mal la langue, dont elle avait appris quelques rudiments à l'école, elle avait été biberonnée, comme tous les enfants libanais, aux petits livres de la Bibliothèque rose, aux images de Brigitte Bardot et de Dalida. La France, c'étaient de grands noms : Victor Hugo, Debussy, Gounod et le général de Gaulle, le général Gouraud, et puis Danielle Mitterrand. La France, en somme, c'était un joyeux fatras de noms fastueux et de femmes belles à tomber. Surtout, il y avait Paris, ça ne devait pas être si loin de Nancy. Bref, Amal était déterminée. Elle allait partir et, même si elle devait passer toutes les vacances qui la séparaient de la fin du lycée à travailler pour s'offrir un aller simple, ce serait un bon moyen de ne pas s'ennuyer.

Par l'intermédiaire d'un ami de son père, Amal avait décroché un emploi chez un tailleur du centre-ville. Un peu mégalomane, et franchement libidineux, Monsieur Khobeizi se prenait pour le jumeau oriental de Jean Paul Gaultier. Il se faisait envoyer une foultitude de magazines de mode directement de Paris et passait de longues heures à les feuilleter, à en découper les clichés les plus alléchants avant de les coller dans un grand cahier dégoûtant qui lui servait de book. Si elles étaient de plutôt bonne facture, ses créations manquaient cruellement d'inventivité et n'avaient rien à voir avec les coupes débridées et terriblement gays des marinières de son idole. Toutefois, il contrefaisait à merveille de petites étiquettes qu'il cousait sur toutes ses créations. Comme personne à Saïda n'avait idée de ce à quoi pouvait bien ressembler la vraie griffe de Jean Paul Gaultier, ce subterfuge ne ratait jamais son effet : austères et conventionnelles, ses pièces trouvaient un public auprès de ceux qui avaient encore un peu de moyens, mais pas suffisamment pour déguerpir. En entrepreneur prévoyant, il avait d'ailleurs diversifié son activité et, en plus de ses pastiches, proposait des services plus classiques de tailleur pour homme et, puisque l'époque le voulait ainsi, de couturier, voire de simple raccommodeur.

L'atelier était installé dans ce qui avait dû être une galerie commerçante très sélecte avant la guerre, le passage Majestic. Situé à quelques pas du vieux souk, il avait attiré les belles élégantes du Sud-Liban, avant de tomber peu à peu en décrépitude. C'est la réflexion que se faisait chaque matin Amal en traversant les allées désertes, où subsistaient encore les splendeurs d'une consommation massifiée dans les années 1970. Malgré les câbles et les ampoules nues, les impacts de balles et les carreaux brisés, en dépit du manque d'entretien et de moyens, certains commerçants s'obstinaient à lever leur rideau de fer chaque matin, dans l'espoir d'un client providentiel. Le plus souvent, cette attente restait vaine et la journée était rythmée par une sociabilité de marchands défaits, organisée autour de cafés à la cardamome, de parties de trictrac et de considérations politiques. On y fumait des cigarettes sans filtre extraordinairement fortes – des Cedars –, on y écoutait toute la journée les informations, des matchs de foot insipides disputés entre deux équipes inconnues, ou de la musique en regrettant les temps anciens. Parfois, on caressait un chat errant au pelage miteux en pensant que lui aussi avait bien besoin d'un peu de réconfort.

C'était un monde d'hommes, et Amal avait pris goût à la compagnie de ceux qui, plus âgés que son père Ahmad, la considéraient un peu comme leur fille, lui offrant des breloques, lui racontant des histoires, essayant de la sortir de la torpeur dans laquelle la galerie déserte les plongeait tous. Mais si Ali, Hussein, Tariq, Elias, Khalil et Marwan, dont les différences confessionnelles n'avaient pas eu raison d'une vie entière de travail partagé, accueillaient volontiers la jeune femme dans leur cercle, il n'en était pas de même de son patron, Monsieur Khobeizi.

Ce bonhomme gras et suant semblait plutôt fuir la compagnie des autres commerçants, comme s'il craignait que cela ne le privât de ses rares clients. En revanche, il recherchait manifestement la proximité de sa jeune employée, laquelle comprit bien vite qu'elle n'avait pas tant été recrutée pour ses qualités professionnelles – qui, en matière de couture, étaient inexistantes – que pour son sourire angélique et ses formes galbées. Il convoquait une panoplie d'excuses très convaincantes pour s'enfermer avec elle dans la chaleur moite de la boutique, baisser le store qui devait l'abriter des regards entendus de ses pairs et tenter de la séduire, de la soumettre.

Pour Amal, il n'était pas question d'en parler à qui que ce fût, le moindre sous-entendu en la matière eût été déshonorant. À la dénonciation, elle préférait donc le contournement méthodique des avances répétées de Monsieur Khobeizi. Une seule fois, il avait dépassé toutes les limites de la bienséance en la bloquant contre un mur pour lui palper les seins. Elle s'était débattue et avait crié au secours. Trop attentif au regard des autres, le vieil homme avait renoncé, penaud, à ses intentions et ne s'était pas étonné qu'elle ne se représentât pas à l'atelier les jours suivants, prétextant une grippe. Il avait alors compris que, s'il ne voulait pas la voir disparaître définitivement, le plus sage était encore de changer de tactique et de faire preuve de patience. Il mettait par conséquent en œuvre de nouvelles ruses, destinées à faire baisser le niveau de vigilance de la jeune femme, l'invitant à la plage avec ses propos enfants, lui proposant de se joindre à lui pour dîner, lui offrant de petits cadeaux. Vexée qu'un tel homme pût croire qu'il parviendrait à l'acheter si facilement, Amal se contentait de ne pas répondre et, autant que possible, de l'ignorer.

Monsieur Khobeizi lui faisait un peu pitié, au fond. Il ressemblait à un roitelet déchu. Sa boutique devait avoir été prospère à la fin des années 1960, mais il n'avait pas su rebondir. Depuis, il ressassait avec aigreur le luxe d'hier, le faste d'avant-hier, la notoriété et l'aisance des jours passés. C'était un homme décadent, tout en lui avait l'odeur âcre de la débauche. Depuis que les clients s'étaient raréfiés, que la livre libanaise avait plongé et que tous les jolis bougres d'autrefois avaient quitté le Liban, l'ennui l'avait gagné, la lassitude aussi, et parfois l'alcool, toujours les femmes. Amal se disait souvent qu'avant que le monde ne se désintègre, il avait dû être un mari aimant et honnête, un homme respectable en tout cas. Il s'était contenté de se déliter, à l'image de son environnement, et, en la poursuivant ainsi, il tentait simplement de vivre.

Parvenir à s'expliquer son comportement n'offrait néanmoins pas un grand soulagement à Amal. De son embauche en mai à la mi-juillet 1984, les jours se succédèrent dans la sueur et l'évitement, la crainte et le désir farouche. En somme, c'était désagréable pour tout le monde, et Amal comptait les heures jusqu'à la rentrée. Elle tenait bon en se disant que chaque livre gagnée au service de ce pervers vieillissant la rapprochait un peu plus de Nancy.

Au plus fort de l'été entra un client particulier. C'était un mardi, une journée plus assommante que les autres. Il devait faire trente-cinq degrés dans la boutique du tailleur, le vieux ventilateur brassait paresseusement l'air, trop lentement pour apporter une quelconque fraîcheur. Monsieur Khobeizi tuait le temps en se curant les ongles et en buvant de l'arak. Amal, enfoncée dans son fauteuil, reprisait une pile de chaussettes usées. D'un œil morne, elle regardait une speakerine voilée de Télé-Liban présenter les dernières actualités. Il y était surtout question du récent plan gouvernemental censé apporter la pacification, voire la réunification de Beyrouth. Une telle nouvelle eût été accueillie favorablement quelques années auparavant. En 1984, plus personne n'y croyait.

Les Libanais suivaient avec circonspection les alliances et leurs retournements, enregistraient, dubitatifs, la signature d'accords rapidement caducs, ne s'émouvaient plus du déplacement des combats, de l'assassinat des leaders et, à vrai dire, n'attendaient plus grand-chose de leurs élites, politiques ou militaires. La population – à l'exception des combattants – ne se prenait plus de passion pour ce conflit. Au commencement, certains avaient pu croire que l'OLP[2] mise en déroute, le calme serait revenu. En réalité, une fois Yasser Arafat et ses soutiens partis pour la Tunisie, la situation n'avait fait que se dégrader et, à présent, on s'abstenait d'espérer. On ne comprenait plus précisément qui soutenait qui, quel rôle jouait quel acteur, quels intérêts défendait quel parti. Le Liban était devenu le catalyseur de toutes les tensions, de toutes les animosités régionales – si ce n'étaient mondiales –, et plus le temps passait, plus la possibilité d'une issue favorable se réduisait.

Depuis le Drakkar[3], les Occidentaux craignaient les attentats, le Hezbollah et Ramlet al-Baida. Partis en février, ils laissaient derrière eux un marasme encore plus incompréhensible que la situation qui les avait attirés sur place. 1984 était une drôle d'année, le moment qu'Amine Gemayel – étrangement différent de son frère – avait choisi pour copiner avec Assad. Les Israéliens, piqués, devaient encore occuper le Sud pour un long moment, Frangieh[4] s'arc-boutait sur les privilèges maronites, les Forces libanaises et les progressistes s'entre-tuaient dans l'Iqlim al-Kharroub. Malgré les promesses, malgré les médiations et les cessez-le-feu, malgré les conférences de réconciliation nationale, malgré les sommets de Genève et de Lausanne, aucune échappatoire ne se dessinait. La situation était difficile à supporter. C'était aussi pour cela qu'Amal partait.

Ce mardi, toutefois, un jeune homme qu'elle n'avait jamais vu pénétra dans la boutique. Il alla tout droit au comptoir, salua le patron comme s'il s'était agi d'une vieille connaissance et prit, par politesse, quelques nouvelles de sa famille. Après avoir refusé l'arak que Khobeizi lui proposait, il demanda à se faire couper un costume. Le tailleur, qui n'avait jusqu'alors pas daigné se lever, adopta une mine réjouie et s'activa immédiatement. Amal songea qu'il avait l'allure d'un bon chien, ravi de pouvoir faire la fête à son maître, après l'avoir attendu toute la journée. Elle chassa vite cette pensée sournoise et regarda le nouveau venu exposer sa demande.

Il sortit d'un grand sac un immense rouleau d'un beau tissu, du lin, d'un beige très élégant. Il expliqua ensuite qu'il voulait quelque chose de léger, pour l'été, d'assez ajusté et de cintré dans le dos.

Amal le détailla : il était grand, se tenait bien et avait des cheveux bruns, peignés et gominés sans excès, qui trahissaient un réel souci de soi. Il était habillé avec soin et était chaussé de mocassins bien brossés qui dénotaient dans ce décor de bric et de broc. Seules ses mains immenses aux ongles noircis n'étaient pas en accord avec l'image de coquetterie qu'il renvoyait.

Avant d'avoir pu lancer un regard à Amal, il fut entraîné dans l'arrière-boutique par Monsieur Khobeizi. Le tailleur n'aurait pour rien au monde manqué une si parfaite occasion de faire valoir son talent et de renflouer ses caisses.

Une heure plus tard, le client était de retour à l'accueil, la mine réjouie. Amal, qui s'était assoupie, fut réveillée par l'éclat de sa voix. Elle se leva immédiatement et alla à sa rencontre pour établir la note. Tentant de dissimuler ses traits ensommeillés derrière un air innocent et concentré, elle sourit d'avance en pensant au résultat de cette prise de mesures. Elle avait si peu vu Monsieur Khobeizi à l'ouvrage depuis qu'elle travaillait avec lui qu'elle se demanda, l'espace d'un instant, s'il était encore capable de confectionner ne serait-ce qu'une taie d'oreiller.

« Votre nom ?

— Khalifé. Youssef Khalifé. »

Évidemment, un Chrétien. Amal pensa que les gens comme lui, à force de copinage avec les Israéliens, les Syriens, les Américains, les Français, au gré des remous du conflit, devaient avoir les poches pleines de rapines et de bakchichs. Casser des Palestiniens dans les camps et des Druzes dans la Montagne devait être une activité prolifique. Elle se montra plus désagréable qu'elle n'aurait voulu, et qu'elle n'aurait dû.

« Revenez dans un mois.

— Votre patron parlait d'une semaine.

— Vous plaisantez ? Nous croulons sous les commandes. »

Le Chrétien regarda la boutique vide d'un air circonspect. Sentant la contre-attaque venir, Amal se hâta d'ajouter :

« Et puis nous n'avons plus de matériel pour travailler. Il va falloir se procurer les doublures, les fils et les boutons à l'étranger.

— J'en reviens justement, j'ai acheté le nécessaire en France et le reste en Syrie. J'ai tout donné à Khobeizi. Il n'a plus qu'à s'y mettre.

— Vous avez été prévoyant.

— Effectivement. »

Il déroulait son discours prétentieux à demi accoudé au comptoir, signant de la main droite le bon de commande que lui tendait Amal, jouant de la main gauche avec le crucifix en or qu'il portait autour du cou. Avait-elle le mauvais goût d'exhiber un Coran ? Elle ne portait même pas le voile.

Jeune encore, elle avait compris que les religions au Liban n'étaient qu'un camouflet dissimulant une animosité fondamentalement politique et économique. Si le partage des richesses n'était pas le nerf de la guerre, pourquoi le Mouvement des déshérités[5] aurait-il rassemblé les Chiites autour d'un imam tiers-mondiste ? Elle avait parfaitement saisi que les petites castes qui donnaient le ton depuis presque dix ans cachaient derrière leur allégeance aux différentes Églises des légitimités claniques, voire tribales et les intérêts de leurs grands financeurs régionaux et internationaux. Les récents retournements d'alliance des Kataëb[6] illustraient à merveille l'existence de cet opportunisme confessionnel. Ce Khalifé, comme les autres animaux de son espèce, devait avoir commencé par vendre le Liban aux Israéliens avant de se laisser séduire par les Syriens. Au gré des assassinats, des propositions alléchantes et des échanges d'argent liquide.

« Tant mieux pour vous, vous pourrez repasser plus tôt alors.

— Ne faites pas cette tête, on dirait que je vous ennuie.

— Pensez-vous ! Si on vous l'a promis, revenez mardi prochain. »

Amal quitta la boutique une heure plus tard, après avoir achevé de s'occuper du monticule de chaussettes trouées dont elle avait écopé. Pour rentrer à la maison, elle décida de ne pas prendre de taxi-service et marcha à toute vitesse, malgré la chaleur écrasante. Concentrée sur ses pieds, elle repensa à sa confrontation avec le client et se l'imagina revenant de Damas, sa voiture débordant de mallettes pleines de grosses coupures et d'artisanat syrien, de bijoux, de savons et de tissus.

Lorsqu'elle poussa la porte du petit appartement, la famille était attablée autour d'un plat de *mloukhia*. Elle salua distraitement ses parents. Comme d'habitude, Ahmad, son père, était harassé par sa journée de travail. Il était employé par la plus grosse succursale de la banque Audi à Saïda où il passait ses journées à nettoyer les sols, récurer les toilettes et réparer les portes cassées. Il était homme à tout faire, en somme, mais, en société, il se contentait de mentionner son « emploi à la banque ». Dans un environnement où les professions intellectuelles étaient survalorisées, il appréciait de pouvoir dissimuler la réalité du tâcheronnage auquel il était réduit. Lorsqu'elle en avait le temps, Amal passait lui apporter un sandwich de *zaatar* pour le déjeuner. C'était sa manière à elle d'égayer un peu le quotidien de cet homme qui ne rechignait pas à la basse besogne pour épargner à ses enfants la nécessité de s'y plier eux-mêmes. Chaque soir, lorsqu'il rentrait de l'agence, il allait tout droit à la mosquée du quartier pour la prière puis s'adonnait à un moment de discussion et de retrouvailles entre hommes, l'un des rares plaisirs qu'il s'accordait. Le front déformé par les prosternations, il rentrait ensuite lentement à la maison où il se plaignait de ses maux de dos, attendant les enfants pour dîner. Ayant renoncé à la voiture, Amal avait exceptionnellement un peu de retard et elle fut étonnée de trouver son frère Yacine, attablé entre Zuair et sa mère. Tout en mangeant son riz, mélangé au poulet bouilli, il lisait un journal anglais. Cette attitude nonchalante avait le don d'exaspérer Dibba qui ne cessait de l'interrompre par ses bavardages. Incapable de se concentrer, son fils finissait par capituler, non sans manifester sa contrariété.

Très impressionnée par ce frère plus âgé qu'elle au caractère fougueux et à l'impulsivité redoutée, Amal se gardait généralement d'intervenir dans leurs chamailleries. Elle admirait Yacine depuis toujours et savait qu'il réussirait, mais différemment d'Abbas, car c'était un iconoclaste. Brillant étudiant en architecture, lui aussi, il partageait avec son aîné la passion des ouvrages d'art et celle des échecs, un jeu auquel, enfants, ils s'étaient furieusement affrontés. Ne pouvant rien faire comme tout le monde, Yacine avait cependant décidé pour l'année universitaire 1983-1984 de mettre son cursus académique entre parenthèses au profit d'un renforcement de son activité politique. Dibba et Ahmad voyaient d'un très mauvais œil cet engagement qui ne pouvait, selon eux, qu'aboutir à un drame au regard des malheurs qui ne manquaient pas de s'abattre sur les familles trop politisées. Quant à la jeune fille, elle savourait le bonheur de voir son frère si farouchement engagé du côté des pauvres et des opprimés, des Palestiniens, des spoliés, des misérables. Elle était fière de lui. Elle était fière de cette capacité à se soumettre à la cause, une cause qui lui semblait juste. Surtout, elle savait que Yacine – du fait de ses capacités intellectuelles et physiques hors normes – avait très vite gravi les échelons du Parti communiste libanais, si hiérarchisé fût-il. Elle aimait le parfum de révolution qu'il charriait, le goût de contestation, l'odeur des treillis et de la poussière qu'il promenait dans son sillage. En son frère, elle devinait le futur Ernesto Guevara, le prochain Simón Bolívar, peut-être le Gamal Abdel Nasser ou le Mouammar Khadafi de demain. Elle méprisait ces hommes pour le sang qu'ils avaient sur les mains, mais elle les divinisait pour avoir su défendre leur pays contre toutes les ingérences. Elle pensait secrètement que Yacine ferait du Liban le nouveau porte-étendard du non-alignement, elle redessinait à sa guise les contours de la guerre froide, une guerre dans laquelle le Pays du Cèdre serait amené à occuper une place majeure grâce à l'ascension fulgurante de son aîné, dernier tribun de la plèbe, porteur à travers le monde de la voix d'un peuple à l'agonie. À toutes ces considérations, aux grands discours pleins de souffle que déversait régulièrement leur fils, à l'admiration sans bornes d'Amal, à leur capacité d'endoctrinement, Dibba et Ahmad ne comprenaient rien. Ils avaient vaguement saisi que leurs enfants se battaient pour qu'un jour ils aient le droit de retrouver leurs terres, occupées au tréfonds d'un Golan revendiqué par tous, et trop souvent passé d'une main à l'autre. Ils s'accordaient à dire que, pour avoir à nouveau la possibilité d'exploiter leurs champs, il leur faudrait se défaire des Syriens et des Israéliens qui les en avaient expulsés, mais ils auraient préféré que d'autres s'en chargent, car ils tremblaient à l'idée qu'il arrive quoi que ce soit à leur progéniture. Subir l'expulsion et la spoliation avait été dramatique, mais, au moins, ils étaient au complet.

Ils n'auraient jamais souffert que l'un des leurs ne meure d'avoir exigé un droit au retour avec trop de virulence. Ils voulaient à tout prix éviter que l'un de ceux qu'ils tenaient encore pour leurs tout-petits n'emprunte la trajectoire des martyrs palestiniens qu'ils admiraient. Sans doute leur mort héroïque les ferait-elle aduler de nombre de ces Libanais que la politique corrompue de cette période ne satisfaisait plus, mais ils seraient demeurés seuls, et ça, ils ne pouvaient l'admettre. Ils donnaient trop à leurs enfants pour les perdre aussi sottement. De plus, aucun décès, si courageux et glorieux fût-il, ne pouvait rien changer à la marche de la guerre. Se sacrifier ne servirait qu'à allonger la longue liste des défunts que, depuis un certain 13 avril, on n'était plus en mesure d'énumérer avec exhaustivité. Ce jour-là, des enfants, des femmes, des hommes palestiniens avaient été massacrés dans un bus, gratuitement. Ils n'avaient rien demandé, eux, en particulier, ils avaient tout catalysé. Depuis ce funeste printemps, les corbillards se suivaient, les morts s'amoncelaient que l'on ne savait pas recenser. Les Français partis, la statistique nationale avait disparu, avant même son avènement. Toutes les tentatives de bilan, toutes les estimations, tous les chiffres étaient acceptables au gré de ce qui arrangeait le mieux, de ce qui blessait le moins. Peut-être cinquante mille, cent mille, cinq cent mille victimes civiles, entendait-on parfois.

Au fond, les chiffres importaient peu. Personne ne saurait jamais vraiment combien ont mordu la poussière. Ce que chacun savait cependant, c'est qu'au moins un ami, un voisin, un frère ou un parent a disparu pendant les onze années de conflit déjà écoulées. Tout le monde connaissait quelqu'un, qui connaissait quelqu'un à qui une histoire abominable était arrivée, une histoire de renfermé, de sang, de sueur au vieux goût dégueulasse. Tout le monde connaissait quelqu'un qui connaissait quelqu'un qui n'était plus, avait disparu, avait été passé par les armes, s'était suicidé, s'était exilé.

Après le dîner, Amal rejoignit son frère dans sa chambre. Ils discutèrent longtemps de choses et d'autres. Il en profita pour lui dire qu'il revenait d'une manifestation qui avait mal tourné, et à l'occasion de laquelle il avait croisé Salima.

Cette jeune Chiite était la plus proche amie d'Amal. Elles s'étaient rencontrées sur le chemin de l'école, alors qu'elles étaient encore de toutes petites filles. Âgée de cinq ou six ans, Amal avait immédiatement succombé à la chevelure touffue, incroyablement dense, et aux yeux noirs de cette autre enfant. Elle avait la peau très mate, un joli visage qui ne s'animait jamais par complaisance, une belle bouche qui ne souriait que quand c'était nécessaire, et un tempérament si bien trempé qu'elle ne faisait toujours que ce dont elle avait envie. Avec le temps, elles étaient devenues inséparables, d'autant qu'elles résidaient dans le même quartier. Avant la guerre, les différentes communautés cohabitaient pacifiquement à proximité du centre-ville. À en croire les parents de Salima qui vivaient à Saïda depuis plus longtemps que les Haddad, il avait même existé une époque où à côté des Chiites et des Sunnites s'érigeait un quartier juif. Depuis 1947, cette seule évocation sonnait comme une erreur historique, mais, en souvenir d'une époque qu'elles n'avaient connue qu'en partie et où le pays était moins ségrégué, les deux jeunes filles continuaient d'entretenir une amitié sincère, à laquelle rien ne semblait devoir porter atteinte. À vrai dire, le conflit avait même renforcé leur communauté de pensée puisqu'elles avaient pris les mêmes orientations idéologiques, jusqu'à se croiser un jour, par hasard, dans une réunion secrète du PCL. Yacine, ravi d'y rencontrer les amies de sa sœur, se lança dans une conversation animée avec Salima et lui réserva un accueil inhabituellement chaleureux. En dépit de leur différence d'âge, ils se lièrent. Aucun d'eux ne voulait l'admettre, mais Amal était persuadée que ce qui se jouait entre son amie et Yacine tenait plus de l'affection que de la politique. Elle espérait sincèrement qu'ils tomberaient amoureux et se marieraient un jour. Ils formeraient le couple le plus progressiste du Sud, des modèles pour les jeunes de la région qui grossiraient les rangs du Parti et finiraient par renverser le cours des choses. Bref, Amal rêvait, et c'était bien normal, de chercher ainsi à s'échapper d'un piège d'apparence inextricable. Surtout à dix-sept ans.

Touchée par la pureté de cette relation naissante, elle ressentit l'envie de confier à son frère l'une de ses récentes mésaventures. Avec dégoût, elle se remémorera la proposition d'un cousin éloigné – quelques semaines auparavant – de la conduire en ville, où elle avait une course à faire. Au moment de s'approcher du centre, il avait bifurqué dans une ruelle qui menait dans la direction opposée. Pensant qu'il cherchait une place où se garer, elle n'avait d'abord rien dit, puis il stationna si proche d'un haut mur côté passager qu'elle se trouva coincée, incapable d'ouvrir sa portière. La pluie tombait dru ce jour-là et personne, de l'extérieur, ne pouvait voir ou entendre ce qui se jouait dans l'habitacle. De toute façon, il n'était pas dans l'habitude des passants de s'immiscer dans la vie privée des autres, la vie publique était déjà suffisamment impénétrable. Sentant la panique la gagner, elle lui fit remarquer qu'elle allait égratigner sa carrosserie en sortant s'il ne cherchait pas un autre emplacement. Bassem ne voulut rien savoir. Après avoir consciencieusement coupé le moteur et reculé le siège conducteur, il tourna son visage d'adolescent mal dégrossi vers le sien, entreprenant de lui caresser les cheveux, puis de glisser ses vilaines mains autour de sa taille. Elle dut faire preuve d'un immense sang-froid et d'une persuasion à toute épreuve pour qu'il cessât. Jouant sur tous les registres, de la supplication aux considérations morales, en passant par la condamnation et l'évitement, elle tenta tout pour qu'il la laissât en paix. Puisque aucun argument raisonnable ne parvint à le convaincre de redémarrer, elle finit par le menacer. Elle lui rappela que leurs familles étaient liées, et que, s'il s'obstinait à vouloir abuser d'elle, il aurait à assumer non seulement le déshonneur familial, mais encore la condamnation de tout le village. Aucun être sensé ne pouvait vouloir s'attirer la réprobation de tout Chebaa. Bassem, accablé par la menace d'un reniement, et manifestement déçu d'être resté sur sa faim, l'abandonna à l'entrée du souk et rentra chez lui, dans le

Sud. Lorsqu'elle coupa à travers champs plusieurs heures plus tard pour regagner l'appartement de ses parents, son cœur battait encore à tout rompre. Elle était consciente d'avoir eu beaucoup de chance. C'était un miracle que Bassem fût encore suffisamment naïf pour plier devant le spectre d'un tribunal public. L'ignorance avait parfois du bon. Elle savait que s'il lui avait effectivement fait du mal, elle n'aurait jamais pu l'humilier comme elle l'avait prétendu. Elle n'aurait eu qu'à se taire, et si la rumeur s'était ébruitée, s'il avait eu le mauvais goût de se vanter des méfaits commis, la honte aurait été pour elle, la fille facile, la putain. Si elle avait pu abuser Bassem, c'était qu'elle connaissait sa manière de penser, elle avait été élevée dans la même rudesse austère des paysans de la montagne, et elle était consciente que si tout s'achète, l'honneur, lui, doit rester immaculé sous peine d'anéantissement social. En somme, Amal savait quelles étaient les craintes de son cousin et était parvenue à actionner les bons leviers, précisément parce qu'elle les partageait. Mieux valait ne rien dire à Yacine.

Dans les jours suivants, elle arriva plus tard qu'à l'accoutumée à l'atelier. Elle mit aussi un point d'honneur à le quitter plus tôt. Persuadée que Monsieur Khobeizi était – du fait du zèle obséquieux qu'il avait déployé vis-à-vis de son client chrétien – coupable de haute trahison, elle ne se sentait plus contrainte d'obtenir son assentiment pour aller et venir. Plus encore que lorsqu'il avait tenté de l'agresser, elle le méprisait. Qu'il fût un goujat lubrique, passait encore, qu'il succombât à la première occasion de se mettre au service de traîtres dans le genre de Khalifé la dépassait. C'était un homme sans convictions qui aurait renoncé à tout pour quelques billets supplémentaires. En somme, elle le trouvait répugnant et ne manquait pas de le lui faire sentir. Le mardi suivant, elle profita de ce qu'il était parti tout l'après-midi pour baisser la grille métallique de la devanture et faire une sieste. Dans la pénombre, tandis qu'elle flottait dans un demi-sommeil, troublé seulement par les rires et les conversations des autres boutiquiers rassemblés dans l'allée de la galerie Majestic pour le café, elle pensait à son prochain départ pour la France, à l'argent qu'il allait encore falloir économiser, aux amis et aux parents qu'elle laisserait ici. Alors qu'elle se faisait lentement ces réflexions, elle suait à petites gouttes sur le tissu usé du vieux canapé sur lequel elle était recroquevillée. L'atmosphère était d'une pesanteur intenable et la galerie, comme les rues, demeurait déserte. Même les chiens et les chats errants avaient renoncé à se mettre en quête de nourriture, tant le dehors était étouffant. Amal, qui aimait la littérature, avait lu *La Peste*, enfin, une traduction de *La Peste*, et elle pensa que – comme Oran – toutes les villes arabes devaient avoir en commun d'être écrasées par cette chaleur sans air, au plus fort de l'été. Sans doute était-ce le lien qui unissait Mascate à Marrakech, qui rapprochait Sanaa de Benghazi. C'était curieux cependant, Saïda était au bord de la mer, ce qui aurait dû permettre à l'air marin de s'engouffrer dans les ruelles moribondes, mais rien n'y faisait, on suffoquait. Le ventilateur de la boutique était au point mort : la faute aux coupures de courant.

Alors qu'elle somnolait dans le sofa, quelqu'un frappa à la porte. Trois coups secs mais polis. Elle se redressa rapidement, craignant un retour prématuré de Monsieur Khobeizi. En se levant, elle rechaussa ses lunettes et défroissa ses vêtements du plat de la main pour venir coller son œil contre le rideau de fer qui protégeait la vitrine de l'extérieur. Sans aucun doute possible, elle reconnut le type de la dernière fois. Avec sa tête d'enfant de chœur et son sourire naïf, elle pensa qu'il n'avait pas dû voir grand-chose de la guerre. Elle le détailla à travers les interstices métalliques. Sa haute taille et ses yeux vairons, l'un vert, l'autre gris-bleu, lui donnaient fière allure, même s'il était trop soigné pour être honnête. Ce jour-là, il portait un pantalon en lin vert anis avec une chemise légère. Elle n'avait jamais vu personne d'aussi ridiculement chic depuis le début du conflit, à part quelques politiciens véreux dont on montrait les photos sur les étals des marchands de journaux, et dont les partisans placardaient les affiches sur les murs de toutes les villes. Il n'empêche que cette élégance déplacée mit Amal en confiance et lui donna finalement envie de lui ouvrir. Il lui faisait penser à un acteur américain, peut-être Clint Eastwood dans *L'Inspecteur Harry* ou, plus tard, dans *L'inspecteur ne renonce jamais*. Elle adorait ces films qu'elle regardait lorsqu'ils passaient à la télévision et que la télévision fonctionnait, ce qui n'était pas si fréquent. L'Amérique avait au moins produit cela de bon, se disait-elle.

Pour autant, elle ne voulut pas faire aveu de faiblesse en lui laissant entendre qu'elle le trouvait séduisant. Elle se montra donc suffisamment froide pour lui faire comprendre qu'elle ne pactisait pas avec les traîtres, quand bien même ils avaient des allures de cow-boys urbains et une chevelure qui sentait bon l'outre-Atlantique. Croisant les bras contre sa poitrine, elle lui assena :

« Vous arrivez trop tôt pour le costume, je pense. Mon patron n'est pas là, il faut voir avec lui.

— Bonjour !

— Oui, pardon, bonjour.

— Tu pourrais au moins aller regarder s'il a avancé ?

— Non, vraiment. Je ne m'occupe pas de ses affaires, il est déjà assez difficile à vivre comme ça. Revenez à un autre moment. »

Alors qu'elle faisait mine, en baissant la tête, de refermer la grille pour mettre un terme à la conversation, il l'en empêcha d'un geste à la fois ferme et désinvolte. Elle comprit alors que ses allures mondaines et distinguées cachaient une véritable force de la nature. Il était peut-être moins insipide qu'il n'en avait l'air.

Devant ce grand homme qui se tenait face à elle, la main solidement cramponnée à la serrure, elle se demandait quelles ruses elle pourrait bien convoquer s'il devait se montrer hostile. Sans parler, Khalifé la fixait de ses yeux mal assortis. Il ne l'intimidait pas vraiment, son regard semblait presque compatissant, mais l'expérience récente de Bassem l'avait trop fragilisée pour qu'elle ne pût appréhender sans crainte un homme qui s'imposait à elle avec des façons si peu accommodantes. Elle chercha à gagner du temps et tenta de le persuader de revenir :

« Monsieur, repassez demain, ce sera mieux, mon patron sera là pour vous renseigner.

— Amal, c'est cela ?

— Oui.

— Si je cherchais Khobeizi, je l'aurais trouvé depuis longtemps. Comme tous les après-midi, s'il n'est pas ici, c'est qu'il est avec une femme, une amante ou une prostituée, c'est selon. En tout cas, pas la sienne.

— Ça fait encore pas mal de possibilités.

— Pas pour un homme bien renseigné. Jeudi après-midi… je dirais avec la veuve Choueiri, ou la fille de sa voisine, Beik.

— Vous le suivez, ou quoi ?

— C'était déjà le tailleur de mon père. Il a une réputation à tenir !

— Glorieuse réputation.

— Si l'on veut. »

Tout en se concentrant sur son interlocuteur, Amal passa mentalement en revue les maîtresses potentielles de Monsieur Khobeizi. Elle fit rapidement l'inventaire de celles qui se présentaient à l'atelier sans rien commander ni acheter, de celles qui appelaient sur le téléphone de la boutique et raccrochaient au nez de la jeune fille, déçues que ce ne soit pas leur Dom Juan qui ait pris le combiné. Il la dégoûta plus encore qu'à l'ordinaire. Elle se jura de mourir plutôt que de s'ajouter à la liste des conquêtes, risées de tout le Liban. Agacée, elle tenta une nouvelle fois de se débarrasser de Khalifé.

« Je n'ai rien à vous dire.

— Puis-je m'asseoir ? »

Sans attendre de réponse, et comme pour préciser son intention, il désigna du menton le divan où Amal s'était assoupie avant son arrivée. Ce curieux assemblage de fauteuils d'un autre temps servait habituellement à faire asseoir les accompagnateurs des clients. Ils y restaient parfois des heures à attendre, commenter les retouches, boire le café, regarder la télévision, lire le journal, fumer et jouer au *tawlé*. Alors que son frère, Yacine, était passé récupérer une veste qu'il avait fait retoucher chez Khobeizi au moment où elle prenait ses fonctions, la vue de cette petite société désœuvrée lui avait fait glisser à l'oreille de sa sœur : « Pendant que les Américains vont sur la Lune, les Arabes boivent le café ! » Amal avait ri de cette remarque qu'elle trouvait aussi acerbe qu'à propos. Rouge comme il l'était, on ne pouvait pourtant pas l'accuser de sympathies transatlantiques. Mais, pour l'heure, elle n'avait aucune envie de voir ce client s'installer dans le canapé qui lui avait servi de lit quelques minutes plus tôt. C'était embarrassant et un peu équivoque. Comme elle pensait à la façon de limiter cette proximité malvenue, il avait déjà pris place au milieu des vieux coussins dépareillés. Il était comique de le voir assis là, dans sa tenue impeccable, entouré de tables basses en plastique et de vieilles tasses à café ébréchées. Sa prestance rendait l'atelier plus vilain qu'à l'ordinaire. Le sol en faux marbre apparaissait grotesque, tandis que les murs recouverts d'une peinture blanche, devenue grise et écaillée, faisaient pitié. Le tout formait une curieuse composition qui donna à la jeune employée une irrépressible envie de rire. L'homme ne sembla pas s'en rendre compte. Il retroussa ses manches et demanda courtoisement l'autorisation de fumer, l'inondant d'un regard doux et patient.

S'il la considérait avec insistance, rien dans ses yeux ne trahissait le désir fou et brutal de Bassem, ou celui sournois et sale de Khobeizi, ce qui la rassura.

Plutôt que de manifester du mépris pour le lieu dans lequel il se trouvait, et qui ne devait en rien ressembler aux endroits dont il était coutumier, il se mit à l'aise et s'adapta à cet environnement avec lequel il avait si peu à voir. Tirant à lui le cendrier sur lequel figurait un canard de cartoon qu'il fit mine de ne pas remarquer, il entreprit d'exposer plus en détail le motif de sa visite. Il prit son temps, fumant avec méthode et usant du même ton que s'il s'était adressé à une vieille connaissance, ou à un membre de sa famille. Son timbre posé et mature acheva de mettre Amal en confiance. Elle approcha finalement une chaise de jardin de fabrication chinoise sur laquelle elle s'assit pour mieux écouter ce qu'il avait à lui dire.

« Quand je suis venu à la boutique l'autre jour, je ne t'ai pas remarquée tout de suite. Tu ne disais rien, tu ne bougeais pas, tu observais en silence. Au moment où j'allais partir, tu es apparue pour établir la facture. J'ai d'abord pensé que tu étais la fille ou la nièce de Khobeizi. Voyant la tension monter entre vous, j'ai compris que tu étais bien autre chose. Ton attitude transpirait le défi. J'ai décelé en toi une boule de fougue et d'agacement, une jeune femme passionnée, pleine de rêves et surtout d'idéaux. Et d'idéaux contradictoires. Tu crois que je n'ai pas perçu ton mépris à mon égard ? Le dédain avec lequel tu m'as parlé ? Tu penses que tu es maligne de faire ainsi ta petite révolution de pacotille, ta guerre aux Chrétiens dans ton coin ? Tu te prends pour Saladin ?

— Vous ne savez rien de moi ni de ma vie. Arrêtez de me donner des leçons.

— Plus que tu ne penses.

— Vous avez enquêté, c'est ça ?

— En quelque sorte. J'ai demandé ton nom à Khobeizi, et je n'ai pas mis très longtemps à remonter jusqu'à ton frère.

— Je ne suis pas mon frère.

— C'est vrai, mais tu es en colère, comme lui. Et même si je trouve que votre colère est mal placée, il est admirable qu'elle existe. Ici, plus personne ne s'indigne, les gens sont résignés, et c'est pour cela qu'ils partent, ou qu'ils meurent à petit feu.

— Écoutez, monsieur, je me moque de vos opinions politiques et de vos vues sur l'état du pays. Je ne crois pas que nous vivions la même guerre au quotidien, vous et moi.

— Je n'ai pas parlé de politique. J'ai seulement dit que je t'ai tout de suite trouvé très exaltée, virulente, engagée. Tout en toi transpire la haine de ce que j'incarne.

— Vous trouvez ça encourageant ?

— D'une certaine façon. Tu te trompes sans doute de cible, mais je suis fier de voir qu'il y a dans mon pays des jeunes gens comme toi qui croient encore en quelque chose. Quel que soit ce quelque chose. Et tu veux que je te dise ?

— Quoi ?

— Tout cela m'a plu. »

Amal le dévisagea, interdite. Elle n'était pas certaine de comprendre ce qu'il essayait de lui dire. Il pouvait être en train de lui faire une déclaration d'amour, ou de chercher à l'enrôler dans une milice quelconque. Il avait pris des informations sur Yacine, il savait qui elle était, il connaissait sa famille, il pouvait vouloir les déboulonner. Toutes ces hypothèses impliquaient de se montrer prudente. Il précisa sa pensée :

« Nous avons oublié de parler d'amour ici, depuis le temps que nous ne parlons que de guerre, de martyrs, de massacres et de malheurs.

— Laissez-moi tranquille, s'il vous plaît. Allez-vous-en maintenant.

— Amal, je ne vais pas insister. Je sais ce que tu penses. Tu as peur que je tente de te séduire pour accéder à ton frère, tu penses que je cherche à obtenir des informations que vous détiendriez, tu crois que je vais faire de l'entrisme auprès de toi. C'est faux.

— Qui me le dit ?

— Moi.

— Ça n'a pas beaucoup de valeur. Quittez cet atelier et ne revenez que lorsque Khobeizi vous appellera. Cette fois, ne me parlez plus ni de politique ni de mon frère. Ni surtout d'amour. »

Elle rougit en prononçant ce dernier mot. C'était la première fois qu'elle parlait de sentiments avec un homme et, quelle qu'en fût la raison, il était doué d'un charme qu'elle ne reconnaissait à aucun autre. Pendant qu'elle le congédiait pour la deuxième fois, il la détaillait comme un aigle pêcheur prêt à engloutir un petit poisson vulnérable ondoyant dans des eaux troubles. Baissant la tête en signe d'abdication, il écrasa son mégot dans le cendrier, frotta ses paumes l'une contre l'autre et se leva. Sans parvenir à se l'expliquer, Amal fut à nouveau attirée par la noirceur de ses ongles.

Ce fut alors que retentirent d'énormes coups frappés contre le rideau de fer, qui n'avaient rien à voir avec ceux, distingués, du Chrétien ; on aurait plutôt dit un bélier enfonçant la herse d'un château fort. Le maître des lieux était de retour, et il allait trouver sa jeune employée en tête à tête avec un client. Après qu'elle lui eut ouvert, il déboula dans l'atelier, dégoulinant de sueur et laissant dans son sillage une odeur rance de poussière, de guerre, de chaleur et de sexe. Une fois de plus, la vulgarité du personnage lui souleva le cœur ; elle sembla aussi produire un effet délétère sur Khalifé qui peina à dissimuler un mouvement de recul. Khobeizi ne manifesta aucune surprise en découvrant les deux jeunes gens. Lorgnant du coin de l'œil les cheveux et les seins d'Amal, il gratifia son hôte de quelques blagues salaces auxquelles personne ne prit la peine de répondre. Après s'être bruyamment soulagé dans les toilettes à la turque de l'arrière-boutique, il se montra obséquieux et hospitalier envers le visiteur, et insista même pour lui offrir un café qu'il envoya Amal leur préparer. Pendant qu'elle se trouvait recluse derrière le réchaud d'appoint installé à proximité du comptoir, elle tendit l'oreille à la conversation des deux hommes. Ils parlèrent du costume, de son état d'avancement, de la chaleur, puis des législatives en Israël et du tout nouveau gouvernement d'union nationale présidé par Shimon Peres. Tous les deux en dirent le plus grand mal. Ils devisèrent aussi sur les dernières élections égyptiennes et Monsieur Khobeizi se mit à dénigrer le Parti national démocratique, regrettant, plaintif et nostalgique, le bon vieux temps de Gamal Abdel Nasser. Khalifé se contentait de l'écouter poliment, Amal ne put rien savoir de ce qu'il pensait lui-même. Elle revint dans la pièce principale avec un plateau garni de trois tasses.

Sans qu'on lui en ait donné l'autorisation, elle s'assit sur la chaise en plastique qu'elle avait quittée pour ouvrir à Khobeizi et se mit à siroter son breuvage, écoutant avec une attention distraite les admonestations de son gros goujat de patron. Une fois son café terminé, il se tourna vers elle et lui demanda de lui dire l'avenir dans le marc resté sur les parois de son gobelet. Elle le considéra avec dédain, indiquant par un mouvement du menton vers l'horloge que sa journée était finie. Puis, sans dire un mot, elle rassembla ses affaires, quitta l'atelier et laissa les deux hommes en plan. Quand elle se retourna pour fermer derrière elle, ils se regardaient en chiens de faïence, l'air ahuri. Amal aurait juré avoir vu Khalifé sourire.

Une fois arrivée chez elle, elle prit la décision de ne pas revenir à la boutique le lendemain, ni les jours suivants. À présent que Monsieur Khobeizi était convaincu de sa légèreté, maintenant qu'il se permettait de faire – en présence d'un tiers – des plaisanteries déplacées à son encontre, plus rien ne pourrait l'arrêter. Il allait se montrer de plus en plus insistant, peut-être la faire chanter, ou finir par la violer. Elle réfléchit donc très tard à l'explication qu'elle pourrait fournir à ses parents au matin, lorsqu'ils la trouveraient encore au lit à l'heure où elle aurait déjà dû être partie. Feindre une nouvelle fois la maladie aurait pu être une solution provisoire, mais insatisfaisante puisqu'elle revenait à différer l'échéance. Quand le sommeil la gagna enfin, vers trois ou quatre heures du matin, elle avait résolu de ne rien dire du tout. L'homme viendrait forcément à elle chercher des explications, et elle ferait alors d'une pierre deux coups.

Dès le lendemain soir, Monsieur Khobeizi – outré par cet abandon de poste – se présenta en personne pour rendre visite à la famille Haddad. Il expliqua à Dibba et Ahmad à quel point leur fille était une feignante qui l'avait laissé dans une situation inextricable puisqu'elle s'était enfuie sans aucun égard pour la surcharge de travail qu'il supportait. Pour lui donner plus de poids, il couronna son blâme de quelques mensonges : Amal fricotait avec les clients, Amal volait dans la caisse, Amal détournait à des fins personnelles le matériel de l'atelier. Les chefs d'accusation étaient ridicules, personne n'en crut rien, à tel point que l'intéressée ne jugea pas utile de desserrer les dents pour se défendre. On l'écouta par politesse, on hocha la tête d'un air entendu, on se désola de ce que la jeune génération manquait cruellement de sérieux, de conscience, de rigueur et de morale. On ne s'émut des inepties débitées par ce visiteur inopportun qu'après qu'il eut pris Ahmad par l'épaule pour lui conseiller de surveiller les fréquentations de sa fille, et idéalement de la marier avant que l'opprobre ne s'abattît sur son entourage. Ces suggestions furent très mal accueillies par le père de famille qui ne tarda pas à remercier le tailleur d'être venu jusqu'à lui, et à le congédier à grand renfort de sourires et de formules de politesse à double sens.

Cet épisode eut pour seule conséquence de priver Amal de travail pour la fin de l'été. Supportant très mal la perspective de voir son épargne diminuer, elle se présenta à de nombreux employeurs qui s'empressèrent tous de refuser ses services. Elle était convaincue que dans le petit monde qu'était Saïda, au sein du réseau commerçant de la ville, Monsieur Khobeizi avait un important pouvoir de nuisance. Il avait dû répandre des infamies sur son compte et, trop heureux d'avoir une nouvelle croustillante à se mettre sous la dent, ses pairs l'avaient cru sans chercher à obtenir de preuves. Finalement, qu'importe qu'une information soit vraie ou fausse, pourvu qu'elle soit juteuse et qu'elle fasse ressentir à ceux qui la colportent cette curieuse excitation que génère la médisance. Une bonne dizaine de tentatives et quelques revers plus tard, Amal se résigna et finit par se dire que les congés auxquels elle était contrainte devaient avoir du bon. Ses parents ne semblaient pas lui en tenir rigueur, ils avaient toute confiance en leur fille et, sans avoir précisément cherché à comprendre ce qui s'était passé, se doutaient qu'elle avait des raisons légitimes d'avoir agi tel qu'elle l'avait fait. La jeune femme découvrit donc la détente. Depuis l'enfance, elle en avait souvent été privée. Si Dibba et Ahmad avaient toujours fait de la réussite scolaire une priorité, ils ne considéraient pas que l'oisiveté ou le jeu aient à tenir une quelconque place dans la vie de leurs enfants. Eux-mêmes n'ayant jamais connu de repos, ils n'envisageaient pas que puisse exister un temps qui ne fût pas consacré au labeur ou à la prière. Bien que vivant à quelques centaines de mètres de la mer, ils n'avaient jamais passé une seule journée à la plage, ne s'étaient jamais rendus dans un restaurant, n'avaient jamais poussé la porte d'un cinéma, moins encore d'un musée. Premièrement, ils étaient pauvres, et toutes ces choses étaient réservées à ceux qui avaient de l'argent ; deuxièmement, ils étaient complètement analphabètes et, en conséquence, incapables de sortir du parcours balisé du quotidien. Ils ne voyaient donc aucun mal à surcharger leurs enfants, en particulier leurs filles, de tâches ménagères diverses et éreintantes : laver le linge, repasser, passer la serpillière, préparer les repas, cuire le pain, retourner les matelas, coudre... Si Fatima, Ghania, Leila ou Amal, tant qu'elles vivaient sous leur toit, auraient préféré avoir l'occasion de se faire belles, de sortir et d'inviter des amis, elles ne se révoltaient pas contre un canevas de corvées qui leur fournissait aussi un cadre d'évolution et de reconnaissance sociale. On rencontrait la voisine en sortant les poubelles, on s'attirait les louanges de sa famille quant à la propreté de son intérieur, on séduisait et fidélisait son mari par ses qualités de cuisinière. Amal avait toujours vu ses trois sœurs aînées aider Dibba à tenir le foyer. Depuis qu'elles étaient mariées, c'était à elle que la fonction de seconde revenait. Elle avait beau constater que ses camarades de lycée bénéficiaient de temps libre et aspirer elle-même à un peu de quiétude, elle ne pouvait se résoudre à décevoir ses parents. Ils faisaient tout leur possible pour lui permettre de s'élever socialement, elle n'avait pas le droit de leur opposer égoïstement ses envies de liberté.

À la suite de sa défection de l'atelier, elle disposait – pour la première fois de sa vie d'adolescente et ce, en dépit de ses nombreuses besognes – de longues heures pour prendre soin d'elle, se promener, faire des siestes et rêver. C'était peut-être la guerre, mais, pour elle, la deuxième partie de l'été 1984 avait un goût inespéré de liberté.

Un matin, alors qu'elle prenait son petit déjeuner dans la cuisine, elle entendit Yacine s'emporter violemment contre un autre jeune homme qu'elle avait croisé en traversant le salon. Ce devait être un militant, lui aussi. Il faut dire qu'ils défilaient en nombre dans le petit appartement, ce qui inquiétait de plus en plus non seulement les parents et les amis de Yacine, mais aussi les voisins. Ces derniers, majoritairement des Sunnites pratiquants, craignaient une descente de milice adverse ou, pire, de l'armée israélienne dans l'immeuble. S'ils n'épousaient pas tous les idéaux socialistes du jeune militant du rez-de-chaussée, une solidarité tacite les liait et ils se doutaient que, dans l'hypothèse d'une telle visite, ils risquaient d'en pâtir.

À travers la cloison, tandis qu'elle attaquait une coupelle d'olives, Amal écoutait son frère qui s'époumonait. Elle ne parvenait pas à comprendre tout ce qu'il disait, mais elle saisit qu'il s'échauffait à propos des Chrétiens « dissidents », de la disparition des figures religieuses appelant au dialogue plutôt qu'aux armes et à la haine. Elle entendit encore quelques bribes, il évoquait l'assassinat du mufti du Liban, la disparition de Moussa al-Sadr. Elle termina son *manouché* et regagna le salon. L'interlocuteur de son frère était prostré dans le sofa, il avait les larmes aux yeux et un crucifix tatoué sur l'avant-bras. Elle pensa à Khalifé.

Dans l'après-midi, elle profita d'un moment de flottement pour s'entretenir avec Yacine. Elle savait que le Chrétien s'était renseigné sur leur compte plusieurs semaines auparavant et, maintenant qu'il lui revenait à l'esprit, elle voulait en apprendre davantage à son sujet. Prenant son frère à l'écart, elle lui fit rapidement état de sa rencontre avec Youssef Khalifé et lui demanda si ce nom lui disait quelque chose. Il ne fut pas surpris le moins du monde et répondit qu'il le connaissait un peu. C'était un type fiable, sensibilisé à la cause palestinienne par son oncle, le chanteur Marcel Khalifé.

Il avait commencé par frayer dans les rangs du PCL à Saïda, avant d'aller voir du côté du Parti social nationaliste syrien. Depuis, il semblait être sorti du spectre politique pour des raisons difficiles à déterminer. Elle voulut encore savoir ce qu'il faisait dans la vie, s'il était souvent à l'étranger. Yacine ne prit pas la peine de lui répondre, il passa une veste et sortit. Elle comprit qu'elle était allée plus loin qu'elle n'aurait dû ; il devait la prendre pour une amoureuse transie et refusait d'être complice de cette petite affaire bassement sentimentale. Il avait mieux à faire.

Au fil des jours, Amal se surprit de plus en plus souvent à songer à Youssef. Maintenant qu'elle avait la certitude qu'il était moins un ennemi qu'un possible ami, elle se demanda pourquoi elle l'avait si sévèrement rabroué et s'en voulut, craignant de l'avoir définitivement fait fuir. Alanguie par la chaleur et l'oisiveté du mois d'août, elle se prit à fantasmer, espérant le croiser à chaque coin de rue, et se fit sans cesse missionner pour les courses, se soumettant avec plaisir à toutes les demandes qu'elle pouvait satisfaire à l'extérieur. Avant de passer le pas de la porte, elle portait un soin renouvelé à sa coiffure et à sa tenue, ce que Dibba ne manqua pas de noter. Lorsqu'elle était au marché, qu'elle rendait service à une voisine, elle scrutait les rues et les passants autour d'elle, dans l'espoir de le croiser au détour d'un chemin. Déçue par le quotidien, elle attendait avec hâte de regagner son lit chaque soir et de se livrer mentalement aux rêveries les plus fantaisistes.

La fréquentation par une jeune fille d'un garçon avait toujours été sévèrement condamnée par les Haddad, comme par la plupart des Libanais, quels que soient leur appartenance confessionnelle ou leur niveau social. Le badinage, les amourettes sans lendemain, l'amour sans amour, tout cela était proscrit. Il était établi que les jeunes filles devaient vivre à la maison jusqu'au moment où un prétendant descendu des cieux viendrait les épouser. De filles et de sœurs modèles, elles passaient ainsi au rang d'épouses, puis de mères irréprochables. Rien ne précisait le cadre dans lequel les futurs mariés étaient censés se croiser, apprendre à se connaître et à s'aimer, mais il était évident que cette phase préliminaire devait être la plus courte et la plus discrète possible. Surtout, le droit à l'erreur était inexistant et, une fois son dévolu jeté sur une jeune personne, il était bien difficile de faire marche arrière. En conséquence, les amours naissantes se nouaient le plus souvent dans le cercle familial, par un jeu de relations qui – s'il ne visait pas exactement à conduire à des mariages arrangés – orientait néanmoins fortement les choix. C'était pour cette raison que, parmi les sœurs d'Amal, la plus âgée, Fatima, avait épousé à vingt ans le fils d'un voisin de Chebaa, que la seconde, Ghania, s'était destinée à un enseignant qui la courtisait depuis l'école et que la dernière, Leila, venait de mettre un terme à ses études de lettres pour s'unir à un cousin du village – chauffeur de taxi –, dont on disait déjà qu'il la traitait sans ménagement. Amal regardait ces couples avec scepticisme. Elle savait que Fatima était sincèrement amoureuse de Waël, dont elle parlait avec délice depuis aussi longtemps qu'elle était capable de s'en souvenir. Concernant les deux cadettes, la situation était bien différente et elle souhaitait absolument s'épargner une union aussi attendue et manifestement vouée à l'échec que l'étaient les leurs. D'un naturel très pudique, et moins revendicateur que son amie Salima, elle n'en était pas non plus à affirmer que le mariage était une institution rétrograde, dévolue à exploiter les femmes et à en faire des mères de famille nombreuse, asservies de surcroît. Les réflexions que lui avaient inspirées l'expérience et les opinions de son entourage avaient tout simplement fini par la convaincre de demeurer mutique sur le sujet. Elle pensait que le mieux était encore de n'afficher aucune posture, de ne rien dire à personne de ce qu'elle vivait et d'officialiser une relation si, un jour, quelque chose de sérieux et de viable devait advenir.

L'été finit par s'achever sans qu'elle revît le Chrétien. L'automne fut brutal cette année-là. Amal aimait la chaleur, plus supportable, du mois de septembre, le goût des figues bien mûres et des jujubes qu'elle aidait son père à cueillir. Ces plaisirs ordinaires prirent fin avec l'explosion d'un camion à proximité d'une annexe de l'ambassade des États-Unis à Beyrouth. Vingt-cinq morts sur le bitume brûlant, deux Américains parmi eux, et voici que le monde entier hurlait à un nouveau Drakkar. Et que dire des vingt-trois autres défunts ? Malchance de ne pas être né sous la bannière étoilée, et de choir bêtement, en passant par là. Hasard de n'être qu'un dégât collatéral, une bavure.

Pendant ce temps, Kohl serrait chaleureusement la main de Mitterrand devant un ossuaire niché au tréfonds de la Meuse, se désolant avec lui du sort des morts d'hier, se jurant de tirer les leçons de l'Histoire, se promettant que l'amitié franco-allemande préviendrait les conflits à venir, garantissant à des millions d'Européens, émus, que le monde du futur, plus aseptisé, plus propre et plus clinique, bannirait la mort. Pendant que ressuscitait le pacte Briand-Kellogg, pendant que la vieille Europe remettait la guerre hors la loi, on mourait tous les jours sur le sol de Beyrouth, à quatre mille kilomètres par la route de Douaumont.

Ces événements radicalisèrent plus encore Yacine. Enragé, il se mit à disparaître régulièrement, parfois durant plusieurs jours consécutifs. Quelque part dans la montagne, il menait une guerre qui devait venger les morts pour rien, les oubliés et les laissés-pour-compte. Amal se désolait de ses absences et, comme Dibba, passait des nuits sans sommeil à se faire du mauvais sang. Elle s'interrogeait aussi sur le sort de Khalifé, se demandant s'il n'était pas revenu aux manifestes, aux tracts, peut-être aux armes, et priait – en dépit de son peu de foi – pour le recroiser sur cette terre. Elle s'aperçut qu'elle avait du mal à recomposer mentalement son portrait. Elle avait oublié le son de sa voix. Deux mois sans le revoir alors que leurs deux rencontres n'avaient pas duré plus d'une heure, c'était si peu. Amal s'en voulait de ne lui avoir laissé aucune chance, en vertu de ces principes idiots qui n'étaient même pas les siens. Elle avait agi sottement, comme un chien de Pavlov, conditionné à refuser toute proposition sans se poser davantage de questions. Il avait tenté de la séduire, et elle ne lui avait même pas laissé la possibilité de le faire, un peu par respect pour les conventions contre lesquelles elle était pourtant officiellement en rébellion, plus encore parce que c'était un Chrétien qu'elle avait instinctivement classé parmi les salopards. Depuis que Yacine l'avait défaite de ce préjugé, elle se rongeait les sangs de ne pas lui avoir donné l'occasion de lui en dire davantage et plus le temps s'écoulait, plus l'urgence de vivre quelque chose avec lui, dont elle ne savait presque rien, lui serrait le cœur. Ce désir à la fois terriblement fort et incroyablement risible n'avait eu de cesse de croître jusqu'à l'engloutir entièrement. Elle ne pensait plus qu'à lui, imaginait toutes sortes de configurations pour leur hypothétique prochaine rencontre, allait parfois jusqu'à se figurer qu'ils se fianceraient, se marieraient, qu'elle aurait des fils aussi beaux qu'il l'était lui-même. Ce que tous ces songes évacuaient néanmoins, c'est que, communiste ou pas, il restait maronite, et que jamais, au grand jamais, elle ne pourrait devenir l'épouse de quelque Maronite que ce soit, encore moins sous les obus.

À la rentrée d'octobre, le corps enseignant se mit à exiger des élèves plus de rigueur et d'efforts qu'il ne leur en avait jamais été demandé. Ces injonctions ne permirent plus à Amal de se consacrer à la rêverie tant les professeurs, obsédés par la réussite des futurs bacheliers aux épreuves, les surchargeaient de travail.

Amal avait réussi à se faire admettre en filière scientifique au lycée public pour filles de Saïda. Leila, la seule de ses sœurs à avoir atteint le même niveau scolaire, avait opté pour la voie littéraire, ce qui semblait plus adapté à une jeune femme. Elle inaugurait donc une nouvelle ère dans la famille, ce qui lui conférait une lourde responsabilité. Elle savait qu'elle n'avait pas le droit d'échouer et que les années difficiles qui s'annonçaient pavaient le seul chemin possible vers l'accomplissement de son rêve d'enfant : devenir pédiatre. Une fois diplômée, elle s'imaginait sillonnant le vaste monde, sa mallette pleine de remèdes à la main, à la rencontre d'enfants malades, blessés de guerre, affamés, qu'elle pourrait soigner et aider. Pour autant qu'elle s'en souvînt, elle avait toujours pris soin de son petit frère Zuair, son handicap ne lui laissant qu'une faible marge d'autonomie. Comme elle, et sans doute une bonne partie des autres membres de la fratrie, il n'avait pas exactement été désiré par leurs parents. Il était arrivé comme un cadeau de Dieu qu'il convenait d'accueillir et de chérir, seulement, il était arrivé un peu tard, sans doute trop. Lorsqu'elle découvrit sa grossesse, Dibba avait déjà cinquante et un ans et Ahmad cinquante-six, ce qui valut à Zuair d'être doté d'un chromosome en trop. C'était regrettable, mais c'était ainsi, on s'en occuperait comme des autres. Amal, son aînée directe, se vit confier la lourde tâche de veiller sur ce petit frère, une mission à laquelle elle se prêtait avec diligence. Ainsi, en 1982, pendant que Tsahal pilonnait la banlieue sud de Beyrouth où Dibba et Ahmad les avaient, de toute urgence, envoyés se réfugier, n'imaginant pas que l'armée ennemie irait jusqu'à prendre la capitale, elle s'était chargée de Zuair qui n'était encore qu'un enfant, terrorisé au point de trembler comme une feuille, en proie à des attaques de panique. Reclus dans le sous-sol sordide de l'immeuble dans lequel vivaient alors leur sœur Leila et son mari, Amal tentait de le calmer, de le distraire du sifflement des obus et des détonations en lui racontant des histoires féeriques. Si rien ne parvenait à dissiper la peur, ces récits offraient au petit garçon quelques minutes d'évasion. Et toutes ces heures d'angoisse, à ne savoir comment soulager son frère, donnèrent à Amal la volonté farouche de sortir les enfants de leur détresse.

Elle voulait aller à la rencontre de ceux d'Asmara, de Phnom Penh et de Sanaa, ensuite, lorsqu'elle aurait fait le tour du monde, elle reviendrait dans un Liban enfin pacifié, et ouvrirait un centre pour recueillir ceux que la guerre aurait abîmés. Elle savait que Zuair, dans son malheur, avait une forme de chance, il vivait dans une famille unie, et aimante, peu regardante de sa particularité. Beaucoup d'autres jeunes malades ne s'en tiraient pas si bien, ils étaient tués, abandonnés, livrés à eux-mêmes dans une société qui les déconsidérait et voyait en eux des oiseaux de mauvais augure. Et c'est précisément pour lutter contre ces injustices qu'elle deviendrait médecin.

En attendant, il fallait travailler dur, obtenir brillamment son baccalauréat pour décrocher une bourse qui lui serait d'un peu d'aide en France, se battre contre les équations, les fractions, les dérivations, les vecteurs et toutes ces notions qu'elle avait en horreur. Bien qu'étant une élève appliquée, elle n'avait aucune prédisposition pour les mathématiques et redoutait cette matière à laquelle professeurs, parents et élèves vouaient un inexplicable culte. On aurait dit qu'elle était la seule preuve tangible d'intelligence. Par conséquent, Amal s'exerçait dans la hantise permanente de ne pas comprendre, d'être dépassée par les suites, par les chiffres, par l'abstraction, par le zéro et l'infini. L'impitoyable enseignement que l'on dispensait alors aux écoliers y était sans doute pour beaucoup. Il ne s'agissait pas tant de comprendre que d'apprendre, un peu comme si les humanistes qui avaient œuvré au chamboulement de l'éducation européenne n'avaient pas été entendus en Orient.

Par hasard, Amal finit par revoir Khalifé, un soir de la fin décembre 1984, dans des conditions nettement moins agréables qu'elle ne l'aurait souhaité. Alors qu'elle rentrait du gymnase attenant au lycée, où elle jouait au volley-ball depuis la rentrée, elle se sentit mal à l'aise. Un poids lui écrasa la poitrine, sans daigner la laisser respirer librement. Elle comprit qu'un danger la guettait, que quelque chose d'anormal était en passe de se produire. Il faisait déjà nuit depuis longtemps en ce début d'hiver, et l'éclairage public défaillant contribuait à créer un sentiment d'insécurité. La plupart des lampadaires étaient hors d'usage. Ceux qui restaient croulaient sous un inextricable entrelacs de câbles électriques que des malheureux dépeçaient régulièrement pour en extraire le cuivre. Les villes libanaises à cette époque étaient plongées dans le noir le plus complet dès la disparition du soleil, et se trouvaient livrées aux hordes de chiens errants, aux francs-tireurs et aux pillards en tout genre. Si aucun couvre-feu officiel n'était de rigueur, les habitants évitaient autant que possible de sortir une fois la nuit tombée.

Amal, si elle voulait malgré tout pratiquer une activité sportive, était bien contrainte de se plier aux horaires imposés, et de prendre le risque de faire le chemin du retour à pied. Contrairement à la majorité de ses coéquipières, ses parents ne possédaient pas de voiture avec laquelle ils auraient pu venir la chercher. Elle n'envisageait pas non plus d'abuser de la gentillesse des autres familles pour la déposer chez elle chaque semaine, d'ailleurs il aurait été un peu honteux qu'un tel système s'installât. S'en remettre à un taxi-service était plus hasardeux encore. Très peu travaillaient le soir, et ceux qui le faisaient n'étaient pas toujours dotés des meilleures intentions. Ne restait donc plus qu'à marcher. Avec tous les risques que cela comportait. La voirie était jonchée de débris, pleine d'inégalités de terrain et parfois de cratères débouchant directement sur les égouts. Les véhicules en circulation ne respectaient aucun code de la route et roulaient tous feux éteints, slalomant entre les gravats et les animaux faméliques, que l'espoir de trouver quelques déchets alimentaires avait fait sortir. Il fallait donc se munir d'une lampe de poche et avancer avec soin, lentement, en regardant où l'on mettait les pieds.

Enfin, la principale peur d'Amal était de faire une mauvaise rencontre. Cette éventualité n'était pas à exclure sur un théâtre d'opérations qui avait fait fuir bon nombre d'honnêtes gens au profit de voleurs, trafiquants, maquereaux, miliciens en déroute, souvent ivres ou drogués. Bref, toute la racaille du Moyen-Orient s'était donné rendez-vous dans ce Liban en guerre. La mauvaise graine du monde entier était attirée par ce vaste champ de bataille où plus aucune règle n'avait cours. Beaucoup des étrangers qui étaient venus au Pays du Cèdre sous prétexte de faire revivre les Brigades internationales n'étaient en fait ni des Orwell ni des Hemingway, mais seulement des ignorants violents en mal de sensations fortes.

Il était dangereux de se promener seul la nuit, qui plus est quand on était une femme.

Consciente de ces risques, elle était, ce soir-là, déterminée à foncer tête baissée jusqu'à l'appartement familial, à marcher le plus vite possible en rasant les murs et en retenant sa respiration. Il se trouva toutefois que des bruits inhabituels se firent entendre derrière la maison de l'ancien député et qu'ils attirèrent son attention. C'était une magnifique demeure levantine presque mitoyenne du lycée. Construite à la fin du XIXe siècle, elle transpirait les influences architecturales ottomanes. Haute de trois étages et un peu en retrait de la mer et du tumulte immédiat du centre-ville, elle avait attisé des convoitises pendant des années. Dès le début des conflits cependant, en 1976, le parlementaire avait renoncé à cette maison de famille et fui avec femme et enfants, armes et bagages, quelque part en Europe ou en Amérique. Le bâtiment avait gardé sa superbe, même s'il s'était progressivement couvert d'une épaisse vigne vierge ne permettant plus d'en distinguer la façade. Très vite, la bâtisse avait été vidée par des pillards, des marchands d'art, des receleurs, et était venue allonger l'interminable chapelet des vestiges du temps passé. Sur le modèle de ce *nabi*, beaucoup d'importantes personnalités, de riches propriétaires, d'artistes, de politiciens, de médecins, d'universitaires avaient pris le chemin de l'exil. Certains avaient baissé les bras dès les premières heures du conflit, d'autres avaient tenté de s'accrocher, de rester au Liban, avant de renoncer à la suite d'un décès, d'un assassinat, d'une agression, d'un cambriolage, d'un bombardement. Pour peu qu'ils aient quitté les lieux dans la précipitation, sans avoir eu le temps de les placer sous la garde d'un parent, ou d'un gardien, ils avaient le plus souvent été dévalisés en moins de temps qu'il n'en fallait pour le dire. Amal trouvait ces trésors déchus superbes et déchirants. Tout le monde enviait auparavant les atours de ces puissants, maintenant qu'ils étaient reclus à l'étranger ceux qui restaient regrettaient l'époque où ces bijoux d'architecture brillaient de mille feux, et participaient du rayonnement d'un Liban riche et orgueilleux. Par une curieuse inversion des circonstances, seuls ceux qui n'avaient jamais pu aspirer à posséder de tels palais étaient demeurés sur place pour les pleurer. Hélas, une fois la guerre terminée, ils ne leur reviendraient pas ; pas plus d'ailleurs qu'aux héritiers légitimes, la faute à des indivisions sans fin qui feraient la joie de promoteurs immobiliers peu scrupuleux. Ces derniers ne tarderaient pas à les démolir pour les remplacer par de sémillants gratte-ciel, des centres commerciaux, des supermarchés.

Amal, alertée par le fracas assourdissant d'objets que l'on jette, se cacha derrière une vieille voiture couverte de poussière pour pouvoir mieux observer la scène qui se jouait de l'autre côté de la rue. Comme elle s'en doutait, une bande de malfrats défonçait à la tenaille la lourde chaîne métallique et le cadenas supposés protéger les trésors de la République en débâcle et les effets personnels laissés par son représentant en exil. Les casseurs brisèrent portes et fenêtres, pénétrèrent dans la bâtisse qui ne devait pas connaître là son premier braquage et ressortirent avec des babioles sans valeur, le reste ayant dû être emporté par des visiteurs plus prompts. Ils chargèrent deux tapis, une commode et quelques bibelots dépareillés dans une vieille camionnette défoncée et s'en furent à toute allure. On se demandait au juste ce qu'ils craignaient. La police, débordée, ne s'occupait plus de ce genre de cambriolages depuis bien longtemps ; quant à l'armée, elle n'en avait que faire.

Ce qui venait de se jouer sous ses yeux désola Amal, mais ne la surprit pas. Fatima et Leila, ses deux sœurs qui vivaient à Beyrouth, racontaient souvent que les habitants de leur voisinage étaient obligés de se barricader chez eux. Certains étaient dévalisés par des miséreux ou des cambrioleurs professionnels, d'autres expropriés par les milices en recherche de planques stratégiques ou de caches d'armes. En guise de mesures préventives, ils fixaient donc des barreaux de fer aux fenêtres et sécurisaient les portes dans l'espoir d'éviter toute intrusion susceptible de dégénérer s'ils se montraient récalcitrants à donner le peu qu'il leur restait.

Bien que cela fût particulièrement risqué, Amal profita de ce que l'entrée de la demeure avait été violée pour s'y introduire. Mue par une irrépressible curiosité, elle avait envie de voir ce qui subsistait du monde d'hier. Après avoir gravi les marches du perron, elle se retrouva dans ce qui avait dû être un hall d'entrée fastueux. On devinait que les plaques de marbre ornant le sol avaient été retirées, de même que les bas-reliefs en bois de cèdre, dont il restait à peine quelques échantillons. Empruntant un porche sur la droite, elle pénétra dans le salon de réception, au centre duquel se trouvait un immense cratère d'obus. Levant la tête, elle vit que le projectile avait traversé tous les étages et éventré la quasi-intégralité des lieux. Depuis le rez-de-chaussée, le visiteur pouvait maintenant observer la nuit étoilée. Elle contourna le trou et atteignit la bibliothèque. Les meubles qui n'avaient pas été emportés gisaient pêle-mêle au centre de la pièce. Parmi les bergères saccagées et les rayonnages retournés s'amoncelaient encore de nombreux livres, en toutes les langues. Elle ramassa au hasard un exemplaire du *Divân* de Hafez et une édition originale de *La Condition humaine*. Elle en avait tant entendu parler dans les cercles au sein desquels gravitait Yacine qu'elle se réjouit de pouvoir enfin découvrir ce texte, malgré la difficulté de devoir le lire en français.

Achevant sa déambulation, Amal sortit de la maison par l'arrière, foulant les herbes folles et se débattant avec une végétation sauvage, qui avait autrefois dû faire le bonheur et la fierté des maîtres des lieux.

Transportant sous le bras les deux ouvrages volés, elle prêta l'oreille à une sorte de clameur provenant des rues situées à l'arrière de l'enceinte barrant l'accès au jardin. Contre toute raison, elle acheva de le traverser, escalada les parpaings amoncelés et, après avoir balayé le sol de sa lampe de poche, sauta de l'autre côté du mur. Sans hésiter, poussée par une audace féroce, elle prit la direction de la place de l'Étoile, d'où semblait s'élever le bruit sourd qu'elle percevait. Ce point névralgique de la ville était à la fois une gare routière et un haut lieu de rassemblement pour les manifestants de tous bords. Elle distinguait maintenant clairement la ferveur d'une foule et, lorsqu'elle déboucha sur l'esplanade, son intuition se confirma. Elle eut de la peine à se frayer un chemin parmi les centaines de personnes qui se tenaient là. Elles étaient massées autour de quelque chose qu'Amal ne parvenait pas à identifier. Jouant des coudes, elle se rapprocha à grand-peine du point vers lequel convergeaient leurs regards et leur intérêt. Après de longues minutes de slalom au cœur de l'attroupement, la jeune femme découvrit avec horreur une estrade sur laquelle avait été hissé un portique mal dégrossi. Au bout de trois cordes de longueurs inégales se balançaient des pendus qui devaient avoir trouvé la mort quelques minutes avant son arrivée. Ils virevoltaient dans la brise du soir avec la grâce de ballerines désarticulées. Habillés de combinaisons noires, leurs têtes étaient enserrées dans des sacs de jute. Sur l'estrade, un homme discourait, sans qu'il soit possible de comprendre ce qu'il disait. Craignant de poser des questions à ses voisins, elle se contenta de regarder ce spectacle terrifiant. Elle ne savait pas qui étaient ces gens sur lesquels toute la place avait les yeux rivés, elle ne savait pas non plus ce qu'on leur reprochait, ni même qui les avait fait exécuter. Prise d'effroi, envahie par la solitude étrange de cette nuit macabre, elle traversa une portion de la place à contresens et décida de rentrer chez ses parents le plus vite possible, comme elle aurait dû le faire dès sa sortie du gymnase.

En bifurquant dans une petite ruelle, elle tomba nez à nez avec Youssef qui s'essuyait les mains dans un grand chiffon plein de cambouis. Il avait une cigarette au coin des lèvres et chantonnait en suivant le rythme d'un vieux transistor crachotant une musique indistincte. Derrière lui, elle aperçut une automobile au capot ouvert et, un peu plus haut, un écriteau « Garage Khalifé ». Il planta ses yeux mal assortis dans le regard terrorisé d'Amal. Lui ne semblait pas le moins du monde perturbé par le spectacle qui se jouait à quelques encablures de là. Confuse et sidérée, elle ne trouva rien à lui dire qu'un vague bonsoir, et continua sa course folle jusqu'à arriver chez elle. Elle se précipita à perdre haleine et sans se retourner, omettant d'éclairer sa route. Elle avait fait fi de la voix de Khalifé qui, dans les premiers mètres, lui avait crié de revenir.

Une fois de retour, on lui reprocha violemment de ne pas avoir trouvé un moyen de prévenir de son retard. Elle eut le plus grand mal à se calmer. Il lui fallut un temps infini pour remettre de l'ordre dans ses idées. Les images d'épouvante se mêlaient aux yeux généreux de l'homme dont elle rêvait depuis des mois. À ce visage qu'elle tentait de reconstituer se superposaient la vision de ses mains sales, l'odeur de l'essence et de l'huile de moteur qu'exhalait le garage. Elle s'endormit enfin dans la plus grande confusion, en se demandant s'il était vrai que les pendus avaient une érection dans leurs derniers instants.

Chapitre 2

Aucun événement notable ne se déroula dans les mois qui suivirent, jusqu'au printemps 1985 en tout cas. Amal n'avait pas cherché à reprendre contact avec Khalifé depuis leur sordide entrevue de décembre. La seule évocation de son nom était trop liée au souvenir de l'exécution, il lui donnait la nausée.

Elle avait donc pris la décision de se concentrer sur son baccalauréat et les cours de langue qu'elle glanait par l'intermédiaire d'une amie de Marie-Rose, l'épouse française de son frère Abbas. Deux fois par semaine, elle se rendait au centre culturel français de Saïda, lorsqu'il était ouvert, et, à la fin des leçons dont bénéficiaient encore quelques élèves privilégiés, elle profitait d'une demi-heure de conversation avec Denise. C'était une petite dame auvergnate, célibataire, généreuse et cultivée, qui parlait relativement bien l'arabe. Si les Haddad n'avaient pas les moyens de la payer, ils l'invitaient régulièrement à déjeuner pour la remercier des services qu'elle rendait à leur fille, laquelle tenait absolument à commencer son cursus en France avec un niveau de langue convenable. Ce ne serait que plus tard qu'elle comprendrait qu'une langue étrangère reste une langue étrangère, un facteur inéluctable de distanciation entre soi-même et sa culture d'adoption.

Amal faisait tous les efforts possibles pour résister aux tentations que pouvait encore offrir le monde. Son désir de réussite était violent, elle le concentrait dans une application sans faille, qui frisait l'obsession. La bachelière aspirait à une existence monacale, seulement perturbée par le comportement de plus en plus indéchiffrable de Yacine. L'attitude de son frère était seule capable de distraire sa concentration, et il faut dire qu'il la distrayait souvent. Maintenant que ses études étaient suspendues pour une durée indéterminée, ses disparitions devinrent légion. Il refaisait parfois surface après plusieurs jours de campagne, affamé, hirsute et de mauvaise humeur. Il restait quelques heures chez ses parents, ne disait rien de lui, avalait un bœuf et repartait au combat. S'il avait dû commencer par être une sorte de gratte-papier ou de coursier pour les apparatchiks du Parti, il apparut assez rapidement que son adresse dans le maniement des armes combinée à son intelligence et à sa frénésie de lecture en avait fait un milicien reconnu. Son entière dévotion à la cause n'avait pas tardé à lui permettre de gravir les échelons de cette organisation strictement cloisonnée. Personne ne savait exactement où il se trouvait, mais Amal finit par découvrir, en surprenant des bribes de conversations, qu'il jouait un rôle central dans la coordination des forces de gauche engagées dans la bataille de Tripoli. La grande ville sunnite du Nord avait en effet été muselée par la Syrie jusqu'au début des années 1980 et, de fait, épargnée par les premiers combats. Cependant, le nettoyage des camps palestiniens par des phalangistes appuyés par Israël avait changé la donne. En l'occurrence, les Haddad en connaissaient un rayon puisque, en 1982, l'intégralité de la famille d'Ahmad qui, poussée par la misère, avait été contrainte de s'établir au milieu des réfugiés avait été massacrée à Sabra. C'était en septembre et il faisait chaud. D'ailleurs, il faisait beau, mais c'était un beau jour qui sentait la mort et la charogne. Seule une petite-cousine avait survécu, habilement cachée dans une malle au salon. Les miliciens – trop occupés par l'abattage massif auquel ils se livraient – n'avaient pas pris la peine de fouiller tous les recoins. La malheureuse avait entendu des cris, et vu des sévices, des meurtres et des viols à travers les plaques disjointes du vieux coffre. Sortie au matin, il lui avait fallu enjamber les corps de toute sa famille et plonger tout droit dans la mer, sans savoir nager. Alors, il ne faisait plus beau du tout.

Ces épisodes de pure violence n'eurent pour conséquence que d'engendrer des représailles qui cédèrent elles-mêmes la place à d'autres représailles. En conséquence, les tensions entre le Tawhid[7] et une coalition laïque, emmenée par le PCL et le Parti nationaliste social syrien, finirent par éclater au grand jour. L'année suivante, Arafat – de retour de Tunisie avec quelques combattants – jugea bon de s'en mêler, avant d'essuyer de nouveaux revers. Depuis, la situation était très instable, et tous les Tripolitains, de même que tous les Libanais informés, savaient qu'une recrudescence des violences dans le Nord était inéluctable.

En avril, Yacine omit de refaire surface pendant dix-sept jours, sans juger utile de prévenir personne, sans donner la moindre nouvelle. Jamais aucune de ses absences n'avait été si longue. Dans le petit appartement, la situation était intenable. Démonstrative comme seules savent l'être les mères arabes, Dibba ne cachait plus son angoisse, et restait effondrée des jours durant, pleurant un fils dont elle n'était même pas certaine qu'il fût mort. Lorsqu'elle ne se désolait pas, elle l'insultait, le maudissait de la faire vivre pareil enfer.

Quand il revint finalement à la maison, Amal le trouva attablé, dans des vêtements sales, Dibba auprès de lui. Ayant de toute évidence oublié que, la veille encore, elle lui en voulait furieusement, trop occupée qu'elle était à le resservir allègrement de tout ce qu'il pouvait désirer, elle lui embrassait tantôt les mains, tantôt les cheveux. Amal s'assit auprès d'eux, essaya de lui faire un brin de conversation, de comprendre d'où il venait et où il comptait aller, mais elle ne put rien en tirer. Dibba lui demanda de se taire, de ne pas le fatiguer par un bavardage inutile, il devait avoir une grande mission à accomplir et, maintenant qu'il était là, il fallait le fêter comme un roi, le célébrer comme un Dieu. Elle prônait une sorte de sacralisation du repos du guerrier. C'était à la fois ridicule et plaisant. Yacine semblait heureux qu'on lui fichât la paix. Sans lâcher un mot, il termina son repas, dormit trente heures d'affilée et repartit comme si de rien n'était.

Pour accéder à un tel degré d'impunité, Amal supposait qu'il avait fallu qu'il convainque Dibba du bien-fondé de son combat, de la nécessité de ses départs. Justement, elle n'était pas difficile à persuader, et c'est ce qui la rendait touchante.

Dépourvue de tout savoir à l'exception de celui du cœur, elle plaçait une confiance aveugle en ses enfants et, pour peu qu'ils lui aient présenté les avantages de n'importe quel projet, de n'importe quel choix, elle était prête à les défendre envers et contre tous. Par principe, elle les défendait en fait toujours, qu'ils aient ou non pris la peine de l'informer de leurs engagements.

À l'approche du deuxième baccalauréat blanc, Amal était survoltée. Elle s'était fixé de très hauts objectifs pour ces épreuves dénuées de valeur et travaillait sans relâche à leur accomplissement. Depuis l'enfance, elle était reconnue par tous comme une travailleuse acharnée, ne rechignant jamais à l'effort. Ceux qui la connaissaient mieux savaient pourtant que malgré une grande discipline, sous-tendue par une assiduité sans faille, elle manquait de méthode et, le plus souvent, de rigueur. Très perfectionniste, relativement peu sûre d'elle et en quête permanente de reconnaissance, elle passait un temps infini à vérifier et à parfaire des détails qui ne constituaient pas le cœur du sujet. Du fait de ces particularités, elle était lente et prolixe, ce qui demeurait gérable à un petit niveau, mais devenait de plus en plus problématique au fur et à mesure qu'elle avançait dans son cursus. Son désir de bien faire, son besoin de ne pas démériter étaient tels qu'ils la poussaient à mener une vie de privations auxquelles elle prenait un certain plaisir et dont elle tirait surtout une grande fierté. En période d'examens, son besoin de concentration était si pressant qu'elle se coupait de tout, y compris des siens, avec lesquels le peu d'interactions qu'elle avait devenaient conflictuelles au moindre dérangement. Elle avait sans doute trop entièrement absorbé les codes d'une civilisation et d'une famille qui faisaient de la réussite scolaire et de la reconnaissance universitaire la fin de toutes choses. Au Liban, la distinction suprême s'acquérait, et s'acquiert toujours dans la plupart des milieux, par l'obtention d'un doctorat. Personne dans la famille Haddad n'avait encore décroché de telles lettres de noblesse – pas même Abbas –, Amal avait donc décidé qu'elle serait la première. Elle savait bien que le phénomène de cour qui se cristallisait autour des « docteurs » (prononcé avec un appesantissement un tantinet obséquieux sur le « eu » et un « r » lourdement roulé) était grotesque, mais elle ne pouvait s'empêcher de vouloir accéder à un statut dont sa famille avait jusqu'à présent été privée. Quel que soit leur domaine d'expertise, les titulaires d'un doctorat étaient vénérés aussi bien par leurs pairs que par la foule des ignorants, mais il demeurait assez malcommode de faire étalage de ses connaissances en théologie ou en physique quantique. En revanche, être « docteur » en médecine fournissait d'excellentes occasions de mettre sa grandeur au service des non-initiés, lesquels buvaient généralement les paroles de l'autorité douée de savoir. Amal se disait donc que son entrée au Panthéon des « docteurs », qui plus est en médecine, servirait à venger les sacrifices de ses parents, à leur offrir un peu du prestige et de la gloire pour lesquels ils avaient tant donné. Au fond d'elle-même, elle s'avouait à demi qu'être « docteur », c'était aussi un moyen de ne plus regarder la société libanaise du bas vers le haut, mais, enfin, du haut vers le bas. Elle voulait ardemment qu'une fois au moins dans sa vie quelqu'un lui témoigne de la déférence, exactement comme elle s'était toujours montrée respectueuse et pleine de considération pour les puissants.

Contrairement à sa sœur, Yacine, fatigué de subir le cours des choses, avait décidé de les renverser. Il était convaincu que la guerre rebattrait les cartes et emporterait l'avènement de l'idéal socialiste, avec, pour conséquence, l'aplanissement des rapports hiérarchiques et tribaux. Selon lui, il fallait donc se battre pour instaurer enfin la justice. Si Amal faisait mine de l'approuver, elle aspirait en fait à traverser la cour pour occuper le trône. Elle n'avait pas la force de son frère et, plutôt que de chercher à remanier l'ensemble de l'organisation sociale du pays, elle préférait se démener, à son échelle, pour réussir dans le monde d'hier et permettre à ceux qu'elle aimait d'en bénéficier. Ces façons antinomiques de concevoir l'évolution des positions ne faisaient pas l'objet de discussions. Face à la noblesse des idéaux de son aîné, Amal prenait conscience de l'égoïsme petit-bourgeois de ses propres prétentions individuelles et en rougissait. La jeune femme savait qu'il était animé par une grande noblesse et que sa dévotion était héroïque. La plupart des gens en étaient réduits à œuvrer à leur propre réussite, aussi bassement qu'elle le faisait elle-même. Enfin, pour faire rêver le troupeau, il fallait bien des héros.

La concentration presque pathologique d'Amal sur son examen ne lui permit pas de remarquer qu'en ce début de mois de mai 1985, la maison s'enferrait à nouveau dans une angoisse tenaillante.

On ne lui dit rien, tout d'abord, pour éviter de la déconcentrer inutilement et de s'attirer ses foudres. Le temps passant cependant, elle finit par s'apercevoir que les allées et venues inhabituelles de ses sœurs, surtout de Fatima et Leila qui venaient spécialement de la capitale malgré les dangers, revêtaient un caractère anormal. Le samedi précédant l'examen blanc, alors que le déjeuner s'achevait dans le silence le plus complet, elle prit son parti d'interroger ses parents sur ce qui se tramait. Ahmad mit longtemps à lui répondre que, selon les commérages du quartier, il serait arrivé quelque chose à Yacine. Amal faillit s'étrangler, elle n'avait jamais entendu son père bafouiller, c'est pourtant ce qu'il faisait. À grand-peine, il poursuivit, expliquant que le jeune homme était reparti depuis une dizaine de jours et que – selon les rumeurs colportées par des membres du Parti –, il aurait été arrêté. Personne ne savait ni où ni par qui. Les départs précipités de son frère, pour des durées de plus en plus longues, s'étaient multipliés, à tel point que la jeune fille n'avait pas prêté particulièrement attention à son absence. Elle chercha à dédramatiser la situation, autant pour se rassurer elle-même que pour apaiser les autres, et affirma qu'elle n'avait que faire des racontars du voisinage, que toutes ces histoires n'étaient pas fiables et que Yacine finirait bien par rentrer, sain et sauf. Ni Dibba, ni Ahmad, ni même Zuair ne prirent la peine de lui répondre.

Après le repas, elle tenta de se reconcentrer sur les probabilités, mais, n'y parvenant pas, se rendit chez Salima, qui était la seule personne qu'elle connût susceptible de la renseigner. Traversant les ruelles menant jusqu'à l'immeuble dans lequel vivait son amie, un profond malaise lui emplit l'estomac. Hors du cocon familial, dans le décor de fin du monde qu'était devenue Saïda, ville autrefois radieuse sur le bitume de laquelle on mourait à présent tous les jours, il lui sembla soudain nettement moins invraisemblable qu'un malheur fût arrivé à son frère. Elle pressa le pas, essayant de se figurer le visage souriant qui l'accueillerait à son arrivée. Lorsqu'elle parvint au pied des escaliers décrépits qui conduisaient à la terrasse des Hijaizi, elle inspira un grand coup avant de se saisir de la rampe et de se hisser jusqu'au sommet. Elle fut reçue par la mère de son amie qui la connaissait depuis toujours et lui était très sympathique. Cette dernière l'embrassa, lui demanda des nouvelles de ses parents et la pria d'attendre dans le salon oriental le retour de sa fille. Des objets saints ornaient la pièce mal éclairée, des chapelets, des corans et des gravures représentant des scènes de la vie du Prophète, mais aussi de la bataille de Karbala et du martyre de Hussein.

Amal fuma quelques cigarettes en contemplant cette martyrologie chiite qui l'avait toujours exaspérée. Elle repensa avec horreur aux scènes de flagellation auxquelles elle avait assisté enfant dans les rues de Nabatiyeh pour la célébration d'Achoura[8]. Le bruit de la chair déchiquetée, des lacérations, lui revint aux oreilles et elle eut un moment de dégoût. En comparaison de ces rites qui lui semblaient archaïques, la pratique très modérée de la famille Hijaizi était rassérénante.

Un quart d'heure plus tard, Salima fit son entrée. Elle était rayonnante et sentait le tabac, elle aussi. Les deux jeunes filles discutèrent un moment, jusqu'à ce que la question fatidique fût posée. Apparemment, personne au PCL n'avait le moindre renseignement concernant Yacine. On avait perdu sa trace. Salima tenta de se montrer rassurante, affirma que ce n'était pas la première fois que le jeune homme se lançait dans des expéditions solitaires, qu'il fallait simplement faire preuve de patience et que tout irait bien. De toute façon, ce garçon était insondable et personne n'était en mesure de deviner ses intentions. Elle concéda tout de même que la situation à Tripoli était tendue et qu'elle espérait qu'il n'avait pas conçu un plan trop ambitieux consistant à reprendre la ville à lui tout seul. Cette pensée amusa un peu Amal qui aimait à se représenter son frère en justicier prophétique, mais, très vite, la peur reprit le dessus. Elle remercia pour le café et prit congé, promettant de repasser bientôt.

Sur le chemin du retour, elle jugea bon de ne rien dire de cette entrevue à ses parents et tenta de se reconcentrer sur ses échéances scolaires. La dernière fois que Yacine avait disparu, il avait refait surface après dix-sept jours de cavale. Elle allait donc patienter encore une semaine. S'il n'était toujours pas de retour, elle agirait.

Comme elle s'y attendait, les journées s'écoulèrent dans une pesanteur indescriptible. Chaque session d'examen prit l'allure d'un effort surhumain, quant au retour à la maison après une journée d'épreuve, il tenait du calvaire. Chacun faisait mine de contrôler son appréhension, mais, tacitement, toute la famille avait en ligne de mire le même délai, qui ne cessait de s'amenuiser.

Le samedi suivant, Ahmad et Dibba décidèrent de briser la glace. Leurs visages marqués traduisaient une longue nuit d'insomnie et de tergiversations. Ils avaient dépêché leurs trois filles aînées pour l'occasion. Fatima, Ghania et Leila étaient installées en rang d'oignons sur le plus grand sofa du salon. Manifestement, elles s'attendaient à une triste nouvelle au regard de l'heure matinale à laquelle elles avaient été priées de venir. Toutes trois étaient inhabituellement silencieuses, se contentant de jeter alentour des regards fuyants et d'afficher une mine déconfite. Zuair et Amal les rejoignirent, d'abord ravis de les trouver à la maison, mais cette exaltation fut de courte durée. Les parents ne tardèrent pas à fondre en larmes et à maudire le Ciel de leur avoir donné un fils aussi imprudent que Yacine. Son incapacité à prendre en compte les sentiments de ceux qui l'aimaient et n'attendaient que son retour lui valut d'interminables reproches qu'il n'était heureusement pas là pour entendre. Ils affirmèrent encore que son impiété n'était pas pour rien dans le malheur en train de se jouer. Lorsqu'ils se furent un peu calmés, on discuta plus posément de ce qu'il convenait de faire et on résolut de lui accorder deux jours de sursis supplémentaires. La crispation générale se révélant difficilement canalisable, Ghania et Leila, qui avait pu confier ses enfants à sa belle-mère, décidèrent de rester. Fatima, elle, était contrainte de repartir pour Beyrouth, mais elle promit de revenir aussi souvent que nécessaire.

Ces quarante-huit heures de latence furent infernales. La tension montait irrémédiablement et, si on ne les exprimait qu'à demi-mot, tout le monde avait les mêmes idées derrière la tête. Yacine avait pu être tué dans des affrontements armés, enlevé, violé, emprisonné, torturé. Rien n'était à exclure dans cette guerre, aucun des belligérants n'étant connu pour sa clémence. Quand le lundi, ne trouvant plus d'échappatoires, on décida de partir à sa recherche, on s'aperçut que l'on ne savait rien, ni de ses relations ni de ses activités, et que l'on n'avait même pas idée de la façon dont amorcer les investigations.

Amal n'alla pas au lycée cette semaine-là. Elle considérait être la mieux placée pour retrouver Yacine au regard des quelques vagues contacts qu'elle avait au Parti. En réalité, elle comptait surtout sur sa meilleure amie pour lui indiquer les bons interlocuteurs et lui ouvrir les portes nécessaires. Elle commença, sans grande conviction, par faire le tour de ses connaissances, puis des connaissances des connaissances, puis des connaissances des connaissances des connaissances. Personne ne put lui donner d'indications utiles, celles qu'elle reçut étaient fantasques. Elle convainquit ensuite Salima de l'accompagner directement au siège du PCL à Beyrouth dans l'espoir d'y glaner des informations. La route était extrêmement dangereuse, il fallut passer par la Montagne, emprunter une succession interminable de bus et de taxis avant d'arriver sur les lieux, lesquels tenaient plus de la forteresse militaire que des bureaux de parti politique. On les reçut toutefois très poliment, on leur offrit du café blanc et de l'eau à la fleur d'oranger, on les écouta avec patience et on leur dit bien aimablement qu'on ne pouvait rien pour elles. Les missions étaient secrètes et elles n'avaient pas à s'en mêler. Les deux amies insistèrent, elles demandèrent à rencontrer d'autres responsables, voulurent savoir comment était assuré le suivi des opérations. À la moue désolée des uns et embarrassée des autres, aux égards avec lesquels on les traita, elles devinèrent cependant que quelque chose d'anormal avait eu lieu, dont on voulait les tenir écartées. Sur le trajet du retour, elles n'échangèrent pas un mot. Elles savaient que certains savaient, qu'on les privait de leur droit de regard sur ce qui était arrivé, ou arrivait peut-être en ce moment.

Dès le lendemain, Amal se remit à l'œuvre. Elle était animée par une inquiétude folle, mais aussi par une immense colère qu'elle sentait grossir en elle. Méthodiquement, elle visita l'ensemble des commissariats, puis des prisons du Sud-Liban. Si cette zone d'investigation n'était pas assez vaste, elle étendrait son enquête au Nord, ce qui semblait nécessaire vu l'intérêt porté par Yacine à la situation tripolitaine, peut-être même à la Syrie voisine. Lorsqu'elle revint bredouille de la prison de Khiam[9], son frère avait disparu depuis vingt-huit jours. Elle était à la fois désespérée de n'avoir toujours pas réussi à le localiser et soulagée de ne pas le savoir dans ce chantre de la détresse humaine. Les fins de non-recevoir que lui adressaient les fonctionnaires peu scrupuleux, les matons qui ne cherchaient qu'à se faire graisser la patte, la racaille milicienne qui en attendait plus encore lui retournaient l'estomac. Yacine voulait le bien, pour tous, y compris ceux qui faisaient tant de mal.

Quelque temps plus tard, Amal s'acharnait à résoudre divers problèmes de mathématiques sur la table basse du salon. Elle avait accumulé des lacunes liées à ses absences répétées et ne parvenait plus à se concentrer sur sa scolarité depuis que la guerre avait englouti son frère bien-aimé. Regardant avec amertume la pile de linge qu'il lui faudrait ensuite laver et le sol qu'elle devrait récurer, elle regretta une fois de plus de n'être pas née sous un ciel plus clément. Égoïstement, elle se demanda aussi si la disparition de Yacine impliquerait qu'elle reste au Liban et renonce à ses ambitions universitaires pour veiller à sa place sur la famille, Abbas étant de toute façon hors jeu. Alors qu'elle se faisait ces réflexions, elle vit une silhouette inconnue se dessiner derrière les rideaux de la salle à manger et se diriger vers la porte d'entrée. Quelques secondes plus tard, la sonnette retentit. Après qu'elle eut ouvert, l'homme qu'elle découvrit lui fit comprendre qu'il ne lui dirait rien sur le perron, ce qui l'inquiéta beaucoup. En conséquence, elle le fit entrer et asseoir dans le salon.

Lorsqu'on lui eut servi un café et que la famille fut rassemblée autour de lui, il expliqua qu'il s'appelait Marwan et qu'il était le supérieur direct de Yacine au Parti. Tout le monde s'attendit alors à l'annonce d'une terrible nouvelle. En pleine guerre, les cadres avaient généralement mieux à faire que de rendre des visites de courtoisie aux familles des militants. Il expliqua qu'il y avait près d'un mois que Yacine avait été pris en embuscade par des sbires de Samir Geagea, alors qu'il transportait des armes soviétiques dans le Chouf, à destination de Tripoli. Enclin à l'euphémisation, Marwan ajouta que Yacine passait probablement un moment difficile entre les mains de ses geôliers. Il ne s'appesantit pas, aucune expression n'animant son visage impeccablement rasé ni ses yeux d'un vert profond. Tous furent terrassés par cette annonce. Dibba, comme à son habitude, ne put retenir un cri d'effroi et des larmes de comédienne – qui, chez elle, étaient pourtant toujours sincères. En d'autres termes, il devait croupir dans une prison infâme où on le torturait très certainement pour qu'il fournisse du renseignement à la milice adverse. Cela dit, c'était peut-être encore la meilleure des hypothèses, l'autre consistait à accepter qu'il avait déjà été arbitrairement exécuté, ou était décédé des suites de sévices atroces. Il était de notoriété publique que les bourreaux préposés aux interrogatoires étaient – d'un côté comme de l'autre – rompus aux meilleures techniques, développées par les pires écoles de la guerre froide. Un frisson parcourut l'assistance. Amal vit indistinctement des chaînes, des baignoires pleines d'eau croupie, des pneus et des tenailles, des *moukhabarat* syriens, des agents du Mossad, des récits d'Iran, d'Irak et d'Afghanistan. Elle fit un effort surhumain pour chasser de son esprit ces visions d'horreur et se concentrer sur le moyen de trouver une solution. L'annonce de Marwan la conforta dans l'idée que sa démarche de recherche était pertinente. Elle profita de sa présence pour lui demander s'il ne pouvait pas l'épauler, lui donner des indications et des contacts. Après tout, le Parti était responsable de ce qui se passait si Yacine était bien en mission au moment où les Forces libanaises lui avaient mis la main dessus. Le milicien répondit qu'il était déjà sur le coup avec ses hommes et qu'il reviendrait quand il aurait des nouvelles. Avant de partir, il recommanda aussi à Amal d'être prudente, lui précisant – comme si elle ne s'en était pas aperçue – que les combattants n'étaient pas tous des gentlemans, et que faire une demande de restitution de prisonnier à des ennemis lorsque l'on est une jeune fille sans armes frisait l'inconscience. Elle en convint, même si elle répugnait à lui confier la responsabilité de retrouver son frère, précisément parce qu'il avait contribué à le mettre hors jeu. De toute façon, elle savait que ses efforts avaient peu de chances d'aboutir, les civils se trouvant sans ressources en pareil cas. D'ailleurs, il était fantaisiste de s'imaginer pouvoir demander de l'aide à la police ou à l'armée, aucune institution ne tenant plus dans cet État en déliquescence. Marwan prit donc congé. En le raccompagnant, Amal et sa mère constatèrent qu'un autre homme l'attendait devant la porte et qu'un chauffeur était assis au volant d'une grosse voiture américaine, une Chevrolet, au bout de la petite allée qui longeait l'immeuble. Ce constat arracha un sourire à la jeune femme : apparemment, même les huiles du PCL admettaient volontiers qu'il n'était pas plaisant de conduire une Trabant.

Le reste de la journée s'écoula dans le silence. Chacun ruminait ses angoisses et ses peurs. Zuair passa le plus clair de l'après-midi à pleurer et à prier, recroquevillé dans un vieux fauteuil. Amal le regardait avec désespoir, se demandant ce que le voile de son handicap lui permettait de saisir de ce qui se passait. Ça n'avait sans doute pas beaucoup d'importance d'ailleurs, lui aussi avait perdu un frère. Trisomique ou pas, Yacine lui manquait et il le savait en danger, c'était bien assez pour le faire souffrir.

Ce soir-là, ils dînèrent très tôt, de restes. Personne n'avait eu le courage de cuisiner, de toute façon on n'avait pas faim. Sans se concerter, ils finirent tous par regagner leur lit aux alentours de vingt et une heures. Amal, qui n'avait pas l'habitude de se coucher si tôt, eut toutes les peines du monde à s'endormir. Elle se tourna et se retourna entre ses draps. Elle mourait de chaud et son pyjama était trempé de sueur. Des images sordides ne cessaient de lui apparaître et, lorsqu'elle plongea enfin dans un demi-sommeil, les pendus de la place de l'Étoile se superposaient au visage de son frère disparu.

Cette nuit fut terrible, ponctuée de cauchemars et de réveils en sursaut. Après s'être rendormie pour la cinquième fois aux alentours de quatre heures du matin, elle crut sentir un contact dur et glacial contre sa tempe. Elle n'en était pas bien certaine et préféra tenter de se complaire dans le peu de quiétude qu'elle était parvenue à trouver. Cependant, la sensation de froid était entêtante et la força à ouvrir les yeux. Dans l'obscurité, elle sentit la présence de quelqu'un à proximité et entendit des hurlements dans le lointain de la nuit. Péniblement, elle se souleva sur les coudes et entreprit de chercher l'interrupteur ou à défaut une bougie, dans l'hypothèse d'une coupure de courant. Elle redoutait qu'une main ne vienne se poser sur la sienne pendant qu'elle tâtonnait dans le noir. Alors qu'elle frissonnait à cette idée, elle fut repoussée avec violence. Une lumière blafarde lui fut ensuite braquée sur le visage. Prise de panique, elle se mit à crier. La lampe de chevet trônant sur sa table de nuit fut finalement allumée par un soldat qu'elle découvrit au pied de son lit. De son Galil, il la tenait en joue. Progressivement, il fit glisser le canon de son fusil le long de son cou.

Elle se raidit et renonça à crier, personne ne pourrait rien faire pour elle, elle ne risquait que d'aggraver son cas en agaçant cet intrus. Ses muscles se contractèrent si violemment qu'ils lui firent mal. Amal lutta contre la sidération et entreprit de se lever pour rejoindre sa famille. Déjà, elle croyait entendre les pleurs de sa mère et de son frère, les hurlements d'indignation de Leila et les négociations de son père. L'homme perçut son geste comme une tentative de fuite et la repoussa sur le matelas en vociférant quelque chose dans un arabe trop approximatif pour qu'elle pût comprendre exactement ce qu'il cherchait à dire. Il était très proche d'elle, ce qui lui permit de détailler son visage. Il avait un port fier et des traits juvéniles qui rendaient grotesques son déguisement militaire et ses beuglements destinés à se faire respecter. Elle songea qu'il ne devait pas être beaucoup plus âgé qu'elle et trouva cette situation particulièrement désagréable. Lorsqu'elle voulut se redresser pour la deuxième fois, il l'attrapa par les cheveux et la jeta à nouveau sur la couche dont elle cherchait à se détacher. Pour s'assurer qu'elle n'en bouge plus, il s'allongea sur elle pour la bloquer de tout son poids. La tête perdue dans son oreiller, elle ne voyait que son profil au travers de sa chevelure éparse et craignit qu'il ne la viole.

La voix de Dibba finit par lui parvenir du couloir, elle ne tremblait pas et sonnait étonnamment fermement dans le désordre ambiant. Elle entendit son pas approcher et se décontracta légèrement. Lorsque sa mère fit son apparition dans l'entrebâillement de la porte, le soldat relâcha son étreinte, comme s'il avait été pris en faute. Amal se dégagea d'emblée pour rejoindre celle qui lui ouvrait ses bras. Son corps était dur et chaud, elle n'avait pas pleuré contrairement à ce que la jeune fille avait d'abord pensé. Sa mère était solide comme un roc dans les moments difficiles. Elle était une ressource précieuse, un réservoir d'espoir et un rempart contre tous les dangers. Hélas, cet instant de réconfort fut de courte durée. Il devait y avoir d'autres soldats dans le salon, car Amal entendait des voix d'hommes en provenance de la pièce voisine, toutes caractérisées par cet accent qu'elle ne connaissait que trop bien. Il était à la fois dur et mélodieux ; dans un autre contexte, elle aurait pu le trouver charmant, mais, en cette circonstance, il était la musique de l'agression.

Alors qu'elles étaient toujours enlacées sur le pas de la porte, un deuxième homme les bouscula et pénétra dans la chambre. C'était un officier. Il glissa à son subordonné quelques mots en hébreu et le saisit par la manche du treillis pour le traîner dans son sillage. Il contraignit encore les deux femmes à regagner le salon. Ahmad, Zuair, Ghania et Leila étaient déjà là en vêtements de nuit, l'air hagard et terrassé. C'étaient les gémissements de son petit frère qu'Amal avait attribués à Dibba. Terrorisé, il ne cessait de pleurer et de crier, sous la surveillance de trois autres Israéliens. Deux d'entre eux étaient en civil et discutaient tranquillement sans se préoccuper de ce qui se passait. Pour eux, ce ne devait être qu'une mission de routine, une perquisition de plus, banale, quand bien même elle ne respectait aucune règle de droit. D'ailleurs, qu'importait le droit puisqu'il n'y avait plus de Parlement digne de ce nom pour créer la norme, moins encore de juges impartiaux pour rendre la justice. Ces ennemis pouvaient donc se sentir libres d'agir comme ils le voulaient, ils n'auraient jamais à rendre de comptes. D'une voix caverneuse, dans un libanais un peu hésitant, le jeune lieutenant qui avait libéré Amal et sa mère de la présence oppressante de son sous-fifre et qui semblait être le chef de la troupe maugréa deux syllabes interrogatives : « *Weino ?* » Où est-il ? Amal, comprenant que leur intrusion était liée à la disparition de Yacine, ne put s'empêcher de leur répondre avec insolence que les Haddad aussi auraient aimé le savoir. L'officier prit cette réponse pour une provocation et la gifla si fort qu'elle en fut projetée au sol. Les autres éclatèrent de rire. Il les fit taire d'un geste agacé. Elle avait terriblement mal à la joue et la sentit immédiatement enfler, il aurait fallu appliquer une poche de glace sur la zone endolorie pour éviter une ecchymose, mais, honteuse, elle préféra ne pas protester. Dibba l'aida à se relever et se plaça entre elle et la brute qui venait de la frapper en lui demandant de se calmer. Fait étrange, il prit sur lui et se contenta de poser – pour la deuxième fois consécutive – la même question : « *Weino ?* » Personne ne daigna plus répondre et, après une dizaine de tentatives pour leur arracher un aveu sans en venir à la force, les soldats ennemis changèrent de stratégie. Le jeune homme qui avait réveillé Amal saisit sa sœur, Leila, et annonça qu'il allait l'interroger à l'écart, dans une chambre. La belle jeune femme, en comprenant ce qui était en train de se jouer, tenta de s'accrocher aux meubles tandis que le caporal s'emparait d'elle. Ses yeux exorbités traduisaient une terreur légitime et, une fois encore, ce fut Dibba qui s'interposa. Elle hurla à l'officier que soit l'ensemble de la famille subissait un interrogatoire au salon et devant témoins, soit personne n'y serait soumis. Cet héroïsme dérisoire était émouvant. La petite femme sans défense faisait son possible pour préserver l'honneur de ses filles face à ces étrangers brutaux et armés qui débarquaient chez eux en pleine nuit en les accusant de cacher un homme à abattre. Elle dut cependant rappeler au chef de troupe quelque chose de sa propre mère, ou tout du moins convoquer en lui un élan d'humanité puisqu'il fit comprendre à son subalterne d'arrêter. Sans doute valait-il mieux ne pas trop se faire haïr des autochtones. Le groupe finit par quitter l'appartement après quelques questions de pure forme et un peu de chahut, non moins convenu.

Lorsqu'ils tournèrent les talons, le jour commençait à poindre. Un immense soulagement s'empara des Haddad, tous s'étreignirent et se dirent qu'ils avaient eu de la chance d'être tombés sur un homme aussi raisonnable que ce lieutenant. Il était trop jeune pour se sentir tout-puissant, mais il n'était pas impossible qu'avec le temps il succombât à la tentation du pouvoir et de l'impunité. Enfin, qu'importe, pour l'heure, si le Mossad était à la recherche de Yacine, c'est qu'il n'était pas entre les mains des Israéliens, ce qui confirmait les dires de Marwan. Il valait mieux le savoir prisonnier au Liban que de l'autre côté de la frontière, où il aurait définitivement été hors d'atteinte. Renonçant à se recoucher, tous s'installèrent au salon pour prendre un thé et tenter de se remettre de leurs émotions. Le cœur d'Amal battait à tout rompre jusque dans sa gorge, au point de lui donner la nausée. À côté d'elle, Ahmad mettait le plus grand soin à faire cesser le tremblement de ses mains que renforçaient les hurlements de Zuair. À force d'échouer à le faire taire, Dibba avait décidé de le laisser crier. Il faudrait du temps pour panser cette nouvelle plaie, cette violation de leur intimité. Quelque part, cette intrusion signifiait que la guerre était présente et bien présente dans chacun des recoins de l'existence. Elle ne s'arrêtait pas à la porte, pas même au pied du lit, elle pouvait s'immiscer partout et tout le temps, le jour, la nuit, dans la vie publique, dans la vie privée. Le surgissement des Israéliens dans l'appartement annihilait la possibilité d'un relâchement, la notion même d'oubli de ce qui se passait au-dehors. À présent qu'ils avaient surpris les Haddad au creux de leurs rêves, il n'y avait plus d'échappatoires qui vaillent. La guerre dominait chacun des pans de leur existence.

Plus tard dans la matinée, Amal errait dans l'appartement, tentant de lire, de regarder la télévision, de reprendre un ouvrage au crochet qu'elle avait entamé depuis des mois, mais tout lui tombait des mains. Lorsque vers neuf heures son père se mit en chemin pour la banque et que sa mère s'en alla au marché vendre le pain qu'elles avaient confectionné la veille, elle se prépara à repartir sur les traces de Yacine. Elle ne savait plus vraiment où aller, mais il lui était impossible de vaquer à ses occupations, plus encore d'attendre que les Israéliens, dont elle avait eu la preuve qu'ils étaient à ses trousses, ne le retrouvent en premier. Si elle dut s'avouer que ses chances de devancer le Mossad étaient ténues, elle se prépara hâtivement en renonçant à se parer de tout vêtement ou accessoire susceptible d'attirer l'attention. Quand elle fut sur le point de sortir, elle échangea encore quelques mots avec Leila et Ghania qui passaient le plus clair de leur temps chez leurs parents depuis la disparition de leur frère. C'est alors qu'on sonna à la porte. Les jeunes femmes ouvrirent, redoutant l'entrée de nouveaux visiteurs indésirables, mais ce fut le visage de Marwan qui se dessina dans la lumière matinale. Comme la fois précédente, il était escorté par une sorte de garde du corps. Il était livide et les deux sœurs crurent qu'il s'apprêtait à leur annoncer la mort de Yacine. L'homme s'exprima par saccades, avec une remarquable économie de mots. Le peu de phrases qu'il adressa à Ghania était pourtant plein d'une agressivité non dissimulée.

« Nous l'avons libéré hier soir, il va falloir l'exfiltrer.

— Pourquoi ?

— Tout le monde est à ses trousses dans le pays, c'est trop dangereux pour lui, il sera plus utile à l'extérieur.

— Nous ne pouvons pas le cacher ici, nous avons eu la visite du Mossad cette nuit.

— Occupez-vous de lui, remettez-le sur pied et surtout, emmenez-le ailleurs en attendant.

— C'est à vous d'assurer ses arrières.

— C'est ce que nous faisons, imbécile ! Maintenant, fais de l'espace, indique-nous une chambre et occupe-toi de ton frère. »

Avant même qu'elle ait pu répliquer, deux hommes entrèrent, soutenant un Yacine méconnaissable. Sans y avoir été invités, ils l'emmenèrent dans la chambre d'Amal, dont ils fermèrent la fenêtre, les rideaux et débranchèrent le téléphone. Ils vérifièrent aussi tous les tiroirs et s'assurèrent du contenu des placards. Avant de sortir, le plus grand des deux brancardiers de fortune ajouta sans davantage de précisions :

« Trouvez une solution pour son oreille, le reste, ce n'est pas grave, mais là, il y a un problème.

— Que s'est-il passé ?

— Les câbles, certainement. S'il vous entend lui poser la question, il vous répondra peut-être. »

Les trois hommes sortirent sans rien ajouter, ils donnèrent seulement une petite boîte à Leila, contenant de la morphine. Ils avaient dû en obtenir en Syrie, peut-être directement en URSS. Dans le pays, on n'en trouvait plus depuis bien longtemps, les gens avaient trop souffert. Les trois sœurs se ruèrent dans la chambre et ne surent d'abord que faire face au demi-cadavre qui gisait sur le lit. Certains de ses traits, ceux qui n'étaient pas trop commotionnés, rappelaient vaguement le visage du jeune homme qu'avait été Yacine avant de partir. Toutes les parcelles de sa peau étaient tuméfiées à un degré plus ou moins préoccupant. Son visage était recouvert d'ecchymoses et d'inflammations au point que son œil gauche restait obstinément fermé. Cela, plus ses arcades sourcilières brisées et ses incisives cassées lui donnaient l'allure d'un homme-éléphant du Londres de l'époque victorienne, ou d'une gueule cassée de la Grande Guerre. Et puis, en effet, il y avait son oreille. Enfin, ce qu'il en restait. Non seulement le pavillon était en partie arraché, mais du conduit coulait un liquide inquiétant, noirâtre. La vue de cette plaie béante laissa Amal et ses sœurs sans voix. Elles le regardaient, figées, sans savoir au juste que penser. Yacine était certes vivant et elles s'en réjouissaient, mais de lui ne demeurait qu'une bouillie d'homme. Il semblait avoir des côtes brisées au vu des gémissements que la moindre manipulation provoquait, et ses vêtements étaient dans un état lamentable, déchirés, tachés, laissant par endroits apercevoir des lambeaux de chair à vif. Il avait dû être battu aux poings, aux cordes ou peut-être avec des barres de fer, des battes de base-ball.

Ne pouvant demeurer passives devant l'horreur de ce spectacle, elles s'employèrent à l'hydrater et à le nourrir. Ghania trouva un petit tuyau utilisé par Dibba pour faire les confitures et l'introduisit dans la bouche de son frère, elles tentèrent ainsi de lui administrer un peu de lait qu'il recracha instantanément. Elles pensèrent alors qu'il fallait le laver, ce qui se révéla absolument impossible, le moindre mouvement lui faisant pousser des cris de bête blessée.

Tenant à tout prix à éviter que leurs parents ou Zuair ne le voient dans cet état, elles prirent très vite la décision de le faire ausculter par le docteur Mohammad. Cet homme entre deux âges était un ami d'enfance de leur frère Abbas. Les deux garçons s'étaient liés alors que les Haddad venaient d'arriver en ville. N'ayant été scolarisé que par intermittence avant l'expropriation des fermes de Chebaa, il avait un fort accent paysan et un retard considérable dans toutes les matières. Le docteur Mohammad était le seul à n'en avoir cure. Petit garçon rondelet et maniéré, il appartenait à la grande bourgeoisie sunnite de Saïda. Magnanime et généreux, il avait très vite pris Abbas sous son aile, partagé avec lui ses professeurs particuliers, ses vêtements à la mode, et même ses conseils pour séduire les filles. Depuis cette période, les deux hommes étaient demeurés très liés et avaient gardé d'excellentes relations, malgré le départ d'Abbas pour la France. Et pour cause, le docteur lui-même avait quitté le pays pour une dizaine d'années, alors qu'il étudiait la médecine aux États-Unis. C'était un miracle qu'il soit revenu au Liban. Après un si brillant cursus, il aurait été facile de faire fortune en Amérique, mais l'argent ne lui disait rien, il préférait placer son expertise au service de ses compatriotes, pour lesquels la guerre avait raréfié l'offre de médecins. Amal l'admirait beaucoup pour cela. Il lui avait toujours tenu lieu de mentor, et elle ne niait pas que son envie farouche de devenir pédiatre avait en partie été inspirée par la probité de ce praticien hors pair.

Prévenant, Abbas avait demandé à son ami de veiller sur sa famille pendant qu'il serait loin. Les Haddad savaient qu'ils pouvaient compter sur lui, ainsi Leila n'hésita pas et se rua sur le téléphone pour lui exposer le cas de Yacine. À peine eut-elle raccroché qu'un sourire se dessina sur son visage, le docteur acceptait non seulement de le soigner, mais également de le cacher dans sa maison de campagne jusqu'à son complet rétablissement. Au moins, personne n'aurait idée de le chercher là-bas.

Et c'est ainsi que les choses se passèrent. Chafik, le mari de Leila, vint se garer devant l'immeuble avec son taxi cabossé. Sur les recommandations de sa femme, il chargea précautionneusement Yacine – harnaché à un brancard de fortune – dans le coffre de la vieille Mercedes qu'il avait héritée de son père. Il le dissimula ensuite sous une couverture qu'il recouvrit d'objets légers. On entendit encore un gémissement provenir de sous cet amoncellement puis on referma le coffre, et la voiture s'ébranla à destination des collines chrétiennes.

Après cet épisode du retour chaotique de Yacine, les trois filles avaient tenté de rassurer leurs parents sur le sort de leur frère, tout en insistant sur le fait que, dans leur propre intérêt, il valait mieux ne pas chercher à le voir. Naturellement, cette recommandation avait été difficile à faire respecter à Dibba qui ne cessait de se maudire d'être sortie au mauvais moment et qui demandait constamment des précisions sur l'état de santé de Yacine. On n'avait pas osé l'affoler, on n'avait pas non plus été en mesure de lui dire que tout était pour le mieux. Yacine passa environ deux mois chez le docteur, au terme desquels il revint un beau dimanche se présenter à Dibba et Ahmad.

Le jour de son grand retour, il descendit triomphalement de la Chevrolet de Marwan, sourire publicitaire et casquette de base-ball vissée sur le crâne. Un vrai Yankee ! Amal se moqua de ses contradictions et le charria un peu, jusqu'à s'apercevoir qu'il boitait et semblait respirer difficilement. Que s'était-elle imaginé ? Évidemment qu'il ne pouvait pas revenir comme si de rien n'était ! Escorté de son chef et de ses deux hommes de main, il faisait de gros efforts pour prendre un air enjoué. En entrant dans le salon, il embrassa du bout des lèvres sa mère et son père, gratifia ses sœurs et son frère cadet d'un signe de tête, et annonça sans ménagement qu'il embarquait pour Odessa d'où il comptait attendre l'apaisement de la situation libanaise. Il ajouta que, depuis l'URSS, il poursuivrait la lutte à laquelle rien ne devait faire obstacle. Personne ne s'était attendu à le voir resurgir aussi soudainement et moins encore à ce qu'il annonçât un départ sans délai pour une contrée lointaine. Dibba le supplia de rester au moins pour la soirée et de ne partir que le lendemain. Il la regarda avec un mélange de tendresse et d'exaspération et lui demanda si elle était bien sûre de tenir à ce que le Mossad vienne le surprendre dans son appartement. Yacine lui avait fait mal, elle se tut. Le jeune homme prit encore Zuair dans ses bras quelques instants puis, sans se retourner, sortit et monta dans la berline américaine du PCL.

C'est dans ce contexte un peu troublé qu'Amal retrouva le chemin du lycée et passa son baccalauréat à la fin juin 1985. Malgré le retard accumulé, elle le réussit très bien et décrocha même une mention qui lui donna droit à une bourse d'études pour l'étranger. Cette dernière lui fut spécialement remise – ainsi qu'à six autres jeunes diplômés – par le recteur d'académie. Les lauréats bénéficièrent d'une petite cérémonie dans un restaurant chic de Saïda et se virent attribuer une médaille. Amal, très fière, avait le sentiment de toucher enfin du doigt les rêves qu'elle nourrissait depuis longtemps. Quant à Dibba et Ahmad, ils ne savaient plus où donner de la tête tant ils étaient heureux du succès de leur fille. Ils avaient toujours su qu'elle avait quelque chose de spécial, une intelligence hors du commun, une force de caractère et une curiosité qui les éblouissaient. Il ne restait donc plus à la bachelière qu'un long été libanais avant de s'envoler pour la France. Elle comptait le consacrer à la préparation de son voyage. Il lui fallait acheter son billet d'avion, procéder à ses demandes de visa, faire ses valises, se repasser ses cours de français, apprendre un peu de vocabulaire médical spécialisé, et surtout trouver des cadeaux à apporter à son neveu et à sa nièce, les enfants d'Abbas et Marie-Rose.

Ses sentiments sur son départ imminent étaient partagés. Une partie d'elle était dévorée d'impatience à l'idée de découvrir enfin le pays de cocagne dont on lui avait tant rebattu les oreilles, mais elle était aussi rongée par la culpabilité. La perspective de quitter ses parents, ses frères et sœurs, Salima et son pays qu'elle aimait tant lui déchirait le cœur. Si encore elle les avait sus en sécurité, elle aurait pu partir légère, mais elle était consciente du danger qu'ils encouraient tous à rester au milieu de cette guerre qui durait depuis déjà dix ans. Cette dernière pensée était cependant atténuée par le désir de fuite qui s'était emparé d'elle depuis l'intrusion israélienne. Si elle s'était finalement révélée dépourvue de conséquences graves, Amal ne pouvait s'empêcher de se sentir violée, salie. Surtout, elle ne parvenait plus à dormir sans cauchemarder à l'idée qu'un soldat ennemi pût se trouver dans sa chambre. Les mauvais rêves se succédaient. Aux plaies suintantes de Yacine se mêlaient les visages juvéniles du caporal et du lieutenant israéliens, des Galil braqués sur des nuques tremblantes, des hommes désarticulés pendus en place publique, des prisons secrètes et des sévices atroces. De ses hantises, Amal ne parlait à personne. Tout le monde avait vécu des horreurs, il fallait apprendre à composer avec ses blessures et éviter d'empoisonner davantage l'existence de proches qui avaient déjà à gérer leurs propres malheurs. Une image plaisante se substituait néanmoins à toutes les autres au moment du coucher : les yeux vairons de Youssef Khalifé.

Un après-midi qu'Amal terminait son entraînement de volley-ball, lequel continuait pendant les vacances, elle sentit la présence d'un homme inconnu. Il était adossé au bâtiment faisant face au gymnase, un ancien local technique de la compagnie Électricité du Liban qui avait été pilonné par l'aviation israélienne voilà plusieurs années. Le toit-terrasse s'était écroulé sur lui-même, l'essentiel des vitres avait été soufflé, les grilles extérieures défoncées et le sol était jonché de gravats. Après avoir été squattée, la structure était dans un état de saleté indescriptible et la totalité de ce qui avait pu être récupéré par des civils en déroute l'avait été. Alors qu'elle tournait au coin de la rue pour remonter en direction des plantations de fruits qui bordaient l'immeuble dans lequel vivaient les Haddad, elle remarqua que l'homme la suivait. Elle essaya tout d'abord de se persuader qu'il empruntait par hasard le même itinéraire qu'elle, mais elle s'aperçut vite que quelque chose n'allait pas. Quand elle quitta une artère très fréquentée pour couper par les bananeraies, il était toujours sur ses talons, ce qui ne pouvait être le fruit du hasard, compte tenu de sa tenue soignée et de ses chaussures de ville. Se retournant régulièrement pour s'assurer qu'il était toujours à ses trousses, elle fut forcée de constater qu'il s'approchait de plus en plus dangereusement. Lorsqu'elle put enfin distinguer les traits de son visage, elle eut le sentiment de l'avoir déjà vu quelque part, même si elle ne parvenait plus à le remettre. N'y tenant plus, elle l'interpella :

« Hé ! Vous !

— Bonjour, mademoiselle.

— Je peux savoir pourquoi vous me suivez comme ça ? Vous travaillez pour qui ? »

Amal était très tendue, elle sentait des gouttes de sueur ruisseler à la commissure de ses lèvres, mais renonça à les essuyer.

« Qui vous dit que je vous suis ?

— Si vous ne me suivez pas, c'est drôle que nous empruntions exactement le même trajet. Je trouve aussi très étonnant que vous preniez les mêmes raccourcis que moi ! Et puis j'ai l'impression de vous avoir déjà vu quelque part.

— Le hasard, je suppose.

— Ne vous foutez pas de moi.

— Je ne me fous de personne. De vous, moins encore que des autres. »

Elle regrettait à présent de s'être dirigée d'elle-même dans un endroit reculé, à l'abri du regard des passants. L'homme qu'elle avait face à elle lui mentait très certainement, mais ça n'aurait pas été lui faire justice que de dire qu'il semblait malintentionné. Il la considérait plutôt avec curiosité et bienveillance, un peu comme l'aurait fait un garde du corps ou un surveillant de musée. Aussi, elle ajouta :

« Si vous êtes là par hasard, laissez-moi traverser le champ sans bouger. Lorsque j'aurai franchi le grillage nord, je crierai et vous pourrez reprendre votre chemin.

— Un moyen de vous assurer que je suis sincère ?

— En quelque sorte.

— Alors, je resterai ici autant qu'il le faudra. »

L'homme blond, de taille moyenne, s'assit sur une souche de bananier et alluma une cigarette en attendant qu'elle s'éloigne. Elle se retourna à plusieurs reprises pour s'assurer qu'il ne la suivait plus et constata qu'il n'était nulle part. Lorsqu'elle escalada la clôture qui séparait le champ de la route menant à l'appartement de ses parents, elle lui cria que la voie était libre. En poussant la porte d'entrée qui avait enfin été réparée, elle se dit qu'elle avait fait une bien curieuse rencontre. Si rien ne s'était passé pour cette fois, il fallait néanmoins rester sur ses gardes et, si cet homme devait refaire surface, découvrir qui il était.

Dans la chaleur écrasante des premiers jours de juillet, elle fut missionnée par Dibba pour faire des emplettes au marché de Saïda. Il se trouvait dans le vieux centre-ville à quelques encablures du palais Debbané et du château de la Terre. Amal était heureuse de la perspective de cette escapade. Depuis qu'elle savait qu'elle allait la quitter, elle aimait retrouver sa ville meurtrie, déambuler dans ses rues, fréquenter ses habitants. Aux halles semi-ouvertes, on trouvait tous les fruits et légumes qu'il était possible d'imaginer, des *koussa* aux gombos, de la pomme-cannelle aux jujubes, du kumquat aux oranges sanguines. La liste de courses dressée par sa mère était terriblement longue, et Amal se demandait comment elle s'y prendrait pour porter seule les provisions. Après avoir déambulé entre les marchands pendant plus d'une heure, saluant les uns, plaisantant avec les autres, elle avait fait mettre de côté l'ensemble des produits demandés. Avant d'appeler un chauffeur pour l'aider à les emporter, elle décida de piquer vers la Corniche pour y boire un jus d'orange pressée. À peine avait-elle poussé la porte d'un petit café faisant face au front de mer qu'elle décida d'en sortir, tant les tarifs étaient prohibitifs. L'inflation avait vraiment rendu la vie impossible. Furieuse de ne plus rien pouvoir s'offrir que l'essentiel, elle claqua la porte de l'échoppe derrière elle et bifurqua à l'angle de la rue pour retourner au marché.

C'est alors qu'elle rencontra des yeux bleu et vert, des yeux qui l'avaient déjà troublée dans la boutique de Monsieur Khobeizi : ceux de Youssef Khalifé. Les deux jeunes gens restèrent bouche bée quelques instants, savourant le plaisir de s'être retrouvés, puis finirent par engager la conversation dans l'espoir de dissimuler ainsi leur confusion. C'est alors qu'Amal constata qu'il était accompagné de l'homme qui l'avait suivie dans la bananeraie. Elle remit alors son visage et comprit qu'elle l'avait entraperçu dans le garage le soir de l'exécution. Avant même d'avoir salué celui dont elle rêvait depuis des mois, elle eut besoin de tirer la situation au clair avec son escorte.

« Je croyais que vous ne me suiviez pas !

— Comme vous voyez, je ne fais que passer par ici, accompagnant un ami que vous devez connaître. »

Elle rougit un peu, comme si ce quasi-inconnu avait percé son secret le plus intime. Tentant de reprendre contenance, elle s'adressa au Chrétien, et lui dit la première idiotie qui lui traversa l'esprit.

« Vous restez à Saïda cet été ?

— Je n'ai rien de mieux à faire, sauf s'il te plaît que je t'emmène en voyage. Une future étudiante mérite bien un peu de repos.

— Vous êtes au courant pour mon baccalauréat ?

— Et ta mention : toutes mes félicitations.

— Il paraît qu'il y a eu un article dans le journal.

— C'est vrai, je l'ai découpé. »

Ce qu'il lui disait était de nature à la mettre en confiance. Elle pensait à lui depuis un an, il ne l'avait pas oubliée non plus. Cela dit, tant que son ami resterait inexplicablement à ses côtés, elle ne se sentirait pas à l'aise, elle avait besoin de comprendre ce qui s'était passé après son entraînement de volley-ball.

« Pardon, monsieur, si j'insiste, mais j'aimerais connaître votre nom et savoir pourquoi vous étiez sur mes traces l'autre soir. Ne me dites pas encore que ce n'était pas le cas, vous mentiriez. »

Curieusement, c'est Youssef qui répondit d'un ton neutre, à la place de son acolyte.

« C'est moi qui lui ai demandé de garder un œil sur toi.

— Vous êtes fou !

— Pas du tout. J'ai été mis au courant de ce qui s'est passé chez vous. La disparition de ton frère, la perquisition du Mossad. Bref, je n'étais pas tranquille, j'avais peur que des gens malintentionnés finissent par s'en prendre à toi qui cherchais Yacine dans des lieux peu recommandables.

— Mis au courant comment ?

— C'est sans importance.

— Au contraire, je crois que c'est essentiel. Vous êtes toujours au PCL ?

— À mes heures perdues. J'ai de bonnes connexions au Parti, encore aujourd'hui. »

Amal était mi-flattée par toutes ces attentions, mi-agacée qu'il lui ait mis un fil à la patte à son insu. Quoi qu'il en soit, elle devait bien reconnaître qu'il avait aiguisé sa curiosité et qu'elle avait une irrépressible envie de l'interroger pour obtenir des informations sur la détention de Yacine. Vu son état et sa susceptibilité, personne n'avait eu le courage de lui poser de questions lors de son bref retour. À présent, il était trop tard, il était parti sur la mer Noire en emportant ses secrets.

« Si vous savez toutes ces choses, vous devez aussi avoir une idée de ceux qui ont kidnappé Yacine, de son lieu de détention et des motifs de son arrestation.

— En quoi est-ce important ? S'il ne l'a pas dit lui-même, je suppose qu'il avait ses raisons.

— Sans doute. Vous l'avez fait libérer ?

— Amal, arrête de m'interroger comme ça. Nous sommes en pleine rue, si tu veux discuter, voyons-nous ailleurs et à un autre moment.

— Quand ?

— On peut se retrouver vers vingt et une heures au restaurant Amir. »

Après avoir accepté, elle se détourna des deux hommes, récupéra ses courses auprès des commerçants qu'elle avait payés d'avance et monta dans un taxi-service, chargée comme un mulet. Ce fut sur la banquette arrière défoncée, alors que le chauffeur tentait de lui faire la conversation, qu'elle réfléchit à ce à quoi elle venait de consentir : son premier rendez-vous galant. Au fur et à mesure que défilait la ville à travers la vitre du taxi, elle ne cessait de changer d'avis. Oscillant entre la certitude d'avoir commis une erreur grossière et la satisfaction d'avoir – pour une fois – cédé à la tentation d'une chose qui lui faisait vraiment envie. Non seulement elle pensait à lui depuis un an comme une amoureuse éperdue, mais elle éprouvait aussi le besoin d'en savoir plus sur la mésaventure de son frère.

L'après-midi fut long et plein d'atermoiements. Amal finit par trouver une excuse crédible à fournir à ses parents pour expliquer son absence en soirée. Elle retourna ensuite son placard et ceux encore pleins des affaires que ses sœurs avaient laissées, pour trouver une tenue convenable. Elle se décida finalement pour une robe bleue à pois blancs que ses parents lui avaient offerte pour l'Aid, l'année précédente. Ainsi vêtue, avec ses cheveux noirs et bouclés – remontés par une pince plate sur le sommet du crâne –, le khôl qui soulignait la profondeur de ses yeux bruns et ce nez busqué, elle était superbe. Elle avait la beauté naturelle d'une princesse orientale qui ne cessait pourtant, en vain, de poursuivre les codes d'Occident. Après s'être soigneusement préparée, elle se mit en route très en avance, et attendit Youssef pendant près d'une demi-heure devant l'établissement. Essuyant quelques regards aussi méprisants que désapprobateurs de la part du personnel, elle se sentit vexée et décida de quitter les lieux, tant pis si elle n'était pas à leur convenance. Au moment où elle s'apprêtait à partir, un coupé Mercedes gris, une SL R129 roadster bien plus élégante et neuve que la vieille 220SE de son beau-frère, se gara devant le restaurant ; Youssef en sortit. Il était vêtu avec goût, exactement comme le jour où il avait fait son entrée dans la boutique de Monsieur Khobeizi, et affichait un large sourire. En s'approchant d'Amal, il alluma une Marlboro et lui en proposa une. Elle déclina. Il indiqua qu'il sortait tout juste du travail et que, pour cette raison, il n'avait pas pu venir la chercher chez elle. Il s'en excusa avec décontraction. Amal ne releva pas, elle ignorait qu'il était possible d'espérer qu'un homme adoptât une attitude aussi prévenante. Une chose était sûre, Youssef était décidément très différent des époux de ses sœurs. Il lui offrit ensuite le bras et la conduisit vers les deux grandes portes en bois devant lesquelles elle l'avait attendu. Au niveau de l'entrée figurait une pancarte sur laquelle était écrit « Rotary club ». Amal ne savait pas exactement ce que cette mention signifiait, mais elle se doutait que tout cela avait à voir avec l'argent et le pouvoir. Elle prit un air détaché, déterminée à montrer qu'elle n'allait pas se laisser impressionner par ce faste superficiel. Une sorte de garde les considéra avec hauteur depuis la guérite dans laquelle il était juché. Avachi sur une chaise, il lisait le journal et écoutait un petit transistor. Son travail aurait sans doute dû consister à fouiller leurs sacs, mais il y renonça, certainement trop fatigué par sa dure journée. Il se contenta d'un signe de tête complaisant à l'égard de Youssef et replongea le nez dans les actualités. Plus ils progressaient dans le luxuriant parc du restaurant, plus Amal était embarrassée par sa tenue. Elle l'avait crue très à propos, mais se rendit vite compte qu'elle avait quelque chose de décalé par rapport au décor et aux autres clients. Avec stupéfaction, elle aperçut un groupe de journalistes et d'hommes politiques occidentaux côtoyant de riches Libanais – elle ignorait qu'il en demeurât encore en ville. Elle était proprement abasourdie de les trouver attablés là, dans cet Éden sur lequel la guerre n'avait pas de prise. Tous ces gens sortis d'un film à gros budget déambulaient avec naturel dans un jardin privatif, sur la presqu'île abritée par les remparts et le gardien. Il y avait de tout, des bananiers, des orangers, des figuiers, et des fleurs à en perdre la tête, des hibiscus, des pivoines, des roses et des tas d'autres merveilles dont elle ne connaissait pas le nom. Les allées pavées de pierres claires étaient impeccables, un gamin palestinien en tenue traditionnelle libanaise repassait inlassablement le balai au même endroit. L'arrosage automatique entretenait la végétation. On se serait cru au paradis.

Un serveur déguisé en montagnard du siècle passé vint à leur rencontre. Il s'adressa à Youssef avec beaucoup de déférence et lui annonça que la table du fond, face à la mer, lui était réservée.

Ils dînèrent tranquillement, sans être dérangés par aucun bruit. Les plats étaient bons, variés et nombreux, mais ils différaient peu de ceux que l'on préparait chez les Haddad les jours de fête. Il faut dire que Dibba était une cuisinière de talent. En mangeant, ils ne parlèrent pas beaucoup, échangeant seulement quelques banalités sur l'endroit et la nourriture. Dès qu'elle en eut l'occasion, Amal recentra la conversation sur Yacine ; pour la première fois, elle se sentait suffisamment proche de l'homme qui était face à elle pour l'appeler par son prénom et le tutoyer – après tout, lui ne se gênait pas.

« Tu ne m'as pas répondu au sujet de mon frère. »

Avant de prendre la parole, Youssef acheva sa discrète mastication, s'essuya la bouche du coin de sa grande serviette en tissu et but une gorgée d'eau minérale. Amal était éblouie par cette codification, ce protocole bien rodé, et prêta toute son attention aux explications qui suivirent.

« J'ai appris par mon oncle qu'au mois d'avril un cadre du PC avait disparu, et qu'il avait sans doute été capturé par Geagea. À force de lui poser des questions, j'ai fini par comprendre que c'était ton frère.

— Tu aurais pu me le dire, alors que je le cherchais partout et que mes parents mouraient d'inquiétude !

— Et tu aurais fait quoi ? Tu serais allée toi-même expliquer aux phalangistes que ce qu'ils étaient en train de faire était contraire à je ne sais quel principe de droit ? »

Il semblait agacé. Amal était vexée. Sa réponse la renvoyait à sa condition de jeune fille ignorante, mais elle dut bien admettre qu'elle aurait été impuissante et qu'elle se serait sans doute mise inutilement en danger. Trop intriguée pour se taire, elle passa néanmoins sur cet affront en continuant à poser des questions.

« Il était retenu au siège des Forces libanaises ?

— C'est ce que j'ai d'abord cru, avant de découvrir qu'ils l'avaient conduit dans leur fief, à Jbail.

— Tu sais pourquoi les Israéliens sont venus le chercher jusqu'à la maison ?

— Je pense, mais je n'ai aucun moyen de le prouver, que Samir Geagea a lui-même mis le Mossad sur la piste de ton frère. C'était le meilleur moyen qu'il avait de prouver que les Forces libanaises cherchaient à prendre leurs distances avec la Syrie, et donc à rompre avec la stratégie du clan Gemayel.

— Donc, son arrestation n'a rien à voir avec les combats de Tripoli ?

— Amal, réfléchis un instant. Avec qui se battent les communistes à Tripoli ?

— Les Syriens…

— Voilà ! C'était donc encore plus pratique pour Geagea qui non seulement se distinguait de la mouvance prosyrienne au sein des Kataëb, mais en profitait aussi pour obtenir des renseignements sur la stratégie de la Syrie et de ses alliés rouges dans le Nord.

— Je vois. Et comment as-tu fait pour négocier sa remise en liberté ?

— En profitant de l'intifada conduite par Hobeika contre Geagea. Tu n'imagines même pas quel foutoir pouvait être cette organisation en mai dernier. Les prisonniers d'hier n'intéressaient plus la nouvelle élite, j'ai donné un petit billet à un gardien et je suis reparti avec ton frère par l'intermédiaire d'un coursier envoyé par Marwan al-Hoss.

— Pourquoi avoir fait tout ça ?

— Par sympathie pour le Parti, et aussi parce que je t'aime, je suppose. »

Elle fut abasourdie par cette réponse, prononcée avec un désarmant détachement, et ne sut que répliquer. Alors qu'elle nourrissait pour Youssef une passion secrète depuis des mois, il lui confirmait les sentiments qu'il était déjà venu lui confier lorsqu'elle travaillait encore chez Khobeizi. À l'évidence, la froideur et le mépris qu'elle lui avait alors manifestés n'avaient pas eu raison de son amour. Pour ne pas laisser éclater sa joie au grand jour, elle choisit cependant de faire celle qui n'avait pas entendu et, se refusant à lui faire sentir qu'elle était son obligée, préféra changer de sujet en l'avisant de ce qui l'attendait.

« Je pars faire mes études en France.

— Je l'ai appris en lisant l'article du journal annonçant ta remise de bourse. Le départ est prévu pour quand ?

— Début septembre.

— À Paris ?

— Non, chez mon frère, à Nancy.

— Tu parles français ?

— J'essaie, j'apprends.

— En général, les Musulmans ne parlent pas français. »

Cette remarque la froissa, mais elle était en partie vraie. Les Musulmans – même érudits – étaient rarement de culture française, plus volontiers arabe ou à la rigueur américaine. Piquée au vif, elle décida pourtant de ne rien lui concéder.

« C'est bien connu, en général les Musulmans sont des imbéciles.

— Ce n'est pas ce que je voulais dire, tu le sais. Et puis qu'importe, tu es travailleuse et une langue, ça s'apprend. Je pourrai t'aider si tu veux. »

Elle ne s'attendait pas à recevoir de soutien de sa part. Pourquoi l'encouragerait-il à partir s'il était amoureux d'elle, c'était idiot. Et même s'il n'était amoureux que de son pays, c'était idiot. Des Libanais devaient rester au Liban pour le reconstruire, en admettant que cette guerre finisse un jour. Elle choisit de répondre platement, sans s'engager pour le moment, elle avait besoin de sonder Youssef, de comprendre ses intentions avant de pouvoir lui faire confiance.

« Oui, pourquoi pas ? Merci. Vous parlez français chez toi ?

— Toujours. Arabe seulement dans la rue, au travail.

— Pourquoi ?

— Parce que c'est comme ça. Mon grand-père, et son père avant lui étaient proches du pouvoir mandataire, ils se sont liés avec les Français qui étaient en poste ici. Continuer à parler français, c'est entretenir ce pan de notre histoire.

— Maintenant, vous allez parler hébreu ? »

Il ne répondit pas à sa provocation mais la regarda avec un mélange de dédain et de déception. Amal s'en voulut instantanément d'avoir lâché cette énormité, mais comprit qu'il était trop tard pour la rectifier. Elle ne savait même pas vraiment ce qui avait pu la pousser à dire une chose pareille. Youssef n'avait rien à voir avec des gens comme Saad Haddad ou Antoine Lahad[10], bien au contraire. C'était injuste de l'accuser de trahison au motif qu'il partageait une religion et un passé profrançais avec ces meurtriers, plus encore le soir où il lui apprenait qu'il avait orchestré la libération de Yacine. Et puis, au fond, elle ne croyait même pas vraiment que la France fût un envahisseur comme les autres, sans quoi, elle n'aurait jamais décidé de partir pour cette destination. En fait, elle avait sur ces questions d'occupation et de puissance, de nationalisme et de colonisation, des opinions très incertaines. Elle ne savait qu'une chose, c'est qu'elle aurait aimé vivre dans un pays pacifié et autonome, qui n'aurait été à la solde d'aucun autre État, même pas satellisé par l'URSS.

Suite à cet affront, l'ambiance demeura morose. Un quart d'heure plus tard, Youssef avait réglé la note et il la raccompagna en voiture au coin de sa rue, sans plus lui adresser la parole.

Deux jours plus tard, Amal reçut un énorme bouquet de roses, apporté par un enfant du quartier. Un mot l'accompagnait, très court : « *Amal, ce n'est pas ta faute, pardonne-moi d'avoir été si froid. Arrange-toi pour être libre demain soir.* » Elle fut soulagée de ce cadeau qui signifiait qu'il ne lui en voulait pas. Pour autant, elle savait l'avoir vexé, blessé peut-être, et devait maintenant lui épargner toute remarque cinglante. Il faisait son possible pour passer outre leurs différences, il était normal qu'elle lui rendît la pareille. Très excitée par la perspective d'un nouveau rendez-vous, elle s'inquiéta de l'excuse qu'elle pourrait bien trouver pour échapper une nouvelle fois à la suspicion de ses parents. Après avoir envisagé différentes options, elle décida de mentir et prétendit passer la soirée chez Salima, à l'occasion de son anniversaire. Au fur et à mesure que le départ de leur fille approchait, Ahmad et Dibba avaient de plus en plus de mal à la priver des fantaisies qu'elle sollicitait. En temps normal, ils auraient refusé qu'elle se rendît à une fête stupide mélangeant alcool et garçons, drogue peut-être. À présent qu'elle n'avait plus qu'un pied à Saïda, ils se rassuraient en pensant qu'elle avait prouvé à plusieurs reprises son intelligence et sa droiture. La jeune fille se sentit fautive d'abuser ainsi de leur confiance, mais elle était consciente qu'en disant la vérité elle ne reverrait plus jamais Youssef. Déjà que le bouquet de fleurs avait éveillé des soupçons, elle tenait à apaiser les esprits en coupant court à toute discussion éventuelle. Elle ravala donc ce sentiment de culpabilité et passa un coup de téléphone à son amie pour lui expliquer la situation et la prier de ne pas la contredire si on venait à lui poser des questions.

Le lendemain, Amal se posta à l'angle de la rue dès dix-huit heures. Elle craignait par-dessus tout que Youssef n'ait l'idée saugrenue de venir la chercher directement chez ses parents, ou qu'une commère du voisinage ne la surprenne à monter dans sa voiture lorsqu'il arriverait. Sans doute les Chrétiens étaient-ils plus permissifs sur ces questions, mais elle n'avait aucune envie de l'expérimenter. Le temps passa lentement, d'abord trente minutes, puis une heure. À dix-neuf heures trente, elle commença à s'inquiéter. Les riverains qui la voyaient faire les cent pas endimanchée devaient se faire des idées, s'imaginer dans le meilleur des cas qu'elle comptait sur la venue d'un amant, dans la pire des hypothèses, sur celle d'un client. Il faut dire qu'elle avait mis beaucoup de soin à sa tenue. Dans la garde-robe que Leila n'avait pas emportée à Beyrouth après son mariage, elle avait trouvé un très bel ensemble orange. La jolie jupe droite et la veste lui donnaient l'allure d'une étudiante. Aidée de sa mère, elle était parvenue à domestiquer ses cheveux en chignon. Pour se parfumer au gardénia, elle avait puisé dans le fond d'une petite fiole ayant appartenu à Fatima.

Sa montre indiquait dix-neuf heures cinquante, il faisait déjà nuit depuis plus d'une heure lorsqu'une voiture inconnue se gara. Elle prit peur tout d'abord, puis, lorsqu'elle vit Youssef à demi allongé sur le siège passager pour ouvrir la portière de son côté, elle se reprit.

« Allez, monte, je t'emmène dans la Montagne !

— Comment as-tu su où j'étais ? J'ai eu peur que tu n'ailles directement à la maison !

— Tu me prends pour un idiot ? Qu'as-tu dit pour pouvoir sortir ? Tu as menti ? »

Un peu honteuse, Amal baissa la tête.

« Oui, j'ai dit que je fêtais l'anniversaire de ma meilleure amie.

— Où ?

— À quelques rues d'ici.

— Ils ne risquent pas d'aller vérifier ?

— Non, c'est bon.

— Alors, allons-y.

— Où exactement ?

— Surprise. »

Surprise. Amal pensa alors qu'elle prenait peut-être des risques et sentit une boule se former dans sa gorge. Elle ne connaissait pas Youssef si intimement, et monter dans la voiture d'un homme rencontré deux ou trois fois en prétendant être ailleurs était rarement une bonne idée. *A fortiori* dans un théâtre de guerre. Elle avait seulement avisé Salima qu'en cas de problème, elle devait chercher à en savoir plus sur le compte de Youssef Khalifé. Son amie avait noté. Elle s'en souviendrait.

La voiture démarra tout de suite, et se dirigea paresseusement vers les hauteurs de la ville. Elle traversa d'abord Lebaa, puis Ain al-Mir et s'engagea plus tard sur des routes sinueuses de montagne, à flanc de ravin. Youssef conduisait bien, il semblait sûr de lui malgré l'absence complète d'éclairage et de signalisation. Il faisait noir comme dans un sac au creux de cette nuit arabe. Lorsque Amal se rendit compte qu'ils prenaient la route du Chouf, terre mystérieuse au cœur de laquelle elle ne s'était jamais aventurée, elle s'inquiéta de voir les barrages de plus en plus fréquents. Au loin, on entendait des rafales de tirs. Lorsqu'elle était trop inquiète, elle regardait les mains de Youssef sur le volant et ses yeux concentrés sur la route en lacets qui défilait. Ils étaient arrêtés régulièrement par toutes sortes d'hommes en armes. Il avait décroché le crucifix de son rétroviseur et disait à chacun ce qu'il voulait entendre. Avec le sourire.

Ils remontèrent d'abord très au nord et s'arrêtèrent devant le palais de Beiteddine. Construit au début du XIXe siècle par l'émir Chehab II, il avait été le plus haut lieu de pouvoir de l'Émirat du Mont-Liban. Amal le savait bien, elle l'avait appris dans ses livres d'histoire, une matière qu'elle avait toujours détestée, mais qui subitement s'incarnait. En sortant du triangle Chebaa-Saïda-Beyrouth, elle découvrait que tous les noms de lieux qu'elle avait jusqu'à présent entendus, appris, récités, étaient bien réels. Elle fut éblouie par la beauté palatiale. Non seulement du monument lui-même, mais aussi de son environnement, protégé par une forêt profonde, caché au creux d'une vallée encaissée. À la surprise d'Amal, Youssef proposa qu'ils entrent dans l'édifice. Il était trop tard pour entreprendre une visite guidée. De toute façon, il y avait alors trop peu de touristes au Liban pour justifier l'existence d'une telle prestation. Ils enjambèrent sans peine le frêle grillage qui entourait le site et se retrouvèrent entièrement seuls dans l'immense cour. L'obscurité les contraignit à faire la visite à la lampe torche. Un silence magique les enveloppait pendant qu'ils observaient les voûtes, les colonnes et les murs, ainsi que le jardin dévasté par le manque d'entretien. Youssef, qui semblait bien connaître les lieux, donnait parfois quelques explications. La plupart du temps, il restait modestement silencieux pour laisser à Amal le plaisir de s'émerveiller sans être dérangée. En sortant, ils croisèrent la route d'un vieil homme qui leur proposa de leur ouvrir l'église située face au palais. Amal eut un mouvement de recul, mais, se rappelant la scène du restaurant Amir, décida de prendre sur elle et emboîta le pas aux deux hommes. À l'entrée, Youssef fit une génuflexion et un signe de croix. Ennuyée, elle l'imita maladroitement. Le sacristain qui l'observait du coin de l'œil lui adressa un sourire bienveillant, il avait compris qu'elle n'était pas de ce monde-là. Il ne s'en offusqua pas cependant et entreprit de lui faire visiter les lieux. Il lui montra la pierre et les vitraux, lui parla des sculptures et des mosaïques. Elle pensa qu'elles étaient belles, et jeta un regard ému à Youssef, perdu loin, très loin d'elle, dans l'univers de cette foi qui n'appartenait qu'à lui et aux siens. En sortant, le vieillard insista pour les raccompagner à la voiture. Au moment de refermer la porte sur Amal, il lui glissa dans la main une prière à saint Charbel, comme un signe de paix. Elle la lut à voix haute, Youssef ne répondit pas. Il fit chauffer le moteur pendant qu'elle regardait le village enveloppé par la nuit. Cet amas vallonné de maisons, perdu au milieu de nulle part, était porteur de beaucoup de poésie. Des maisons levantines abandonnées côtoyaient des habitations de fortune, sans doute construites pour des parents en déroute ou des réfugiés. Partout des grenadiers devant les portes et des coquelicots dans les herbes folles. Ils reprirent la route du sud. La nuit paraissait sans fin, il était à peine vingt-deux heures et, dans le silence qui régnait toujours, Amal s'endormit sur son siège, elle n'avait plus peur du tout. Elle ouvrit les yeux lorsque Youssef lui tapota doucement l'épaule ; ils étaient arrivés à Jezzine.

« Tu as faim ?

— Un peu.

— C'est mon village ici, celui de ma famille. Nous avons un cousin qui a un petit restaurant. On peut y manger des *manaïche*, des *fatayer*, des choses comme ça.

— Ce sera très bien. »

Ils sillonnèrent encore la route qui coupait en deux l'immense pinède ayant rendu célèbre cette petite bourgade. Les locaux répétaient à l'envi qu'elle était la plus étendue du Moyen-Orient. Au milieu de cette forêt de conifères, ils firent halte. Lorsqu'ils descendirent de voiture, on n'entendait rien d'autre que le chant des grillons dans la douceur nocturne. Youssef offrit sa main à Amal qui, sans se rendre compte de ce qu'elle faisait, lui donna la sienne. Ensemble, ils dévalèrent un petit sentier et, à nouveau, elle fut gagnée par l'appréhension. Il sentit son malaise et la rassura, lui expliquant que le café était juste en contrebas. Lorsque des éclats de voix et de musique lui parvinrent, elle se résolut à lui faire confiance. Amal fut ravie de voir se découper à travers les arbres une petite gargote éclairée aux lampions et aux bougies où on passait des chansons arabes et occidentales. Pour le moment, c'était Abdel Halim Hafez, auquel succédèrent Sabah et les Rolling Stones, on entendit aussi Dalida, Édith Piaf et The Cure. Ils s'assirent sur des chaises en plastique et commandèrent deux Almaza. C'était la première fois qu'Amal buvait de l'alcool, et elle trouva sa première gorgée de bière savoureuse. Ce lieu perdu au milieu des bois n'avait rien en commun avec le restaurant de la Sagette[11]. Il ne lui en sembla que plus agréable. Modeste et confidentiel, c'était tout ce dont elle pouvait rêver. Dans une assiette en carton blanc, elle mangea du *zaatar*, des olives et un *manouché* au *jebbné* jusqu'à se lever, un peu enivrée, pour aller rejoindre les clients qui dansaient déjà sur une piste improvisée entre les pins et les cèdres. Elle savait que Youssef la regardait se mouvoir en grignotant quelques *mezzés*, mais ses yeux posés sur elle, loin de l'embarrasser, l'invitèrent à mettre toujours plus de cœur à la *dabké* et aux trémousseries auxquelles elle s'adonnait. Il est vrai qu'elle ne sortait jamais, mais, adorant la musique, elle n'avait de cesse de reproduire les chorégraphies qu'elle voyait interpréter par ses idoles de la chanson à la télévision. Rapidement, toutefois, elle se sentit un peu oppressée par les cousins et amis d'enfance du jeune homme qui ne cessaient de leur jeter des œillades désapprobatrices, tantôt à elle et tantôt à Youssef. C'est sans doute cette hostilité latente qui le poussa à la rejoindre sur le *dancefloor*. Ils y restèrent longtemps face à face, bougeant au rythme des rocks et de la musique traditionnelle, sur les voix de David

Bowie et de Fairouz. Dans son ensemble orange, elle se savait ravissante et sentait que son cavalier avait envie d'elle. Elle demeura égale à elle-même, ne le provoquant pas, ne le cherchant pas dans ses mouvements, elle conservait seulement cette façon de se déplacer terriblement gracieuse et pudique à la fois qui ne manquait jamais de faire chavirer le cœur des hommes qui l'approchaient.

Lorsqu'ils partirent enfin, vers une heure du matin, Youssef fit une dernière proposition à la jeune femme. Voulait-elle se rafraîchir à la cascade avant de rentrer ? Elle accepta, malgré l'heure avancée, et ils se dirigèrent lentement de l'autre côté du village. La voiture fut garée au bord d'une route éloignée, et ils en descendirent, marchant sur un tapis de mousse et de lichen. Arrivés au pied des chutes d'eau, très fines en cette période de l'année, Amal resta un moment abasourdie puis se jeta tout habillée sous le jet glacé. Elle observait le sommet de la falaise qui devait s'ériger à plus d'une vingtaine de mètres de la plateforme médiane sur laquelle ils étaient stationnés. En contrebas, l'eau claire et limpide continuait de ruisseler vers l'infini.

Youssef, stupéfait de son geste, la regarda un instant, couverte de millions de gouttelettes scintillantes dans le clair de lune. Ému, il lui emboîta le pas, enleva sa chemise et la rejoignit sous la cascade. Ensuite, il s'approcha d'elle et la prit dans ses bras ; elle ne chercha pas à se dégager. Ils s'embrassèrent.

Longtemps, sensuellement, dans le noir et le silence des arbres. Il introduisit sa langue dans sa bouche, elle passa les mains sur son visage brûlant de désir mais gelé par les eaux. Il se saisit de ses cheveux trempés qu'il caressa, qu'il emmêla sans relâche pendant tout le temps que dura leur étreinte. Lorsqu'il pressa contre sa jupe son sexe dur et tendu, elle ne dit rien et se lova un peu plus encore contre lui. Haletante, elle le dévorait du regard et semblait prête à s'offrir sans retenue. Et puis, soudainement, elle se dégagea, et retourna à la voiture sans plus prononcer un seul mot. Youssef ne comprit pas immédiatement ce que cette brusque interruption signifiait. Simplement qu'il fallait être patient, comme il l'avait été depuis le premier jour qu'il l'avait vue, il y avait déjà un an. Respectueux, il se permit seulement de lui dire qu'elle était belle. Il chercha ensuite dans le coffre du véhicule une serviette de plage qu'il lui tendit. Tout en s'essuyant les cheveux et en absorbant le surplus d'eau qui imbibait ses vêtements, elle lui sourit largement. Youssef lui rendit son sourire et la regarda faire, fumant tranquillement une cigarette. Une fois cette opération terminée, il lui ouvrit la portière, le plus naturellement du monde, comme si elle avait été son épouse.

Tout le temps que dura le trajet, aucun d'eux ne fit la moindre allusion à ce qui venait de se passer. Au terme d'une bonne heure de route, Youssef ralentit et se gara à l'angle de la rue où la jeune femme l'avait attendu. Il lui demanda s'il devait la laisser là ou la raccompagner jusqu'à la porte de l'appartement familial. Comme elle demeurait silencieuse, il se tourna vers elle et scruta son visage envahi par la pénombre. C'est seulement alors qu'il vit qu'elle pleurait. Sans lui poser de questions, il la prit dans ses bras et remarqua qu'elle tremblait de froid à cause de ses vêtements mouillés.

Malgré la chaleur de cette nuit d'août, il enclencha le chauffage et lui embrassa le front. Il imaginait ce qu'elle pouvait ressentir à ce moment précis. Elle devait s'en vouloir d'avoir menti pour sortir, et de s'être laissé envahir par un désir interdit qu'elle ignorait peut-être pouvoir éprouver. En cela, il se trompait en partie.

Amal ne pleurait pas de honte, comme une gamine que l'on aurait tout juste dépucelée, mais comme une femme qui en son âme et conscience venait de trahir son camp. Elle pleurait de se dire qu'elle avait été, et qu'elle était peut-être encore, à deux doigts de s'offrir à un Chrétien. En vérité, elle craignait de tomber amoureuse d'un homme que sa filiation rattachait à ceux qui avaient sur les mains le sang des siens. Embrasser Youssef, c'était donner de l'amour au camp adverse, sortir du cercle infernal de la colère et de la haine. Le laisser la toucher, c'était lui dire qu'elle ne lui en voulait pas à lui, en tant qu'individu, c'était aussi admettre que tous ceux auxquels il appartenait n'étaient pas porteurs d'un stigmate irréversible. Partant de là, la guerre à tout prix n'avait plus de sens. La lutte, les idéaux, les grands combats des Musulmans comme ceux des Chrétiens devenaient vains. Extraire un ennemi de son milieu en estimant que c'était peut-être un homme de bien rendait impossible la systématisation et l'essentialisation qui justifiaient la guerre. D'une certaine façon, Youssef, Yacine et Salima avaient dû le comprendre et l'accepter en rejoignant un parti qui faisait si peu de cas des origines confessionnelles. Mais ce qu'ils n'avaient pas saisi pour autant, c'est qu'il était absurde de se poster quelque part pour tirer sur un combattant au seul motif qu'il portait le mauvais uniforme, ou le mauvais brassard. Considérer qu'il fallait prendre les gens un à un, pour ce qu'ils étaient – indépendamment de leurs appartenances –, c'était en ces temps-ci devenir terriblement relativiste. Cesser de penser par assignation, c'était rendre l'action politique et militaire impossible, parce que, derrière tout militant, soldat, idéologue, croyant, pèlerin, se cachait un homme qui avait peut-être bien plus de valeur que les slogans et les couleurs qu'il arborait. Si encore les cousins Haddad avaient été assassinés parce qu'ils étaient musulmans, si encore Yacine avait été torturé parce qu'il était communiste, cela avait un sens. Mais si l'on acceptait qu'ils étaient morts simplement parce que leurs tortionnaires n'avaient pas perçu leur valeur intrinsèque, c'en devenait absurde et donc insupportable. Amal était engluée dans le même paradoxe que la plupart de ses compatriotes. Une violente envie de vivre qui s'opposait à un amoncellement d'interdits, un farouche désir de paix, tout en n'acceptant pas l'absence de victoire finale de l'un ou l'autre camp : il fallait bien qu'on se soit étripés pour quelque chose. Elle avait honte d'elle-même et un irrépressible désir de disparaître sous terre.

Youssef ne savait que faire, il était catastrophé de la voir ainsi prostrée, alors qu'il était persuadé que s'ils appartenaient bien à des clans différents – indépendamment de leurs convictions politiques –, l'amour du Liban aurait dû leur permettre de surmonter cet antagonisme. Il l'aimait, très certainement, comme il aimait d'ailleurs sa mère, son Dieu et ses saints, mais il avait toutes les peines du monde à supporter qu'elle lui rappelât sans relâche qu'ils n'étaient pas du même bord. À présent qu'elle semblait le rejeter pour son extraction, alors que pour la troisième fois au moins depuis qu'il la connaissait, elle lui reprochait d'être maronite et faisait de cette caractéristique une différence insurmontable, il revoyait en boucle les images de janvier 1976, les corps amoncelés à Damour[12], et comprenait la rage d'Hobeika. Cherchant un contre-exemple, il se concentra sur l'assassinat de Bachir et se rasséréna : les Chrétiens pouvaient s'entre-tuer quand leur vision de l'État et de sa souveraineté divergeait. Amal se trompait, et il allait falloir le lui faire entendre, ce qui comptait pour eux, ce n'était pas tant d'avoir deux Dieux qu'une seule patrie et une vision unifiée de son avenir.

« Amal, ça va aller ?

— Je ne peux pas rentrer, il est trop tard.

— Quatre heures moins le quart.

— Mon père va bientôt se lever pour la prière.

— Nous n'avons qu'à aller voir le lever de soleil sur la plage.

— Je ne veux pas qu'on me voie avec toi.

— Je sais.

— J'ai honte.

— Pas moi.

— Tu dis ça parce que tu es un homme.

— Sûrement.

— Et aussi parce que tu es chrétien.

— Peut-être. Mais tu ne devrais pas me reprocher de ne pas me sentir coupable. Je t'aime, et je suis fier de t'aimer.

— C'est facile à dire pour toi. Qu'est-ce que tu risques ? Tu n'auras pas de problèmes !

— Et comment le sais-tu ? Tu crois que mes cousins étaient ravis de nous voir ensemble tout à l'heure ? Tu crois que les gens du village ne sont pas déjà en train de parler ? Tu crois que toute cette histoire ne reviendra pas aux oreilles de mes parents et qu'elle ne les fera pas pleurer de honte pendant que les tiens s'arracheront les cheveux ? Tu crois que je ne verrai pas ma clientèle diminuer si tous les bons Maronites qui la composent apprennent que je les trompe en fréquentant une Sunnite ?

— Oui, peut-être. Au moins, tu as de l'argent.

— Et qu'est-ce que ça change ? Ici, on ne vit pas d'argent, on vit d'une réputation. Pour toi, je serais prêt à la sacrifier. Je serai, alors, le plus pauvre des hommes, mais aussi le plus riche, car je t'aurai. »

Il la conduisit sur la plage qui bordait la sortie sud de Saïda, près du camp palestinien. Elle était étonnée qu'il choisisse cet emplacement, à deux pas d'Ain al-Hilweh. Tous les habitants évitaient consciencieusement cet endroit sale et dangereux, relégué à la périphérie de la ville, comme ses occupants palestiniens à la périphérie du monde. Peut-être Youssef voulait-il lui prouver que le jour n'était pas venu pour lui de commettre son Tel al-Zaatar[13], qu'il avait encore du respect pour l'Homme en général. Elle lui en fut reconnaissante, et sans plus se parler du tout ils regardèrent le soleil se frayer un chemin dans le reste de cette longue nuit qu'ils avaient savourée, et qui maintenant faisait d'eux un couple de clandestins magnifiques.

À sept heures, il faisait grand jour depuis un moment. Youssef retira son crucifix qu'il laissa dans la boîte à gants et descendit de la voiture pour héler un vendeur de café ambulant qui longeait l'immense plage désertée depuis longtemps. Il lui acheta deux gobelets et remonta vers Amal. Ils burent le breuvage fumant à petites gorgées. La plage était dégoûtante, jonchée de déchets, de pneus brûlés, de matériel militaire abandonné. Des débarquements ennemis s'y étaient déroulés, des combats féroces y avaient été menés, et ce front de mer, qui autrefois était un lieu de pêche et de détente, avait tout l'air d'un champ de bataille. Il se disait même que certaines milices avaient acheté des déchets toxiques à des gouvernements occidentaux peu scrupuleux et à la mafia italienne pour financer leurs saloperies. Elles avaient tout répandu sur les littoraux, la baignade était interdite à présent. Mais qui aurait bien pu avoir envie de se jeter à l'eau ? Seuls des gamins miséreux du camp voisin jouaient encore à la lisière du sable et de la route. S'ils s'aventuraient plus près de l'eau, ils risquaient de sauter sur des mines antipersonnel dissimulées dans le sable. Ils couraient et chahutaient en riant, vêtus de guenilles, sans peur, sans honte, sans haine, c'était à se demander comment l'enfance pouvait offrir une telle puissance de vie. Quel curieux tableau ! C'était beau et triste à pleurer ce soleil qui ne s'était levé que pour éclairer le désastre du monde.

L'odeur de la cardamome fit du bien à Amal qui demanda à rentrer. Arrivée chez ses parents, elle s'entendit seulement dire qu'elle avait l'air d'avoir pris la pluie, les cheveux plus frisés et broussailleux que jamais et le khôl dégoulinant. Elle avait oublié. Le mensonge n'était pas fait pour elle, alors elle ne mentirait pas. Épuisée par les très longues heures qui venaient de s'écouler, et par tous les événements qui les avaient rythmées, elle s'allongea sur le tapis de la chambre du fond et y passa la majeure partie de la journée. Les yeux rivés sur le ventilateur qu'une mouche en perdition heurtait parfois, elle fut incapable de réfléchir à ce qu'elle avait à faire. Des bribes, des images de l'interminable nuit lui revenaient sans cesse et elle se délecta de ces rêveries paresseuses. Pour stimuler la résurrection de ces moments de bonheur, elle pressait de temps en temps ses paupières avec les paumes de ses mains, ce qui la propulsait dans un kaléidoscope au centre duquel le visage de Youssef apparaissait inlassablement.

Lorsque sa mère vint frapper à la porte pour savoir ce qu'elle faisait, la réalité la percuta de plein fouet. Elle se redressa et, les yeux lourds de fatigue et le corps engourdi, elle lui dit qu'elle était malade. Dibba n'était pas dupe. Elle la considéra un moment. Malgré ses grands cernes, elle semblait plus heureuse que défaite, et cette joie viscérale façonnait chacun des traits de son visage, chaque parcelle de sa peau. Elle exhalait une féminité criante qui la rendait magnifique. Ces dispositions n'auraient échappé au regard de personne, et encore moins à l'œil aguerri d'une mère.

« Tu n'as pas l'air malade.

— J'ai mes règles.

— Ça n'a jamais posé problème.

— Tout arrive.

— Amal, j'ai été jeune avant toi, ne me dis pas n'importe quoi. Que s'est-il passé à cette fête ?

— Rien.

— Tu as bu ? Tu as rencontré un garçon ?

— Non.

— Arrête de me mentir.

— Je ne te mens pas.

— Je suis ta mère et j'ai le droit de savoir ce qui se passe dans la vie de ma fille.

— Maman, je suis adulte maintenant.

— Et alors ? À cinquante ans, tu seras toujours ma fille.

— Je n'ai pas de comptes à te rendre.

— Tu es ridicule. Ne te prends pas pour une Française. Quand tu seras là-bas, d'ailleurs, souviens-toi toujours d'où tu viens et quelles sont tes valeurs.

— Je ne me prends pas pour une Française, je dis seulement que j'ai le droit d'avoir des secrets.

— De quels secrets tu parles ? Des secrets qui serviraient à m'exclure de ce qui t'arrive ?

— J'en ai le droit. »

Amère, Dibba la considéra quelques secondes et lâcha cette phrase implacable :

« Quand je serai morte, tu comprendras combien c'est précieux, une mère. »

Dibba s'exprimait toujours ainsi, elle savait exactement comment faire taire sa fille. Face à l'hypothèse de la mort possible de la mère bien-aimée, de l'amour absolu et inconditionnel, elle ne pouvait qu'abdiquer.

Dix-neuf ans plus tôt, quand Dibba découvrit qu'elle était enceinte d'Amal, elle fut dans tous ses états. Elle ne voulait surtout pas d'un enfant supplémentaire, d'une part parce qu'elle avait bien assez à faire avec les cinq autres, mais aussi parce qu'elle craignait pour sa santé. Elle n'était déjà plus si jeune et commençait à ressentir toutes sortes de douleurs articulaires et à voir apparaître de petites varicosités sur ses jambes.

Convaincue qu'un nouvel accouchement ne pourrait que les accentuer, elle décida de tenter de se débarrasser secrètement du fœtus. Ne sachant comment s'y prendre, elle pria pour qu'Allah l'en délivre, ce qu'il ne fit pas. Elle but ensuite du café, beaucoup de café, trop de café dans l'espoir que ce torrent de noirceur emporte le petit être en gestation. L'enfant, coriace, finit tout de même par venir, et il fallut bien l'accueillir. En découvrant la petite fille qu'elle venait de mettre au monde, Dibba regretta amèrement ses infructueuses tentatives d'avortement et entreprit de tout faire pour obtenir le pardon d'Amal. Elle la couvrit donc d'un amour encore plus démesuré que celui dont elle avait gratifié ses autres enfants. De ces circonstances était née une relation inouïe entre les deux femmes. Incapables de se séparer, elles se comprenaient sans se parler et, lorsqu'elles essayaient d'exprimer avec des mots ce qui s'en passait très bien, elles se faisaient du mal. Si un désaccord persistant les opposait, Dibba finissait le plus souvent par adopter une stratégie de culpabilisation, Amal rendait les armes, incapable d'imaginer ne serait-ce qu'une seconde lui causer de la peine.

« Oui, c'est vrai, j'ai rencontré quelqu'un.

— Alors, tu m'as menti.

— Ça n'a pas d'importance, puisque je te dis la vérité maintenant.

— Pour moi, ça en a. Qui est-ce ?

— Un ami.

— Du lycée ?

— Non.

— D'où ?

— Quelqu'un que j'ai rencontré au travail, l'été dernier.

— Chez Khobeizi ?

— Oui.

— C'est Khobeizi ?

— Certainement pas !

— Qui alors ?

— Un client.

— Je le connais ?

— Non. Je ne pense pas. Yacine le connaît.

— Les fréquentations de ton frère ne sont pas recommandables. Il fait de la politique, lui aussi ?

— Un peu.

— Quel est son métier ?

— Nous n'en avons jamais vraiment parlé, mais il doit posséder le garage qui est à côté de la place de l'Étoile.

— Khalifé ? »

Amal, qui ignorait tout de cette enseigne avant sa rencontre avec Youssef, fut surprise de sa réputation. Ses parents n'avaient pas de voiture à entretenir et ne flânaient jamais en ville, toutefois sa mère connaissait le nom de l'établissement. Il ne devait rien lui évoquer de positif pour autant puisqu'elle semblait à deux doigts de s'étrangler. Amal la reconnaissait à peine, elle lui trouvait un air dément. La transparence restait tout de même la meilleure attitude à adopter, elle maintint ses positions.

« Khalifé, c'est ça.

— Donc, c'est un garagiste chrétien ?

— Donc, c'est un garagiste chrétien. »

Dibba était égarée, elle cherchait ses mots, peinait à organiser ses idées et s'accrochait fermement au cadre de la porte. Une chose était sûre, c'est qu'elle était furieuse et qu'à cette rage manifeste se mêlait un sentiment plus diffus de déception, ce qui fit atrocement mal à Amal. Sa mère reprit :

« Je t'ai envoyée à l'école – alors que tu aurais pu travailler – pour que tu fasses de belles études, pour que tu deviennes quelqu'un de bien. Maintenant, tu vas partir en France, c'est tellement dur pour moi, mais je l'accepte car je sais que c'est nécessaire. Tu dois avoir une vie meilleure que la mienne. Tu seras médecin. Oublie le Liban, il n'y a plus rien de bon à prendre ici. Tu rencontreras un Libanais de là-bas ou peut-être un étranger, quelqu'un qui aura un avenir et te rendra heureuse. Laisse les garagistes chrétiens là où ils sont et ne gâche pas ta vie. Ne fais pas comme ta sœur.

— Ce n'est pas pareil.

— Quelle différence ?

— Il est ouvert d'esprit, il ne parle pas de religion, et il est riche.

— Je m'en fous qu'il soit riche en réparant des voitures. Moi, je veux quelqu'un qui ait du plomb dans la tête et qui te traite comme il se doit. Tu crois que j'ai envie que tu restes ici à te faire commander par un idiot qui pensera avoir tous les droits, seulement parce qu'il est né du bon sexe ?

— Il me traite bien.

— Pour le moment ! Ton cousin Chafik était le meilleur des hommes tant qu'il faisait la cour à ta sœur. Depuis leur mariage, il est persuadé qu'elle lui appartient, qu'elle est devenue son objet, sa chose. Il la frappe, jusqu'au sang parfois. Il s'est calmé quand elle était enceinte, parce qu'elle lui a donné un fils, et donc satisfaction. Mais après l'accouchement, les coups ont recommencé de plus belle.

— Tous les hommes ne sont pas comme ça.

— Tous les hommes ne le montrent pas.

— Papa ne t'a jamais fait de mal.

— Tu crois que quelqu'un m'a demandé mon avis pour me donner à ton père ? J'avais quatorze ans et je ne pensais qu'à m'enfuir, j'avais des rêves de liberté. Il ne l'a jamais entendu, il s'est contenté de me faire dix enfants, dont trois sont morts. Ça fait bien assez de malheurs pour une seule femme, crois-moi. Donc maintenant, tu vas te taire, travailler pour réussir, ne rien dire à ton père et oublier ce type. J'espère que tu n'as pas couché avec lui. »

Lorsque Dibba referma la porte et que son pas furieux résonna dans le couloir, Amal était à la fois piquée et surprise par ce qu'elle venait d'entendre. Si elle s'était attendue à ce que sa mère lui servît un laïus sur l'impossibilité d'épouser un Chrétien, elle n'aurait pas imaginé qu'elle vilipenderait les hommes en général. Il s'en était fallu de peu qu'elle ne s'appesantisse davantage sur le cas d'Ahmad. De toute évidence, elle voulait épargner à sa fille une vie de couple calquée sur la sienne ou sur le modèle – peu enviable – de celle de ses sœurs. Elle voulait lui faire entendre qu'elle avait la chance de pouvoir choisir, et qu'en l'occurrence Youssef était un mauvais choix. Ce qui la rebutait, bizarrement, ce n'était pas tant son appartenance confessionnelle que sa profession. Amal se destinant à une grande carrière, il fallait que l'homme qu'elle prendrait pour mari occupe une place au moins équivalente à la sienne sur l'échelle sociale. Bref, elle voulait que sa fille connaisse une véritable ascension, à l'image d'Abbas, et il était inenvisageable qu'elle se mariât dans son milieu d'origine. Ce serait un stigmate inutile qui finirait fatalement par lui porter préjudice. Le verdict maternel était sans appel, soit Amal cessait de fréquenter Youssef et tout serait pour le mieux, soit elle s'exposait à de graves ennuis.

Fourbue, Amal s'éclipsa discrètement en fin d'après-midi pour rendre visite à Salima. Elle se promit toutefois d'être de retour pour le dîner afin de ne pas attirer davantage l'attention de Dibba sur ses occupations. Arrivée devant chez les Hijaizi, Amal s'annonça en hurlant son nom, sans se donner la peine de monter. Après quelques minutes, son amie sortit précipitamment. Elle était resplendissante. Vêtue d'une robe en jean délavé, elle avait laissé dénouées ses énormes volutes de cheveux bruns qui dansaient sur ses épaules, au hasard de ses mouvements. Comme toujours, une Fine à demi consumée était coincée entre ses lèvres. Amal la soupçonnait de n'utiliser de briquet qu'au matin, toutes les cigarettes suivantes étant allumées par le mégot des précédentes. Curieusement, cette surabondance nicotinique n'empêchait pas Salima de se parfumer avec goût, généralement au jasmin et à quelque chose de plus lourd et de vaguement indistinct qui rappelait le camphre, ni d'afficher un sourire digne d'une réclame pour dentifrice. Embrassant Amal, elle planta ses yeux intrépides dans les siens et lui annonça avec une fierté non dissimulée qu'elle était admise en licence de droit, à l'université arabe. C'était une excellente nouvelle pour elle qui rêvait de devenir juge anticorruption. Ce choix d'orientation professionnelle était la continuation de ses engagements politiques. Elle était capable de monologuer pendant des heures sur les pratiques frauduleuses des politiciens véreux, sur les dessous-de-table versés par les gouvernements étrangers aux différents chefs de milice ou encore sur la cooptation devenue presque systématique dans la haute fonction publique libanaise. Elle n'aspirait qu'à œuvrer à la mise en place d'un État fort et indépendant. Pour fêter cette bonne nouvelle, Amal proposa à son amie de l'accompagner dans une pâtisserie, elle avait envie de lui faire plaisir en lui offrant une glace ou un *knafeh*[14]. À peine attablée, Salima l'attaqua sans ménagement sur un sujet qu'elle espérait plus croustillant que ses pérégrinations universitaires.

« Alors ?

— Je suis rentrée ce matin.

— Tu as dormi chez lui ? À l'hôtel ? Vous avez couché ensemble ?

— Non, pas vraiment. On s'est juste promenés jusqu'à très tard, on était dans le Chouf, et puis à Jezzine. À la fin on est rentrés ici regarder le lever du soleil. »

Salima sembla très déçue de la chute de cette aventure qu'elle avait espérée plus alléchante.

« C'est tout ?

— C'est tout.

— Vous vous êtes embrassés au moins ?

— Oui, mais rien de plus.

— Il te plaît ?

— Beaucoup.

— Tes parents n'ont pas posé de questions ? Tu sais que j'ai eu peur toute la nuit qu'ils ne téléphonent en demandant à te parler ou, pire, qu'ils viennent voir comment se passait la fête. Je n'aurais vraiment pas su que dire.

— Merci d'avoir fait ça, Salima.

— De rien, mais, s'il te plaît, si vous devez vous revoir, ne me demande plus d'être complice. J'étais non seulement mal à l'aise, mais j'ai aussi eu peur qu'il ne t'arrive quelque chose. On ne connaît pas cet homme.

— Je pense qu'on peut lui faire confiance.

— Tu sais qu'apparemment c'est lui qui a payé pour la remise en liberté de ton frère ?

— Oui, il me l'a dit. C'est une preuve qu'il veut mon bien, non ?

— Si tu le dis. Et maintenant ?

— Aucune idée. J'ai les mains liées. Ma mère a compris qu'il se passait quelque chose. Elle a insisté jusqu'à ce que je lui dise ce qu'elle voulait savoir. J'ai avoué qu'il était chrétien – ce qui, contre toute attente, ne lui a fait ni chaud ni froid – et garagiste – ce qu'elle a vécu comme une attaque personnelle.

— Il est surtout entrepreneur. J'ai appris par des membres du Parti qu'il possède quatre ou cinq garages au Liban et une concession Mercedes à Beyrouth.

— Nous ne parlons pas de ces choses-là.

— Amal, tu sais que tu vas partir dans un mois et demi, à peine. Alors, soit tu vis une amourette d'été avec ce type et tu t'arranges pour le faire en cachette, soit tu te dis que c'est l'homme de ta vie et dans ce cas, il va peut-être falloir repenser tes projets.

— N'y a-t-il aucune autre possibilité ?

— Tout arrêter maintenant et faire ton possible pour l'oublier.

— Merci, on dirait ma mère. Je rentre, je vais être en retard pour le dîner.

— Pas la peine de t'énerver, Amal, tu sais comme moi que si tu épouses un Chrétien, tu seras toujours une paria, si tu ne te maries pas et que tu le vois quand même, tu seras une pute. À toi de choisir.

— Quel choix !

— Et qu'est-ce que tu veux que je te dise ? Tu crois que c'est ce dont j'ai envie pour les femmes d'ici ? Je veux qu'elles puissent choisir de devenir écrivains, ministres ou cinéastes, d'avorter et de marcher sur la Lune, mais apparemment tout le monde est trop occupé à se battre pour des conneries. Alors moi, j'ai choisi. Je resterai célibataire et ils seront si dépités de ne pas pouvoir me mettre une bague au doigt que j'en ris d'avance.

— C'est triste et c'est dommage de se priver pour échapper aux autres.

— C'est mieux que de se plier à leurs désirs stupides et de baisser la tête toute sa vie pour satisfaire leurs mentalités d'arriérés. »

Cette conversation rembrunit encore davantage Amal. Chaque fois qu'elle pensait à Youssef depuis leur virée au restaurant Amir, elle se figurait bien que leurs perspectives d'avenir commun étaient limitées, ce que la diatribe de sa mère et maintenant celle de Salima n'avaient fait que corroborer. Soit elle s'enfuyait l'épouser à Chypre – ou dans n'importe quel autre endroit où le mariage civil entre personnes de communautés différentes était possible –, soit elle faisait le choix d'être fidèle à ses parents, auquel cas, elle devait le quitter sur-le-champ et partir en France comme convenu. Étant donné qu'aucune des deux possibilités n'était satisfaisante, elle résolut de ne pas décider, de tenter de combiner ces deux modalités parfaitement inconciliables. Elle partirait donc tout de même, et verrait Youssef en catimini à chacun de ses retours ; elle les espérait fréquents, malgré le manque d'argent. Peut-être lui aussi pourrait-il quelquefois lui rendre visite à Nancy. Après tout, il était son propre patron et disposait de moyens considérables. Restait le problème du visa, mais il parviendrait à faire jouer ses relations pour en obtenir un.

Pour se convaincre du bien-fondé de son indécision, elle se rattachait aussi à un scénario de plus long terme. Invraisemblable. Une fois ses études de médecine terminées, une fois diplômée et respectée, elle reviendrait au Liban. La guerre ne serait plus qu'un mauvais souvenir, le temps de la reconstruction, de la paix adviendrait. Ses parents auraient retrouvé leurs terres, les printemps de Chebaa fleuriraient à nouveau et le peuple tout entier serait confondu d'allégresse et de cette sérénité dont il ne se souvenait plus. Elle aiderait à réparer les dégâts, à soigner les enfants malades, à réapprendre aux amputés à marcher, elle contribuerait à rebâtir, à tout recommencer. Dans ce monde nouveau, dans cet Éden réinvesti, chacun aurait appris des erreurs du conflit et il ne serait plus gênant de se marier hors de sa communauté, hors de l'étroitesse de pensée de la génération précédente. Ils auraient des enfants aux origines mélangées dont ils n'auraient pas à rougir, ils seraient symbole de fraternité.

Si elle n'avait pas été brusquée par les objections de Salima, elle lui aurait exposé ce projet utopique, ce plan dérisoire qui n'avait aucune chance de résister aux barrières matérielles et mentales. Son amie aurait alors pu la mettre en garde, la faire réfléchir, lui rappeler que la France était loin, qu'elle ne rentrerait pas souvent, que les communications téléphoniques étaient hors de prix, que la Poste n'existait plus au Liban, qu'elle allait peut-être rencontrer quelqu'un d'autre là-bas, qu'elle ne faisait que repousser à plus tard leur incompatibilité fondamentale, qu'elle n'allait pas revenir ailleurs qu'au milieu des combats, qu'il n'y aurait jamais plus de communauté nationale, qu'au fond il n'y en avait jamais eu, que ce décor cataclysmique n'était pas un cadre pour avoir des enfants.

Mais Amal ne voulait pas en entendre davantage, elle voulait protéger son jardin secret, cet espace magique de rêves et d'espérances que personne ne pouvait forcer. Elle savait que le temps lui était compté et préférait croquer à belles dents un bonheur trop précaire et inattendu pour accepter qu'il soit ainsi dévoyé. Quitte à se voiler la face, quitte à repousser au lendemain un dilemme cornélien, quitte à faire souffrir plus tard, ce serait toujours ça de gagné : un dernier été d'insouciance malgré la mort qui rôde. Elle se tut longuement avant de prendre congé de la belle Salima.

La fin de l'été se déroula dans une moiteur cotonneuse. Amal réglait les dernières modalités de son départ, départ que tous semblaient tenir pour définitif, ce qui ajoutait à cette période une tonalité tragique que la jeune fille n'avait pas anticipée. Pour eux, l'émigration, l'exil étaient autant de routes à sens unique. Contrairement à tous ces prophètes de l'apocalypse, elle se répétait chaque jour qu'elle serait bientôt de retour et cette certitude qu'elle s'employait à consolider était un excellent pis-aller à l'angoisse que, insidieusement, elle sentait monter en elle. Et s'ils n'avaient pas tort ?

Chapitre 3

Vers la mi-août, Ahmad fit venir Amal au salon ; il voulait l'emmener faire des courses. S'il ne s'occupait pas très souvent de cette corvée, il aimait se l'approprier quand il n'était pas accaparé par ses travaux d'entretien à la banque. Le ménage vivait chichement, mais le père de famille savait le lui faire oublier lorsqu'il remplissait lui-même le garde-manger. Celui-là débordait alors de denrées chères et raffinées que Dibba ne s'autorisait pas à acheter. Les étagères, les placards, les huches débordaient de noix de cajou, de pistaches, de gâteaux au sumac, de *ghazl al-banet*[15], de produits de nettoyage, de légumes et de fruits séchés. Chacun recevait ensuite un tas de petites babioles insignifiantes, des copeaux de savon, de l'écorce de cannelle, des crayons, des gants de crin. Toute la pauvre paie de l'employé y passait, mais c'était sa façon de dire à ses enfants qu'il les aimait. Cette surabondance de nourriture et de confiseries traduisait la force d'un amour qu'Ahmad ne savait pas exprimer avec des mots. Lorsqu'il revenait, les bras pleins de paquets, sa femme répétait inlassablement la même chose, « mais il y en a pour toute une armée », et joyeusement, elle remplissait les placards, et cuisinait pendant des jours. Il y avait tant à manger que les voisins, les amis, et même les mendiants des alentours finissaient par en profiter. Les Haddad n'étaient peut-être pas riches, mais ils savaient donner de leur cœur.

En général, Ahmad allait seul à la rencontre des marchands qu'il connaissait bien. Trop digne pour que ses enfants ou sa femme ne le voient demander aux commerçants d'ajouter ses emplettes à leur ardoise. Il préférait gérer ses dettes sans témoins. Plus encore, il prenait plaisir à bavarder de choses d'hommes avec les boutiquiers. Des combats, des difficultés économiques, de théologie, de leurs rêves et de sexe aussi, parfois. La mosquée mise à part, le souk était leur principal lieu de sociabilité et Abou Abbas[16] était très inséré dans ce tissu. Tantôt prenant le café chez les uns, tantôt disputant une partie de trictrac chez les autres, sa tournée d'emplettes pouvait durer toute une demi-journée. Exactement comme le réseau des boutiquiers du Majestic, cet univers était hermétique aux femmes et il était tout à fait inhabituel qu'Amal soit invitée à l'accompagner. À bien y réfléchir, elle n'était pas sûre de l'avoir jamais été. Sans se faire prier, elle enfila donc un gilet, une paire de sandales et le suivit.

Ils allèrent à pied parmi les champs et, une fois arrivés dans les rues hautes du centre-ville, ils slalomèrent entre les étals de viande avariée, de fruits pourris et de plumes égarées semées par des volatiles hors d'âge enfermés dans des cages minuscules. Entre les taxis-services, les voitures à bras, les clochards, les blessés de guerre, les étalages d'agrumes et les carcasses de bœufs écorchés pendues à leurs crocs s'écoulait une eau noire et croupie, jaillissant de vieilles canalisations déglinguées. Amal était toujours partagée entre fascination et écœurement lorsqu'elle déambulait aux abords de l'entrée du souk. Elle ne savait pas bien sur quoi elle posait les pieds, répugnait à tacher ses vêtements, mais adorait se laisser porter par l'excitation virevoltante que dégageait ce vaste bazar. Depuis que la guerre avait commencé, l'effervescence de ce carrefour commercial avait pris plus de valeur encore qu'auparavant. Suivant son père, Amal flâna longtemps entre les présentoirs et les marchands hurlants. Tous deux riaient en goûtant différentes sortes de *bizzir*[17] et de graines de tournesol, dont ils crachaient la coque à même les caniveaux, ils jouaient à celui qui atteindrait le point le plus éloigné. Ils étaient complices, comme peuvent l'être un père et une fille qui se respectent et s'admirent, se craignent et s'adorent. Quand il croisait une connaissance, Ahmad présentait Amal comme son enfant prodige. Il disait avec beaucoup d'entrain qu'elle était douée d'une intelligence exceptionnelle et qu'elle s'apprêtait à partir en France pour étudier la médecine. À la fierté qu'elle lisait sur son front, la jeune femme sentait grandir en elle le devoir de le satisfaire, le besoin de dire à cet homme qui lui avait tout sacrifié qu'il ne s'était pas trompé en lui accordant sa confiance. Elle avait trop besoin de sa reconnaissance pour imaginer le décevoir alors qu'il mettait en avant ses mérites avec une pointe de vanité dans la voix. Ahmad était plein d'une telle humilité, il avait eu si peu d'occasions de se vanter au cours de sa dure vie qu'elle aurait préféré mourir plutôt que de contribuer, une fois de plus, à creuser la brèche du déshonneur entamée par l'expropriation. Quelquefois, elle se réveillait au milieu de la nuit, trempée de sueur, une boule de honte logée au creux de l'estomac, terrorisée à l'idée de démériter. Les espoirs que ses parents fondaient sur sa réussite scolaire l'effrayaient. Elle se sentait flotter dans des habits trop grands pour elle. Jusqu'à présent, elle n'avait jamais déçu personne, elle avait toujours fait sagement ce que l'on attendait d'elle, elle avait obéi. Aucune des difficultés qu'elle avait eu à affronter n'était insurmontable, il s'agissait de travailler consciencieusement, de se présenter aux examens et de les réussir un peu mieux que les autres en partant d'un peu plus loin.

Une fois en France, tout changerait, elle quitterait l'univers connu pour un pays dont elle ne savait rien, une langue qu'elle ne parlait qu'à peine, une culture qui lui était étrangère et dont il faudrait pourtant triompher pour continuer de voir s'allumer cette petite lueur dans les yeux d'Ahmad, pour entendre ce sursaut dans sa voix. Ce qu'il lui revenait de faire était immense, en traçant son chemin, elle devait relever la dignité bafouée des siens et leur prouver enfin que leurs batailles n'avaient pas été vaines, qu'ils n'avaient pas vécu pour rien. Son prénom même lui assignait cette mission sacrée et intimidante, elle était née pour les racheter : Amal, *Espoir*.

Lorsqu'ils eurent terminé de remplir leur chariot de plus d'aubergines, de tomates, de dattes, de courgettes, d'oranges et de bananes que ne peut en manger un régiment en une année, Amal héla un taxi pour qu'il les reconduise. Son père arrêta son geste et lui fit signe de le suivre dans le souk. Avant de pénétrer dans le labyrinthe de pierre, il lui acheta un *fatteh*[18] qu'elle mangea en marchant et la fit s'enfoncer dans une des parties les plus anciennes de Saïda, derrière le caravansérail. Selon toute vraisemblance, cette imposante muraille rectangulaire avait été érigée au XVIIe siècle pour accueillir les négociants venus commercer au Levant ; les Français en particulier, d'où son nom de *Khan al-Franj*. Elle avait ensuite été transformée en monastère puis en orphelinat pour jeunes filles. L'immense monument, miraculeusement épargné par les combats, constituait une présence calme et rassurante. Cependant, Amal n'aimait pas beaucoup le dédale de minuscules ruelles entrelacées qu'il cachait depuis le front de mer. La plupart des impasses étaient mal éclairées – même en plein jour – et sentaient la pisse, la pourriture et parfois la mort. Il n'était pas rare que des animaux errants viennent y crever. Leurs cadavres gisaient là, à côté de déplacés en quête d'un refuge. Les petites rapines et la mendicité leur permettaient seules de survivre. Libanais chassés de chez eux par les bombardements ou Palestiniens poussés hors des camps, ils vivaient dans une précarité extrême, à même le sol et le plus souvent en famille. Jamais elle ne s'aventurait dans cette partie de la vieille ville et elle ignorait qu'Ahmad était familier de ces coupe-gorges reculés. Il marchait d'un pas décidé et, lorsqu'ils arrivèrent enfin devant une petite porte en bois vermoulu, nichée sous une voûte de pierre, il frappa sans hésitation. Après quelques minutes, un vieil homme vint leur ouvrir et les invita à entrer.

Il portait l'un de ces pantalons noirs, traditionnels chez les Druzes, et une chemise blanche passablement jaunie par le tabac brun qui saturait l'atmosphère. Derrière lui se découpait un atelier, une lutherie. Amal ne comprit d'abord pas ce qu'ils faisaient là et pensa que son père avait à traiter avec le vieillard qui se proposait de leur apporter du thé. Ils refusèrent tous les deux. Ahmad engagea la conversation.

« Je suis revenu avec ma fille à propos de ce que je t'ai dit la dernière fois.

— Oui, il est prêt. »

L'homme fit volte-face et se retira dans une sorte de remise, séparée du salon par une ouverture si petite qu'elle le contraignit à se pencher pour pouvoir s'y glisser. Restée seule avec son père, Amal eut terriblement envie de l'interroger. Elle lui lançait des regards en coin, dans l'espoir de discerner quelque indice sur son visage, mais se garda bien de lui poser les questions qui lui brûlaient la langue. Il n'était pas de coutume que les enfants s'immiscent dans les affaires des parents, moins encore que les filles cherchent à percer les secrets de leur père. Il lui fallut donc prendre son mal en patience. Elle s'occupa en scrutant l'atelier. Il était curieusement aménagé. On y trouvait un salon oriental, destiné à recevoir les clients ou les amis de passage, peut-être même de petits ensembles de musiciens, un immense établi très propre sur lequel trônaient des copeaux de bois et différents outils, et un peu plus loin un espace dédié à la marqueterie et au travail de la nacre qui ornaient les plus beaux instruments. Des luths pendaient au plafond, mais aussi des guitares sèches à l'andalouse, des kanouns, des violons. Amal était fascinée par le calme et la noblesse du lieu, par l'odeur du bois et des vernis. On aurait dit que jamais la guerre n'avait effleuré cet endroit qui semblait être demeuré identique depuis des siècles. La poussière qui ourlait quelques vieux cadres surannés devait avoir connu les Français, peut-être les Ottomans.

Amal contemplait la lutherie et pensa une fois de plus qu'elle aurait voulu connaître la musique. C'était un besoin très violent d'expression qu'elle refoulait depuis l'enfance, se refusant à mettre ses parents plus encore dans la gêne. Elle savait qu'il aurait suffi qu'elle demandât à apprendre pour qu'ils remuent ciel et terre et lui trouvent instrument et professeur, mais c'était un luxe odieux et des sacrifices supplémentaires auxquels elle ne pouvait les contraindre. Ils avaient pourtant dû s'apercevoir de son goût pour le chant, de sa passion pour les émissions musicales qu'elle écoutait tantôt à la radio, tantôt à la télévision, de sa stupeur lorsque, parfois, elle entendait un joueur de *oud* ou du *naï* dans la rue. Elle se figeait alors et se perdait dans les mélodies qu'elle entendait, s'imaginant qu'elle-même pourrait être à la place du joueur de flûte, à exprimer ses désirs et ses émotions par la bouche sublime d'un autre canal que la parole. Encore qu'elle faisait un bel usage de sa voix, interprétant avec un certain succès toute la panoplie des vedettes cairotes de la génération de ses parents, de grands airs d'opéra, des chansons traditionnelles. On ne se lassait pas de l'écouter.

Mais celle qu'elle aimait par-dessus tout interpréter, c'était Nouhad Haddad, plus connue sous le nom de Fairuz. La légende qui entourait la découverte de son immense talent voulait qu'elle ait été surprise par son futur mari, Assi Rahbani, alors qu'elle chantait dans la cuisine de l'appartement familial à Beyrouth. Charmé par sa voix d'ange, il serait venu l'écouter chaque jour sous sa fenêtre jusqu'à oser franchir sa porte et la révéler au monde. Amal était passionnée par l'univers que cette femme – avec l'aide et le travail acharné des frères Rahbani – avait créé : un monde innocent et bucolique, dans lequel il était question de rossignols, de bourgeons de rose, d'eau de source et de montagnes, d'abricots et de souvenirs d'enfance. Par-dessus tout, elle admirait sa placidité, la capacité qu'elle avait eue à chanter le Liban, le monde arabe en général, en ne prenant parti pour aucun camp, en rappelant simplement aux combattants qu'ils détruisaient sans cesse la beauté qu'elle s'évertuait à faire rejaillir de la fange. Lorsqu'elle entendait sa voix à la radio, qu'elle lançait l'une de ses cassettes, elle était prise d'une émotion si intense qu'elle lui donnait la chair de poule. Amal aurait aimé avoir ne serait-ce qu'une parcelle de son talent pour offrir aux autres le bonheur que cette voix divine faisait naître en elle. Fairuz avait accompagné toute sa vie, elle n'avait aucun souvenir qui ne soit pas lié aux paroles de l'une de ses chansons, à sa voix délicate et profonde. Elle espérait tant pouvoir se rendre à l'un de ses concerts, l'entendre pour une fois en direct, approcher cette femme modeste et pudique, presque timide. Quand elle reviendrait au Liban et qu'elle aurait un peu d'argent, elle conduirait ses parents au festival de Baalbek, et tous les trois se perdraient dans les chants de cette diva de l'Orient.

De cette diva chrétienne, il fallait bien le dire.

Alors qu'elle faisait le tour des instruments en exposition, Ahmad la tira de sa rêverie et désigna l'artisan d'un mouvement du menton. Le vieil homme tenait dans ses mains un luth de très belle facture en bois clair. La rosace était en nacre et les cordes d'une grande délicatesse.

« Il te plaît, ma chérie ?

— Il est magnifique.

— Alors, nous le prenons, Mustapha.

— Comment ça, nous le prenons ? Papa !

— Qu'y a-t-il, ma fille ?

— C'est très cher. Enfin, je pense que c'est très cher.

— Ne t'en occupe pas. Mon enfant, tu t'en vas, tu nous quittes bientôt. Je veux que tu emportes quelque chose qui te rappelle ton père. Lorsque tu seras seule, ou que tu seras triste, là-bas, il faut que tu puisses faire chanter ce luth en te disant que tout notre amour est là, qui t'accompagne.

— De ça, je n'ai jamais douté. »

Amal était bouleversée. Touchée par l'attention de son père, elle se serait sans doute laissée aller à pleurer d'émotion si le luthier n'était pas resté là à les écouter. De son regard étrangement bleu, il invita la jeune fille à s'approcher de l'instrument, la fit asseoir sur une chaise déglinguée et le lui posa sur les cuisses.

Intimidée, elle se recroquevilla autour de ce trésor et posa son nez sur le bois, il sentait bon le vernis, le travail soigné, l'objet d'art, la merveille qu'elle ne devait pas pouvoir posséder, elle, la miséreuse, la besogneuse. Maladroitement, elle tira sur une corde, puis sur une autre. Le son, si proche d'elle, de ses tripes, la fit frémir : c'était sa main aux ongles rongés et à la peau usée par les lessives qui avait produit ces notes. Elle eut une intense envie de jouer une mélodie virtuose, de faire dire à cette chose superbe combien elle était heureuse de la tenir contre elle. Elle se promit de prendre soin de ce présent et d'en faire son compagnon de voyage, même s'il lui déchirait le cœur d'avoir à apprendre à s'en servir dans un pays peu coutumier de la cithare. Le luthier, par pudeur, se retira dans la pièce voisine. Soulagée et n'y tenant plus, Amal se confondit en sanglots qui ruisselèrent bientôt le long du bois noble. Son père reprit :

« Je sais que tu as toujours eu envie d'apprendre la musique. J'espère que tu trouveras un professeur là-bas, je ne sais pas si les Français connaissent cet instrument.

— Je ne crois pas.

— C'est dommage, mais tu te formeras par tes propres moyens, à force d'efforts et de travail. Tu es intelligente et talentueuse, et puis Marie-Rose pourra t'aider, te donner quelques bases théoriques. Quand tu reviendras au Liban, tu nous feras entendre tous les sons que tu auras découverts en pensant à nous.

— Papa, vous me manquerez tant…

— Toi aussi, ma fille, tu me manqueras terriblement. À vrai dire, tu me manques depuis que je sais que tu vas partir. J'ai l'impression qu'un petit morceau de toi, de ton esprit, celui qui te pousse à nous quitter, n'est déjà plus là.

— Tu ne cherches pas à me retenir ?

— Si nous le pouvions, ta mère et moi, nous t'attacherions à nous pour ne jamais te perdre. Mais tes frères et sœurs ont eu le droit de choisir une vie qui leur convenait. Abbas est en France, Yacine en URSS et nous n'avons rien dit, même si chaque jour loin d'eux est une blessure nichée dans nos cœurs meurtris. Lorsqu'un enfant vient au monde, ses parents n'imaginent pas qu'il faudra un jour accepter de se défaire de lui. Mais je crois que c'est ton droit de tracer ta propre voie maintenant, et que c'est mon devoir de père de m'en remettre à Dieu.

— Qu'allez-vous faire sans moi ?

— Ne t'en occupe pas. Nous continuerons de faire ce que nous avons toujours fait : travailler, manger, dormir, prier et nous réjouir d'être unis.

— Je m'en veux de vous quitter, tu sais ?

— Je le sais, ma fille, et tu ne devrais pas. Si je te reprochais ton départ, je serais un père indigne, car tu ne m'appartiens pas. Tu n'es pas ma chose, tu n'es pas mon objet. Le fait de t'avoir engendrée ne me donne pas de droit de propriété sur toi. Tu es l'enfant de la vie, l'enfant d'une puissance qui me dépasse et dont je n'ai été que l'intermédiaire. Maintenant, payons et allons-nous-en, ta mère nous attend.

— C'est pour elle que j'ai peur, papa. Nous sommes si proches.

— Tu as confiance en moi ?

— Bien sûr.

— Alors, tu sais que je prendrai soin d'elle. Ta mère est plus forte que tu ne crois. Elle a surmonté la mort de trois de ses enfants avant même la naissance de Fatima, la spoliation, l'humiliation parfois. Je t'assure qu'elle aura la force de te savoir loin d'elle si c'est pour ton bien. »

Ce soir-là, ils firent un grand dîner, comme après chaque retour du marché, et, lorsque Amal montra avec fierté le luth à Dibba et Zuair, ils la gratifièrent d'un *mabrouk* teinté de regrets. Tous deux savaient qu'elle ne ferait pas ses armes entre les murs du petit appartement familial, qu'ils ne profiteraient pas de ses exercices, de ses gammes et de ses progrès. Elle apprendrait à tirer des mélodies de cet instrument dans un quotidien qu'ils ne partageraient plus, et déjà ce constat silencieux les séparait. La jeune fille perçut leur hésitation et pensa qu'il ne lui restait plus qu'un mois à vivre parmi eux. Mentalement, elle compta : quatre lundis, quatre mardis, quatre mercredis, quatre jeudis, quatre vendredis, quatre samedis et trois dimanches. Elle s'en irait un dimanche, c'était un jour saint pour les Chrétiens, et ça lui porterait chance.

Ce sentiment d'urgence la poussa à revoir Youssef. Le plus souvent possible. Depuis qu'elle avait avoué sa relation à Dibba, c'était toujours des rendez-vous à la dérobée dans des endroits inattendus. Il ne fallait pas être vus. Lors de leurs premières rencontres, elle s'était peu souciée d'être surprise en sa compagnie. Son univers était restreint. Si elle parvenait à échapper aux commères du voisinage et à ses amies aux abords du lycée, il était très peu probable qu'elle soit démasquée. Fatima et Leila venaient rarement à Saïda, Ghania ne sortait presque pas et les autres relations de la famille gravitaient à proximité immédiate de leur quartier.

À l'inverse, Youssef était connu de tous. S'il n'occupait pas directement de fonctions publiques, il appartenait à une grande famille que les pontes de tous bords ne manquaient jamais d'identifier et de saluer. Tout ce que la bonne société du Liban Sud avait d'important bourdonnait à ses côtés pour lui prodiguer mille marques d'une navrante obséquiosité. Amal, qui n'avait jamais eu à traiter avec cette sorte de gens, se trouva vite embarrassée. Plusieurs personnalités des alentours avaient fini par l'associer à Youssef Khalifé dont elle devait immanquablement passer pour l'amante, ce qui légitimait ses craintes que la rumeur, colportée par quelque langue de vipère, ne parvienne aux oreilles de ses parents. Cette assignation lui faisait regretter l'insouciance de leurs premières rencontres, celles que personne ne soupçonnait et qui n'appartenaient qu'à eux. Pour autant, elle était toujours aussi fascinée par cet univers de richesse et de puissance qui se déployait sous ses yeux. Derrière les sourires publicitaires, les brushings impeccables, les maris français ou américains, derrière les robes du soir et les escarpins Louboutin rapportés de Paris se cachaient des gens qu'elle sentait à la fois proches et extraordinairement différents d'elle. À son image, ils avaient leurs doutes et leurs drames, leurs hésitations et leurs déceptions, mais, contrairement à elle, ils avaient fait le choix de rester et de continuer à vivre dans ce Liban qu'elle cherchait à fuir. Peut-être la guerre était-elle plus acceptable lorsqu'elle n'était pas vécue dans le dénuement matériel. Le casino du Liban était toujours ouvert et regorgeait de joueurs, des courses de chevaux se disputaient toujours sur l'hippodrome de Beyrouth, les restaurants les plus chics étaient pleins de clients apprêtés, ravis de déguster du foie gras importé et des champagnes hors de prix, les théâtres affichaient complet. Elle était surprise de cette activité mondaine. Pourtant, à présent qu'elle avait levé le voile de leur monde, elle comprenait en partie ces joyeux drilles, ces bien-nés, ces privilégiés et leur absence de scrupules. Déjà lorsqu'elle s'asseyait sur le siège passager de la Mercedes de Youssef, le dos enfoncé dans le cuir confortable et le regard protégé par les vitres teintées, la situation à l'extérieur devenait supportable, les problèmes d'argent de ses parents, leur vie de misère étaient soudainement pris dans un tourbillon de brume et semblaient plus lointains, presque évanescents. Pour oublier encore davantage le délitement du monde, se griser de cette impensable liberté, elle priait Youssef de la conduire loin, sur des terres qu'elle n'avait jamais eu l'occasion d'explorer. Ils prenaient la route du nord, évitant Beyrouth, pour se rendre au monastère de Deir al-Qamar, à Batroun ou Jbail profiter de la plage, des rares petits cafés qui proposaient encore quelque chose, d'une promenade en bateau de pêche ou de la douceur des fins d'après-midi à barboter dans l'eau chaude. Malgré les interdictions, ces échappées, ces instants volés au monde entier, aux contraintes et à la tradition, aux obligations familiales, à la guerre et à la monotonie des jours lui faisaient toujours l'effet de sa première nuit de romance passée à vagabonder de Beiteddine à Jezzine. Elle se sentait ivre, cet homme lui révélait l'existence d'une galaxie parallèle. Il opérait en elle une révolution copernicienne. Sans s'en apercevoir, il lui faisait toucher du doigt l'étendue d'un horizon réel pour tant d'autres, mais qu'elle avait toujours cru devoir s'évanouir à la sortie nord de Saïda. Elle avait étudié, elle savait bien que le monde était grand, qu'il y avait quelque part Yamoussoukro et Kandy, Lima et Casablanca,

Offenburg et la Barbade. Mais tous ces noms magnifiques, pleins d'imaginaire et de voyages, n'avaient que peu à voir avec son quotidien. Dans sa tête, elle avait certes parcouru le monde, mais dans les faits, elle n'était jamais sortie d'un enclos de cent vingt kilomètres de long reliant Chebaa à Beyrouth. Cette vie un peu étriquée ne lui avait jusque-là pas déplu. Il était inutile de sortir des sentiers bien balisés parce que personne ne le faisait, parce que c'était dangereux, parce qu'on n'avait pas de voiture, pas d'argent pour dîner au restaurant et qu'il était impensable de revêtir un maillot de bain pour plonger dans une mer hostile et polluée. Ces idées ne pouvaient guère effleurer que l'esprit d'Occidentaux ou de riches locaux qui avaient décidément du temps à tuer !

Et lorsque, finalement, Amal avait estimé qu'il était temps de voir plus loin, de sortir de ce petit cocon étouffant, la seule chose qu'elle avait été capable d'imaginer était ce départ pour la France, précisément parce que Abbas l'avait fait avant elle. Encore qu'il lui avait fallu justifier cette audace par un but utilitaire, précis, implacable : les études. De faire du tourisme, de se promener avec paresse, sans raison, sans avoir de tâche à accomplir, une robe à repriser, une cousine malade à visiter, il n'avait jamais été question. C'était cet amas de certitudes douces et simples que Youssef venait de renverser et, maintenant que la boîte de Pandore était ouverte, Amal n'était plus tout à fait certaine de jamais pouvoir renoncer à ce luxe. Elle s'était aperçue que le loisir et la distraction avaient un sens pour tous ces Libanais qui ne vivaient pas si loin d'elle mais qu'elle n'avait jamais croisés, sauf parfois par hasard à la banque, lorsqu'elle apportait à Ahmad un petit sandwich et quelques olives pour le réconforter des heures passées à lessiver les murs ou à récurer les toilettes. Mais alors, elle baissait la tête, un peu honteuse. Les Haddad ne devaient pas se montrer, ils étaient là pour faire le ménage et retirer la crasse, la poussière déposées par ces belles personnes qui les voulaient invisibles. À présent, grâce à Youssef, elle s'était mise à côtoyer ce monde presque comme une égale. Néanmoins, un fossé demeurait : c'était cette capacité qu'ils avaient de dépenser, de gâcher sans jamais en éprouver la moindre culpabilité. Elle en était réduite à tenter d'amasser, de gagner, de grappiller, d'économiser et de préserver, animée par cette peur sourde du manque. Pour la première fois de sa vie, elle ressentait jusque dans sa chair que les Haddad n'avaient jamais vécu, mais qu'ils s'étaient contentés de survivre à une incroyable suite de déconvenues, grâce à un travail titanesque. Ce que Dibba et Ahmad lui demandaient, au fond, c'était de parvenir à franchir cette frontière, cette barrière pécuniaire et mentale, pour profiter enfin de la vie, pour sortir des injonctions et des prescriptions, pour faire la découverte du savourer et du jouir.

Sans doute était-ce pour cela qu'elle partait, alors que ces êtres infiniment plus riches et puissants qu'elle demeuraient : ils n'avaient pas la même expérience du Liban. Pour eux, le pays était plus sûr, plus vaste, plus varié, offrait davantage de perspectives et était plus connecté au monde, plus proche de la Syrie voisine ou de Chypre, voire de l'Europe de l'Ouest et des États-Unis. Au fil de ses conversations avec Youssef, elle se rendait compte que partir en France – ce qu'elle tenait pour l'expérience de sa vie, le grand chamboulement – n'était que peu de chose pour une petite bande de *happy few* qui vivait quelque part entre Beyrouth et Paris, Jounieh et Los Angeles. Pour eux tous, ce qu'elle entreprenait n'avait rien d'exceptionnel, c'était un voyage parmi d'autres voyages, sans conséquences particulières. Dans son milieu, en revanche, ce séjour prenait nécessairement la forme d'une émigration, le franchissement de la mer était une démarche irréversible et impressionnante que seules quelques rares exceptions, douées de force et d'un talent hors du commun, pouvaient entreprendre et réussir. Ainsi, elle comprenait mieux pourquoi Youssef ne cherchait pas à la retenir, pourquoi il n'était pas triste de la voir partir. Pour lui, elle ne se lançait dans rien de plus qu'un voyage d'agrément un peu prolongé qui la ramènerait de toute évidence au Liban. Les jeunes gens de son entourage partaient tous étudier à l'étranger, en France, au Royaume-Uni, au Canada, en Allemagne de l'Ouest. Sincèrement, il ne saisissait pas en quoi ce séjour devait lui apparaître comme une déchirure. Amal lui manquerait, mais elle reviendrait chaque été et il pourrait lui rendre visite. Ce retour était indiscutable : le Liban était certes en guerre, mais que pouvait-on espérer trouver de mieux que cette vie douce que l'on avait là, malgré tout ? Face à tant de certitudes tranquilles, à cette placidité angélique, Amal était désemparée. Elle ne parvenait pas à dire à cet homme que, pour les siens, c'était un aller simple qui l'attendait. Non seulement ils n'avaient aucun espoir de retour la concernant, mais, surtout, il leur était préférable qu'elle construise une vie en France. Dans leur Liban à eux, celui des privations et de la violence, il n'y avait que des raisons de fuir. Quand elle le voyait, imperturbable face à ses doutes et à ses interrogations, sa condition lui sautait au visage : elle était pauvre et musulmane, fille de paysans expropriés, sœur d'un communiste, elle n'avait pas et n'aurait jamais sa place dans cette société souriante où baignait Youssef.

Lorsqu'ils étaient ensemble, dans un de ces lieux où il régnait en maître et où elle se sentait si vilaine, si peu à sa place, il débordait d'amour, faisait semblant de ne pas remarquer cet abîme entre eux, lui pardonnait tous ses écarts et ses faux pas, ne la corrigeait jamais, ne rougissait pas de son intelligence mal dégrossie, de son intrépide absence de manières. Avec pédagogie et admiration, il l'initiait au français, lui parlait d'histoire et de littérature, se proposait de lui faire rencontrer son oncle, elle qui aimait si sincèrement la musique. Elle le faisait rire, il était ébahi par la spontanéité qu'elle dégageait et n'aurait pour rien au monde voulu troquer ses écarts au protocole contre l'attitude bien policée d'une femme de son rang. Pourtant, et la jeune fille le voyait bien, s'il était calme, posé et sûr de lui, rien dans son comportement, dans ses choix, dans ses goûts n'était conventionnel. Il choquait perpétuellement sa société avec l'iconoclasme insolent d'un dandy. Par-dessus tout, il voulait épouser Amal, même si pour l'heure il n'en laissait rien paraître.

Le mois d'août 1985 fut un ravissement. Les arbres étaient pleins de fruits, plus généreux encore qu'à l'ordinaire. Il y avait des grenades et des nèfles à ne plus savoir qu'en faire. Des figues aussi, charnues et violettes, dont la chair délicate formait un curieux nuancier du blanc au pourpre. Il avait fait si beau cette année ; elles étaient en avance. Amal aimait le temps des figues, le temps des doigts collants de sucre qu'on lèche avec désinvolture, de l'herbe jaunie par le soleil sur laquelle on se couche tout de même, pour se relever couverts de brins fous accrochés aux vêtements et aux cheveux. En cette fin d'été, en cette veille de grand départ, tous les sentiments, tous les chagrins et les bonheurs étaient décuplés. Il s'agissait de vivre, de savourer avec intensité chaque minute de cette saison magnifique. Youssef lui avait fait écouter une chanson française : Barbara l'avait émue. Le texte était complexe, difficilement pénétrable, et pourtant elle s'était imprégnée de quelques vers de cette poésie envoûtante, récitée comme une monodie par cette voix au grain si caractéristique. La mélancolie douce-amère qu'exprimait la chanteuse était de circonstance :

Jamais la fin d'été n'avait paru si belle,
Les vignes de l'année auront de beaux raisins,
On voit se rassembler déjà les hirondelles,
Mais il faut se quitter, pourtant l'on s'aimait bien.

Et quel joli temps, alors qu'à une centaine de kilomètres au nord de Saïda, la guerre des camps[19] faisait rage ! Une fois de plus, Sabra, Chatila et Burj al-Barajneh[20] étaient à feu et à sang, assiégés non plus par des Chrétiens soutenus par Israël, mais par des Chiites, encouragés par la Syrie. Du pareil au même, des conséquences humaines désastreuses, la faim, la soif, le manque de médicaments, et cette fois, un déchirement arabe. Arafat le disait avec ses mots, « des terroristes arabes poursuivent l'œuvre de Sharon ». Amal n'était pas loin de penser qu'il avait raison. Elle aurait aimé connaître l'opinion de son frère. Yacine lui manquait, sa hauteur de vue, sa clairvoyance, son emportement. Elle aurait voulu avoir son avis sur ces Musulmans qui en assassinaient d'autres, sur ces Chiites dissidents de Haraket Amal[21] qui finiraient par faire la gloire du Hezbollah. Elle avait besoin de comprendre, et il n'était plus là pour lui expliquer, lui décrypter la folie des hommes et, à sa façon, la protéger contre ce nouvel embrasement des conflits. Alors, elle fermait les yeux et profitait de la chaleur du soleil sur son visage, feignant de ne pas entendre les cris des enfants palestiniens et libanais qui vivaient encore là-bas, là où il n'y avait plus rien, dévorant des figues au goût de sang.

Entre les cavalcades aux côtés de Youssef, les visites rituelles de la famille, la préparation des bagages et les démarches administratives pour l'obtention d'un passeport et d'un visa, les jours filaient à une vitesse ahurissante. Amal avait acheté son billet d'avion à la date du 2 septembre, le dimanche fatidique. La rentrée aurait lieu le lendemain. Estimant qu'il serait difficile d'acquérir un niveau de langue suffisant en même temps que de réussir une première année de médecine, Marie-Rose s'était proposé de la réinscrire en terminale afin qu'elle obtienne également un baccalauréat français. Il était en effet particulièrement difficile de faire reconnaître un diplôme étranger, surtout libanais, alors que le ministère de l'Éducation avait abdiqué ses missions et que, certaines années, les épreuves, n'ayant pu se tenir dans des conditions normales, avaient été dispensées aux futurs lauréats. En somme, Amal prenait conscience qu'elle avait travaillé sans compter pour un diplôme en carton-pâte. Pour tenter de la réconforter, sa belle-sœur lui avait assuré que le lycée où elle serait scolarisée était situé à deux pas de leur appartement, avenue Anatole-France, ce qui serait très pratique. Cette géographie meurthe-et-mosellane était évidemment parfaitement étrangère à la jeune fille, mais l'établissement dans lequel on l'avait inscrite portait un joli nom, Frédéric Chopin, et disposait d'une classe de musique avec horaires aménagés, des éléments auxquels elle avait été sensible. À terme, elle espérait même accéder à des leçons pour grands débutants. Elle devait apprendre un peu de solfège si elle souhaitait pouvoir faire quelque chose de son luth.

Cherchant à anticiper ce bouleversement, Amal se rendait souvent au centre culturel français pour y glaner un maximum d'informations sur le pays qu'elle s'apprêtait à rejoindre ; elle savait que le choc serait rude et voulait en limiter l'ampleur. Elle s'intéressait à la vie politique et culturelle et à l'actualité. Lisant laborieusement les journaux, épaulée par Denise qui ne tarissait pas d'éloges sur ses progrès, elle mesurait l'immense écart de préoccupations qui séparait les opinions libanaise et française. Chez elle, on vivait avec ses tripes, dans la peur permanente qu'il soit arrivé quelque chose à ses proches. On tremblait à chaque détonation, à chaque tir, la société n'était animée que par une haine tenace et un désir de préservation, lesquels irriguaient des médias partisans de telle ou telle obédience. Les grands quotidiens n'avaient pas tant des visées informationnelles que propagandistes et le style qui remplissait leurs colonnes relevait du brûlot. *A contrario*, il fallait qu'elle déploie des efforts considérables pour saisir les différences de positionnement, finalement mineures, du *Monde* et du *Figaro*, lesquels faisaient montre d'une passion jamais démentie pour la démission de Michel Rocard ou la baisse du taux du Livret A. Cette presse délicate aux controverses de salon lui renvoyait l'image d'un pays cosy, presque douillet, où aucun drame ne pouvait advenir. Quelque chose de ces considérations lui rappelait l'imperturbabilité de Youssef, son calme océanien et, pourtant, elle peinait à croire en l'existence réelle d'un État dans lequel les journaux n'auraient rien de plus dramatique à relater que le dysfonctionnement des politiques de l'emploi et le scandale diplomatique du Rainbow Warrior.

Cette nouvelle vie poussait à la désinvolture et promettait de ressembler à un décor de cinéma ; elle espérait pouvoir y évoluer sans trop de fausses notes. Plus le départ approchait et plus la crainte de ne pas parvenir à se fondre dans ce nouveau moule grandissait. Elle était hantée par la peur d'être encore moins sa place en France que lorsqu'elle avait franchi pour la première fois la porte du restaurant Amir. Parfois, elle se réveillait au milieu de la nuit, haletante, cherchant à tâtons son lit familier plutôt que la mollesse bourgeoise de celui qu'elle savait lui être réservé en Lorraine.

Pour canaliser son appréhension, elle avait décidé de téléphoner à son frère pour qu'il lui fournisse quelques précisions sur ce qui l'attendrait bientôt. Presque cinq ans qu'ils ne s'étaient pas revus, depuis le mariage d'Abbas et Marie-Rose à Chebaa. C'était une belle journée d'automne, mais la situation en 1980 était particulièrement critique dans le Sud. Il n'avait pas fallu traîner. Régler rapidement les papiers avec le *mouktar*[22] et tout aussi rapidement les prières avec le *cheikh*. La fête avait été brève, de même que leur séjour au Liban. Ensuite, ils étaient partis, sans se retourner. Depuis, il écrivait de temps à autre des lettres et téléphonait une fois par mois pour donner au pas de course quelques nouvelles. Aucun Haddad n'avait jamais vu ses enfants. Amal se sentait étrangère à cet homme de quinze ans son aîné, si bien installé dans la vie. En entendant sa voix à l'autre bout du fil, elle se calma toutefois, il était demeuré égal à lui-même, il parlait toujours sur ce ton vaguement résigné et traînant. Il expliqua lentement qu'ils se verraient peu quand elle serait à Nancy. Il travaillait à Riyad et ne rentrait en France que trois ou quatre fois par an. Mais il ne fallait pas s'en faire, Marie-Rose et leurs deux enfants, sa nouvelle famille, seraient là. Il jugea utile de préciser que sa femme enseignait à la faculté de lettres mais avait néanmoins beaucoup de temps libre. Abbas décrivit brièvement la ville, lui parla d'une grande et belle place construite par un Polonais, avec de hauts portails en or. Avant de raccrocher, il la prévint qu'il pouvait faire froid et qu'elle devait s'équiper de vêtements d'hiver.

Ces précisions n'enchantèrent pas Amal. Elle était capable de se faire une idée de Paris et de la Côte d'Azur, mais les forêts profondes des Vosges, les mines du nord de la Moselle, la frontière allemande et la perspective de glacials hivers ne lui disaient en revanche rien qui vaille. Lorsqu'elle se voyait perdue dans ce lointain horizon, au milieu d'une foule de gens inconnus, elle avait des sueurs froides. Alors, elle avait envie de renoncer tant qu'il était encore temps, de baisser les bras, de tout rendre, de tout revendre et de rester là, dans la chaleur bien rodée du quotidien, dans les conflits et la saleté, les obus et la violence. Après tout, ils faisaient partie du paysage. Elle pouvait encore faire comme Salima et entreprendre des études de médecine à Beyrouth. Peut-être même aurait-elle droit à une bourse au regard de ses résultats. Une fois « docteur », elle ouvrirait un cabinet à proximité de l'appartement de ses parents et ils demeureraient réunis à tout jamais. Mais à cette éventualité si simple et si douce, elle se refusait.

À la veille du départ, elle n'était plus que tiraillements et hésitations. Mais une fois encore, son besoin de ne pas faire de vagues, de ne pas froisser ceux qu'elle aimait de tout son être, devait l'emporter.

Pour les venger, elle était prête à s'oublier. Grotesque ritournelle du sacrifice qui ne connaît pas de fin.

Le 31 août 1985, s'apprêtant à rentrer après s'être promenée le long de la Corniche en compagnie de Salima, Amal prit congé de son amie et flâna un peu dans le verger où elle avait croisé le sbire de Youssef, chargé de sa protection. Depuis que leur relation s'était approfondie, elle était parvenue à le convaincre de ne plus la faire suivre, et c'était un soulagement, une liberté retrouvée malgré les dangers. Errant entre les arbres, elle serrait les troncs contre son cœur, dégustant des agrumes qui ne lui appartenaient pas. Alors que les jus d'orange et de citron mêlés coulaient en gouttes indistinctes le long de son menton, elle songeait que tout, jusqu'au dernier grain de sable, allait lui manquer. Comment vivre sans le bruit de la mer, la chaleur du soleil, la générosité des arbres, sans sa langue, ces couleurs magnifiques, les couchers de soleil qu'elle ne voyait plus à force de les contempler. S'asseyant sous un mandarinier, elle resta une heure à ne penser qu'à la nostalgie qu'elle vivait déjà, par anticipation. Le calme du soir l'enveloppait, la clameur de la route était lointaine, elle avait envie de pleurer et de dormir ici, dans la douceur de cette nature domestiquée qui l'avait nourrie et consolée tant de fois.

Une énorme détonation l'arracha subitement à ses pensées, elle aperçut derrière elle un éclair de lumière et de poussière puis capta un bruit mat, sordide. Son visage et ses vêtements étaient noirs de crasse, elle avait été atteinte au visage par des projections de pierres et d'éclats de branches. Hagarde, elle voulut rejoindre ses parents le plus rapidement possible, ne sachant trop à quel drame elle venait d'échapper. On lui avait dit mille fois de ne pas s'éloigner des axes balisés, de ne pas couper par le verger. Sans doute, on la gronderait, mais ça lui était égal, elle voulait rentrer, vite. Lorsqu'elle franchit le muret et se réceptionna sur le trottoir qui le bordait, elle vit un gamin du quartier qui pleurait, assis à même le sol. De dos, ses habits et ses cheveux étaient encore plus crasseux que les siens. Elle s'approcha et fut saisie d'effroi en constatant que son bras gauche avait été arraché jusqu'au coude, de même que l'intégralité de ce qui avait dû être une petite jambe. Malgré le dégoût que ces amputations lui inspiraient, elle le prit dans ses bras et lui demanda stupidement ce qui lui était arrivé, mais il était incapable de répondre tant il hurlait. Elle regarda la chair à vif, le sang qui giclait partout. L'enfant était affreusement pâle et il perdit connaissance. Sans appeler au secours, sans rien faire pour l'aider, elle le maintenait contre son cœur, comme si ce geste maternel devait le garder en vie. Il finit par rouvrir les yeux et vomit. Amal ne réagit pas.

Sans qu'elle s'en fût rendu compte, un attroupement s'était créé autour d'eux. Les gens avaient dû entendre l'explosion, d'autres la voir, comme cette voisine descendue en hâte de son balcon du quatrième étage. Tortillant son voile à pleines mains, elle raconta en hoquetant que Rachid jouait avec ses soldats de plomb au milieu des citronniers. Puis elle se tut. Le gamin avait sauté sur une mine. Son bras et sa jambe, pourvu qu'ils fussent entiers, devaient être quelque part dans la plantation. Amal ne parvenait pas à lâcher ce corps brisé serré contre le sien. Elle posa sa main sur le front de l'enfant tremblant de fièvre et se mit à chanter, d'abord très bas puis de plus en plus fort, des chants de la montagne, hérités de Dibba et de la douleur ancestrale des femmes dans l'accouchement et la mort. Lorsque finalement des ambulanciers arrivèrent et la dépossédèrent de cette petite carcasse difforme, elle pensa qu'elle avait peut-être été la dernière à le serrer contre elle sans répugnance. S'il survivait, il serait conduit dans un dispensaire de fortune, il deviendrait convalescent, puis infirme et au bout du compte paria. On lui reprocherait de vivre aux crochets de la société, on lui reprocherait de ne pas faire la guerre, de ne pas travailler. Si d'aventure la paix revenait, on détournerait les yeux de ce presque mort rappelant les séquelles d'un temps révolu que l'on préférerait oublier. Alors, tous les jours, Rachid saurait que l'on aurait voulu qu'il fût mort.

En traversant la route, la jeune fille fut prise de violentes nausées. Elle aurait parfaitement pu se trouver à la place de l'enfant et marcher sur cette mine qui n'était cachée qu'à quelques pas d'elle. Si tel avait été le cas, toutes ses peurs se seraient évanouies, toutes ses indécisions se seraient réglées d'un coup. Il n'aurait plus été question de France ni de mariage impossible, plus question de rêves ni d'espoirs à satisfaire. Plus rien que la noirceur.

Mais une fois encore, dans cette guerre sans fin, elle avait eu de la chance, une chance inestimable. C'était sans doute cruel pour le petit Rachid, mais elle éprouvait un intense soulagement à l'idée qu'à elle, rien ne soit arrivé. Paradoxalement, elle sentit une peur incontrôlable – proche de la panique – la gagner à l'idée que, la prochaine fois, son étoile ne serait peut-être pas là et qu'à son tour elle poserait le pied au mauvais endroit.

Elle s'assit dans la petite cour devant la porte d'entrée et pleura toutes les larmes de son corps, de peur, de dégoût, de honte et d'inquiétude. Elle ne voyait ni ses mains ni ses vêtements pleins du sang de Rachid qui était mort aux yeux des autres, alors qu'elle avait gagné le droit de continuer encore un peu, de tenter sa chance au tour suivant, peut-être même de remporter la partie. Plus que jamais, elle considéra la loterie qu'étaient leurs existences à tous, entortillées dans l'écheveau infini de la guerre, et elle pria à voix haute pour qu'aucun fil ne se rompe plus. Cela ne lui ressemblait pas, elle n'avait pas hérité d'Ahmad et Dibba leur foi, mais, en ce moment précis, elle avait besoin de force, et cette force ne pouvait venir que d'en haut. À travers ses invocations, ses complaintes et ses psalmodies, c'était un bouclier protecteur qu'elle cherchait à ériger devant l'appartement, pour elle et les siens.

Elle resta longtemps sur la vieille chaise en plastique, devant le *sag* éteint, laissant l'obscurité l'envelopper en espérant que le jour suivant, à la même heure, rien n'aurait changé.

Le lendemain, quand Amal ouvrit les yeux, ses paupières alourdies par les larmes versées la veille, une odeur de cuisine flottait dans la chambre. Il n'était pas huit heures trente et déjà elle entendait des voix, des pas et une folle agitation. Depuis son lit, elle perçut une atmosphère de jour de fête, et pensa un moment qu'elle avait peut-être oublié un événement, trop préoccupée qu'elle était par ses préparatifs. Elle se leva péniblement, encore bouleversée par les blessures de Rachid, et prit sur elle d'enfiler une robe de chambre pour faire disparaître la tenue immonde dans laquelle elle s'était couchée. Elle était proprement répugnante, maculée de sang séché et de crasse. Après une toilette approfondie, elle se dirigea vers la cuisine d'où provenaient tous les sons chaleureux qui faisaient vibrer la maison, dans l'espoir d'y trouver du réconfort. Dibba était là, flanquée de deux voisines pour le *sabbhié* avec lesquelles elle partageait thé et biscuits. Ses trois sœurs avaient dû arriver très tôt, car elles étaient aux fourneaux, exception faite de Ghania, plus désinvolte, qui, riant à gorge déployée, se gavait de *zelabia*. Si elle vivait à Saïda, elle se faisait de plus en plus rare. D'un naturel discret, il était possible qu'elle ait cherché à cacher d'éventuels ennuis ou qu'elle ait des choses à se reprocher. Mariée depuis plusieurs années, ayant dépassé les trente ans, elle avait connu deux grossesses malheureuses, ce qui lui valait, à son grand regret, de n'avoir toujours pas d'enfants. De cette situation, elle tirait une profonde mélancolie et une envie certaine à l'égard des jeunes mères de son entourage. Ce jour-là, elle paraissait néanmoins très bien disposée et rien ne trahissait cette morosité qui avait fini par lui devenir coutumière. Manifestement, la conversation allait bon train et les femmes parlaient en s'affairant. Amal les embrassa toutes et s'assit parmi elles. Consciente de la valeur de cet instant, elle ferma les yeux pour mieux le savourer. Elle s'imprégna de l'odeur de chaque parfum. Sa mère portait du gardénia, une fleur qui incarnerait toujours l'amour. Leila sentait le jasmin, Fatima quelque chose de plus lourd qu'elle n'aurait pas su décrire. Elle voulut mémoriser parfaitement chacune de ces fragrances, de manière à les réactiver lorsqu'elle serait loin.

La journée avançait, lentement, et le bourdonnement général de cette ruche humaine persistait. Amal finit par supposer que quelque chose s'organisait en son honneur, probablement une fête de départ. Malgré ses questions insistantes, personne n'avait voulu lui donner d'explications. Quand elle proposa son aide pour la préparation du déjeuner, on la chassa carrément. Une fois sur le pas de la porte, Fatima lui glissa quelques billets et la pria de ne revenir qu'au soir, maquillée, coiffée et bien vêtue.

Au Liban, c'était ainsi, les femmes devaient être soignées, montrer qu'elles avaient déployé une panoplie considérable d'atours pour plaire. C'était une façon de se mettre en avant, mais aussi de dire à son entourage que l'on s'était apprêtée, pour lui.

La poursuite de la beauté dépassait d'ailleurs la seule convenance personnelle, c'était une institution que l'atelier du coiffeur incarnait. Lieu fabuleux aux multiples facettes, il faisait également office d'institut de beauté, de point de rencontre, de café. En somme, c'était l'une des places fortes de la sociabilité des femmes dont la plupart ne travaillaient pas. Elles se retrouvaient là, entre elles, et discutaient de tout et de rien, cherchaient des solutions à leurs problèmes, prenaient le thé, quémandaient des conseils et des avis, se faisaient envier ou plaindre. Tous les voiles de la pudeur – qu'elle soit physique ou morale – tombaient simultanément. Des inconnues, qui ne l'étaient jamais très longtemps, communiaient dans l'excitation joyeuse de la perfection physique, les amitiés s'y nouaient, les guerres s'y déclaraient. On en apprenait généralement plus à se faire poser des bigoudis qu'à éplucher pendant des semaines les pages des journaux. Armée de quelques milliers de livres, Amal prit le chemin du salon le plus proche, celui dans lequel elle se rendait deux fois par an, pour l'Aid al-Kebir et l'Aid al-Fitr. En faisant tinter la clochette de Coiffure Imane, elle soupira d'aise, elle aimait tant que l'on prenne soin d'elle. Elle demanda à la jeune coiffeuse au teint mat et à la poitrine généreuse une coupe et un chignon, ainsi qu'une manucure et un maquillage de jour. Pendant qu'Imane s'exécutait, la jeune fille laissait son regard errer sur les tubes de produits chimiques, les ustensiles divers, les palettes de maquillage aux couleurs criardes, les paillettes, les strass et les bijoux fantaisie. Les femmes de tous âges, installées là, la jaugeaient et cherchaient à savoir qui serait la plus belle au sortir de ce temple de l'esthétique. Amal les observait en retour. Dans ce pauvre quartier musulman, tous les foulards avaient été mis à bas, les femmes – qu'elle connaissait pour certaines – étaient à demi nues, occupées à se faire masser, épiler, exfolier la peau au moyen de grands gants de crin. Les odeurs de cosmétique aux faux parfums de rose, les étiquettes de solutions chinoises de mauvaise qualité signalaient que l'Orient faisait bien des infidélités à la tradition purificatrice du hammam.

Après trois heures de soins et de bavardages, elle régla sa note et sortit. Lorsqu'elle se retrouva sur le trottoir, très apprêtée, elle regretta d'attirer à ce point l'attention. Imane avait lavé ses longs cheveux bruns et les avait séchés en en redessinant les boucles. Rarement sa chevelure avait été aussi brillante et volumineuse, elle avait renoncé au chignon. La peau de son visage était douce, intégralement épilée au fil, et son maquillage relativement discret faisait merveilleusement ressortir le tracé de ses sourcils et la profondeur obscure de ses yeux. Se demandant ce qu'elle pourrait bien faire à présent, elle héla un taxi-service au bord de la route et le pria de la conduire place de l'Étoile.

Youssef portait des lunettes qu'elle ne lui connaissait pas et se tenait voûté au-dessus d'un petit bureau disposé derrière les ponts qui permettaient aux employés de travailler plus à leur aise sous les véhicules. Il ne la vit pas approcher, étant de toute évidence très concentré sur ce qui semblait être un épais livre de comptes. Au dernier moment, sentant sa présence, il leva la tête et lui adressa un sourire chaleureux et doux, celui qu'elle aimait.

« Tu es magnifique aujourd'hui.

— Merci. Tu travailles ?

— Non, ce n'est rien, je continuerai plus tard. Je voulais te voir avant que tu ne t'en ailles, de toute façon.

— Merci.

— Tu as l'air préoccupée. Tu es inquiète ? Tu as peur de voyager ?

— Oui, un peu.

— Ne t'en fais pas, ma belle. Je t'appellerai chaque semaine, je t'écrirai des lettres, je ne penserai qu'à toi. Sur place, tu ne seras pas seule, ta belle-sœur et tes neveux seront à tes côtés. Tout le monde te soutient, tout le monde est fier de toi, tout le monde sait que tu feras de belles choses.

— Justement, j'ai peur de les décevoir, de me tromper. Il est encore temps de renoncer. Évidemment, ils auront du mal à comprendre, mais je peux encore changer d'avis.

— Tu le peux encore, mais c'est un rêve que tu poursuis depuis longtemps et tu le regretteras si tu ne pars pas. Aie confiance en toi, tu es plus forte que tu ne penses. Et si tu faiblis, aie confiance en nous, je t'attendrai jusqu'à ce que tu décides de revenir, jusqu'à ce que tu sois "docteur Amal". »

Cette pensée le fit rire mais n'amusa pas Amal, qui sentait sa gorge se nouer depuis le début de leur conversation. Elle était bouleversée et peinait à le dissimuler.

« En fait, tu n'as pas l'air d'aller bien du tout. Tu as envie d'un café ? D'un jus de fruits ? »

Il était toujours si prévenant, si rassurant que la jeune fille sentit monter en elle l'envie de se confier à lui, de lui dire ce qu'elle avait vu la veille et qu'elle n'avait partagé avec personne.

« Tu n'as rien entendu dans notre quartier ?

— Non. Pourquoi ?

— Hier, je me promenais dans le verger près de notre immeuble. Il y avait un enfant qui jouait un peu plus loin, mais je ne l'ai pas vu. Tout à coup, j'ai entendu une explosion, je ne savais pas ce qui se passait. J'ai alors enjambé un muret et, une fois sur le trottoir, je n'ai vu qu'une petite chose gisante, de dos, puis je me suis approchée : son bras et sa jambe avaient été arrachés.

— Je crois qu'il n'y a rien de pire que ça, dans cette saloperie de guerre. On bombarde aveuglément des gamins et, quand les avions ont terminé leurs survols, il n'y a plus qu'à avoir peur du sol. Le Sud entier est infesté de mines, il faudra des années pour tout nettoyer. C'est insidieux, c'est injuste, et surtout, ceux qui les posent n'ont jamais à se sentir coupables d'avoir tué. Ils ne sauront jamais si quelqu'un a marché sur leur engin, s'ils ont vraiment causé des dégâts et engendré la mort. Ils peuvent aller la conscience tranquille. Ça me fait penser qu'à la fin de la Seconde Guerre mondiale, les Alliés ont fait plus injuste encore, ils ont utilisé des enfants des Jeunesses hitlériennes pour déminer des plages, au Danemark notamment. Beaucoup sont morts, y ont laissé des membres, pourtant, ils n'étaient pas responsables de ce que les adultes avaient fait d'eux.

— Mais ici, tu sais qui les a posées, Youssef ? Tu sais quels salopards les cachent ?

— Je sais. »

Ils se turent un moment, puis il fit le tour du bureau et prit Amal dans ses bras. Il caressa longuement ses cheveux et lui dit qu'il voulait lui offrir un cadeau. Ils sortirent et elle le suivit dans le souk, comme elle l'avait fait avec son père. Youssef s'arrêta devant une boutique plutôt coquette qui vendait des objets marquetés, et lui proposa de choisir un échiquier.

Après de longues hésitations, elle opta pour un beau jeu nacré assez grand, avec des pièces en bois peint. Youssef régla la note et, lorsque discrètement elle l'embrassa pour le remercier, il se contenta de lui dire qu'elle deviendrait une championne si elle s'entraînait suffisamment chez son frère.

Les échecs étaient la grande passion d'Abbas. Son talent à ce jeu était de notoriété publique. Après en avoir appris les règles pendant son service militaire, il s'était mis à dévorer les manuels et avait acquis une connaissance approfondie des grandes parties dont il pouvait réciter de tête l'intégralité des coups. Avant de quitter le Liban, il avait créé un club d'échecs pour les jeunes de Saïda et avait ainsi participé à d'innombrables tournois dans tout le sud du pays. Il était connu jusqu'à Beyrouth pour être un joueur redoutable. C'était un homme de sciences, qui avait une vision globale de l'espace et de la stratégie. Il construisait ses plans de jeu comme il dessinait un bâtiment, avec une méticulosité et une rigueur effrayantes. Aucun élément n'échappait à son sens de l'observation. Amal ne savait pas s'il avait continué à s'entraîner depuis qu'il était parti, mais c'était lui qui l'avait initiée en lui apprenant les ouvertures, comment déplacer un fou, un cavalier, à parer les coups de ses adversaires. Avec beaucoup de patience et de pédagogie, il avait exposé à l'enfant fascinée qu'elle était les rudiments d'un jeu qui l'avait instantanément séduite.

L'échiquier flambant neuf sous le bras, ils rentrèrent au garage et passèrent le plus clair de l'après-midi à s'affronter dans l'arrière-boutique. Quand ils eurent faim, ils commandèrent des falafels à un jeune coursier syrien qui passait par là. Ils ne prirent pas de pause pour les avaler. Youssef, lui aussi passionné par les échecs, était un très bon joueur, calculateur et précis. Il profita de leurs longs face-à-face pour apprendre à Amal qu'il avait affronté Abbas plusieurs années auparavant. Il se refusa à lui révéler l'issue de leur partie mais lui confirma que son frère était extrêmement talentueux.

Sans qu'ils s'en fussent rendu compte, le soir était tombé. Il était temps de rentrer et de faire ses adieux. Au moment où elle se leva, Amal sentit à nouveau ses yeux s'emplir de larmes. Youssef s'employa à les contenir d'un geste net de la main et lui annonça qu'il souhaitait la voir une dernière fois, le soir même après le dîner, ou le lendemain avant le départ. Encore un sursis !

À la maison, toutes les lumières étaient éteintes. Amal chercha à tâtons l'interrupteur. Lorsqu'elle parvint enfin à éclairer l'entrée et le salon en enfilade, elle crut défaillir en découvrant tous ceux qu'elle aimait rassemblés dans cet appartement décidément trop petit pour les recevoir. Il y avait là toute sa famille, à l'exception d'Abbas et de Yacine, mais aussi ses amis du lycée – en tête desquels une Salima plus rayonnante que jamais –, son équipe de volley-ball, quelques voisins, le docteur Mohammad et ses enfants, des cousins de Chebaa qu'elle n'avait pas vus depuis des mois. Elle se doutait bien qu'un dîner se préparait, mais elle n'avait pas imaginé trouver autant de proches et de moins proches qui circonscrivaient l'ensemble de sa vie. Toutes les personnes auxquelles elle tenait, qu'elle avait connues et qui avaient compté étaient rassemblées pour lui souhaiter bon vent. Ne manquait finalement que Youssef dont elle cherchait pourtant le visage au milieu de cette foule. À chaque instant, elle s'attendait à voir ses yeux vairons se planter dans les siens, son port altier, ses vêtements impeccables.

Comme elle le redoutait, elle ne mit pas longtemps avant de fondre en larmes et, pour dissimuler sa gêne, se prit à embrasser successivement tous ceux qui s'approchaient. Lorsqu'elle eut dit à chacun combien elle était heureuse de le voir, combien il lui avait manqué, qu'elle les eut tous remerciés d'avoir fait le déplacement malgré les dangers, d'avoir apporté des victuailles et des cadeaux, c'est vers sa mère qu'elle se dirigea. Dibba semblait aussi émue qu'elle. Discrète, elle portait un voile blanc à demi défait et une robe rouge à petites fleurs un peu ample. Elle n'avait pas dit un mot jusqu'à présent et restait obstinément clouée au mur qui séparait le salon de la cuisine. Sa lèvre inférieure tremblait légèrement. Elle semblait déglutir avec peine. Bien qu'elle détestât être le centre de l'attention, sa fille savait qu'elle lui devait ce moment et eut envie – pour cette fois au moins – de la mettre à l'honneur. Ce qu'elle venait de réaliser, tout ce travail, tout cet argent dépensé, elle ne se l'était jamais autorisé pour aucun de ses enfants, ni aucune occasion. Émue à un point qu'elle n'aurait su décrire, ne sachant que dire, Amal l'enlaça et s'autorisa à pleurer.

Une fois qu'elle se fut calmée, les festivités purent commencer. Le dîner fut un grand succès, des tables de jardin avaient été dressées dans le salon, la cuisine et même dans la cour. On goûta à tous les plats préparés avec soin depuis le matin. Il y avait du *foul moudammas*, du *malfouf mehchi* du *fattouche*, du *moutabal batenjen,* et même des *koussa mehchi*, le plat préféré d'Amal. C'était incroyable cette abondance en pleine guerre, Ahmad avait certainement ruiné le ménage en commissions. Personne n'avait vu table si garnie depuis bien longtemps. Cette soirée était une parenthèse merveilleuse pour la plupart des convives – dont certains avaient franchi des zones de combat pour rejoindre Saïda. La maison des Haddad, ce soir-là, offrit une diversion temporaire à l'enfer du dehors. S'ils étaient tous ici, rassemblés à faire la fête, à manger et à dire des blagues, c'est qu'il y avait encore dans ce pays des gens pour croire en la vie, et des raisons d'espérer. Pourtant, au milieu des éclats de rire, certaines conversations venaient rappeler que les tirs fusaient toujours, que cette joyeuseté éclairée dans la nuit n'était que la survivance d'un monde englouti. Fatima, la sœur aînée d'Amal, exposait à son voisin de table – un ami d'Ahmad – et à deux joueuses de volley-ball à quel point la situation à Beyrouth, où elle tenait pourtant à demeurer, était délétère. Chacun y allait de ses anecdotes, tout le monde avait un cousin ou un ami qui vivait dans la capitale, mais Fatima était mieux renseignée que les autres. Elle livrait des informations de première main et, à ce titre, ses interlocuteurs lui prêtaient l'oreille et la relançaient. Elle expliqua que, depuis plusieurs mois, se jouait une guerre des otages, que les gens disparaissaient, y compris des étrangers. Elle évoquait des noms que personne ne connaissait vraiment, Michel Seurat ou Jean-Paul Kauffmann, des intellectuels français disparus depuis le mois de mai. Disant cela, elle accusait le jihad islamique affilié au Hezbollah, et tous les Chiites par la même occasion. Il n'en fallut pas beaucoup plus pour faire enrager Salima qui la rabroua, sur un ton très docte et passablement vexant. Sentant la tension monter, la plupart des invités tâchèrent de faire dévier la conversation vers des sujets plus légers. Toutefois, ne pouvant se laisser contredire publiquement par une si jeune femme, Fatima poursuivit en évoquant la guerre des camps, la montée des tensions entre les milices, Haraket Amal et le PSP[23], surtout. Sentant les esprits s'échauffer, les parties prenantes à la conversation s'en détournèrent au risque de gâcher cette belle soirée. De toute façon, il était inutile de se battre, la majorité des Libanais avaient un peu repris courage en ce temps-là. L'armée israélienne s'était retirée du Sud au mois de juin, un miracle, même si Antoine Lahad tenait encore une enclave et que les salopards de l'Armée du Liban Sud[24] demeuraient présents.

Vers dix heures du soir, on sonna à la porte, Salima renonça à jouer les contradictrices et alla ouvrir à des musiciens de sa connaissance. Ils prirent place dans le salon. Dibba leur offrit des boissons et leur proposa de goûter à tout ce qui leur ferait plaisir. Il y avait quatre jeunes hommes et une femme au visage très triste. Amal n'avait jamais vu ces gens, bien que son amie lui en ait souvent parlé. Il s'agissait de relations partisanes, de militants, d'idéologues, de ceux qu'il fallait fuir si on ne voulait pas finir comme Yacine. Avant qu'ils n'attaquassent un morceau, Salima lui glissa fièrement qu'il s'agissait de jeunes remplaçants dans l'orchestre de Marcel Khalifé. Une fois de plus, elle eut un pincement au cœur en pensant à Youssef qui, à ce titre, les connaissait peut-être.

Le joueur de *oud* la regarda et lui demanda ce qu'elle avait envie d'entendre, elle n'hésita pas une seconde et lui dit qu'elle aimait Fairuz. Il lui sourit et sans rien ajouter entonna *Aatini al nay wa ghanny*[25]. L'assemblée d'abord très déférente écouta avec émotion la jeune chanteuse reprendre un air entendu des milliers de fois. Quand elle entonna le refrain, Salima se leva et se mit à chanter, elle avait – comme toujours – une cigarette à la bouche, ce qui n'enlevait rien à sa voix caressante. Tout le monde la suivit et cette communion émut visiblement Ahmad qui s'approcha de sa fille en lui murmurant que, bientôt, elle aussi pourrait jouer et animer leurs retrouvailles. Elle le serra très fort contre son cœur. Jusqu'à ce soir, aucun instrument n'avait jamais résonné entre les quatre murs de leur logement exigu. Après quelques chansons, ils se mirent à jouer de la *dabké*, et les invités se levèrent pour danser. L'appartement grouillait de trémousseries joyeuses et de sauts acrobatiques, il n'était que musique et danse. Amal aurait tout fait pour que ce moment ne connaisse pas de fin. Vers deux heures du matin, Salima lui glissa à l'oreille que Youssef était garé un peu plus loin dans la rue et qu'il l'attendait. La jeune femme était partagée entre l'envie de le voir et la déchirure qu'elle savait qu'elle éprouverait. Elle était consciente qu'elle ne reviendrait pas aux réjouissances comme elle s'apprêtait à les quitter, mais elle désirait néanmoins lui dire adieu, sentir son parfum, le serrer dans ses bras. Pendant qu'elle s'approchait de la voiture, Youssef en sortit, mi-joyeux, mi-bouleversé.

« Ta fête se passe bien, Amal adorée ?

— Il ne manque que toi.

— Ce n'est pas grave, je ne vais pas te retenir trop longtemps, je préfère que tu profites de ce qui se passe là-bas.

— Il faut se dire au revoir ?

— J'en ai peur. À quelle heure est ton avion demain ?

— Seize heures, mais il faut aller à Damas. Le mari de Leila doit me conduire.

— D'accord. Tu feras attention à toi sur la route, le voyage en Syrie n'est pas sûr. Surtout le passage de frontière.

— Promis.

— J'ai un cadeau pour toi.

— Tu m'as déjà offert l'échiquier.

— C'est autre chose. »

Il rouvrit la portière et en sortit un paquet très mince, rectangulaire et relativement grand. Amal comprit qu'il s'agissait d'un livre et cette pensée lui fit plaisir. Elle aurait bien besoin du réconfort de quelques ouvrages en arabe à Nancy. Elle se reprocha d'ailleurs de ne pas avoir fait une razzia dans une librairie au moment de boucler ses valises. Pleine d'impatience, elle déchira le papier jusqu'à ce qu'une carte s'en échappe. Elle y lut : « *Pour les enfants que nous aurons.* » Elle jeta ensuite un œil à la couverture de l'ouvrage. Il s'agissait d'un album jeunesse, comme il en existe très peu au Liban ; une édition soignée, imprimée sur du papier glacé de belle qualité. Les dessins la surprirent, elle feuilleta quelques pages et s'attarda sur le titre, mystérieux : *Al jinn wa al kalb*, « Le Jinn et le Chien ».

Incapable de rien dire, elle se blottit dans les bras de Youssef et l'embrassa longuement. Lorsqu'elle se détourna de lui pour rejoindre la fête, ses yeux dépareillés se reflétaient dans le ciel plein d'étoiles et lui murmuraient des « je t'aime ».

La soirée se poursuivit jusqu'à l'aube, les musiciens continuant de jouer comme si la fatigue leur était étrangère. Pour ceux qui tenaient à la faire, la prière du matin eut lieu collectivement dans un coin du salon. À huit heures, les derniers invités partirent, après avoir pris un café et fumé une énième cigarette. Amal n'eut pas la force de regagner son lit et s'endormit dans un fauteuil. Quelques dizaines de minutes plus tard, sa mère vint la réveiller en lui annonçant qu'il allait bientôt falloir partir pour l'aéroport, Damas était loin et la route dangereuse. En temps normal, trois heures devaient suffire à relier les deux villes, mais face au risque de découvrir une route coupée ou d'être arrêtés à un barrage, mieux valait en compter quatre ou cinq. Lorsqu'elle ouvrit les yeux au milieu du bazar de la fête et qu'elle s'aperçut que l'instant fatidique était arrivé, elle fut saisie d'une violente angoisse contre laquelle elle tâcha de lutter en s'employant à recontrôler le contenu de ses bagages et à capter des images nettes, photographiques, d'un appartement qu'elle reverrait – dans le meilleur des cas – l'année suivante.

À dix heures moins le quart, toute la famille était entassée dans le vieux taxi de Chafik, le mari de Leila qui avait, de mauvaise grâce, accepté cette course longue et dangereuse. L'esprit de famille ! Il y régnait une chaleur intenable, doublée d'une odeur d'humidité un peu rance émanant des banquettes. Il ne fallut pas plus d'une minute à Zuair pour s'endormir contre la vitre. Ahmad s'était installé sur le siège passager, quant à Dibba, Leila et Amal, elles n'avaient plus qu'à se partager l'espace restant. Les volumineux bagages étaient en partie stockés dans le coffre, en partie sur le toit, harnachés à l'aide de robustes tendeurs. La mère de famille avait tenu à ce qu'Amal réapprovisionnât Abbas et sa femme en produits locaux et l'avait surchargée de denrées qu'elle supposait introuvables en France, des aubergines *makdouss*, du *thina*, des olives, du *labbné* et tant d'autres choses qui l'encombraient inutilement. La jeune fille avait considéré cette pile de consommables avec circonspection, se demandant comment elle s'y prendrait pour les porter seule. Il devait probablement y avoir des porteurs à l'aéroport Charles-de-Gaulle, mais elle doutait sérieusement de pouvoir s'offrir leurs services. D'ailleurs, elle doutait de pouvoir s'offrir quoi que ce fût en France, tant la livre libanaise avait dévalué. Les liasses de billets qu'elle emportait n'étaient guère que du papier et, de fait, c'était presque sans un sou qu'elle allait faire son entrée dans sa nouvelle vie. Abbas, s'il était là, pourrait peut-être la soutenir un peu dans les premiers temps, mais il était certain qu'elle serait contrainte de trouver un emploi d'appoint en plus du lycée. Il était impensable de dépendre complètement de lui qui lui offrirait déjà le gîte et probablement le couvert. Il avait une famille à nourrir et elle un honneur à défendre. La voiture s'ébranla. Il était trop tard pour reculer, et la curiosité des débuts lui revenait, lui soulevait le cœur de bonheur et d'impatience. Cette énergie retrouvée lui permit de ne pas s'endormir pendant le trajet. Elle discuta avec ses parents, son frère – qui se réveillait par intermittence – et sa sœur. Lorsque la conversation retombait un peu, elle collait son front contre la vitre et laissait ses yeux se poser au hasard sur le paysage qui défilait. Elle le connaissait bien maintenant qu'elle l'avait parcouru avec Youssef. Il fallait d'abord longer la côte pour regagner Beyrouth, puis traverser la montagne avant de rejoindre la plaine de la Bekaa, foncer tout droit sur Anjaar et passer la frontière. C'était la première fois que la famille allait en Syrie. Ils furent contrôlés au check-point. Une troupe de *moukhabarat* en goguette leur demanda leurs passeports. À l'exception d'Amal, ils n'en avaient pas. Leur absence de papiers pouvait néanmoins leur être pardonnée s'ils faisaient montre de générosité. Son gendre fit comprendre à Ahmad qu'il ne le ferait pas mais qu'il serait bon de glisser un peu de monnaie à ces gardes-chiourmes. Pris à la gorge, ce dernier s'exécuta sans broncher.

Côté syrien, le paysage n'était pas si différent de celui de la Bekaa, quoique un peu plus aride.

Ils descendirent sur Jdaidit Yabws, puis al-Dimass, presque jusqu'à Darayya avant de dépasser Damas.

Arrivés devant le grand aéroport de Damas-Jdaydet Alkhas qui avait été inauguré à peine une dizaine d'années auparavant, phare technologique perdu au milieu de ce désert infertile, Amal sentit à nouveau le doute l'envahir. Son beau-frère et son père s'emparèrent de ses bagages, Zuair voulut les aider mais en fut dissuadé par leur poids. Ils entrèrent tous ensemble dans le hall principal. Toutes ces lumières, le carrelage impeccablement propre, la multiplicité des langues que l'on entendait parler, les boutiques de luxe et les petits cafés où l'on pouvait se détendre les désorientèrent. Aucun d'entre eux ne savait exactement ce qu'il fallait faire ni quelle attitude il était bon d'adopter. Finalement, une employée à l'air avenant vint à leur rencontre et leur expliqua où trouver le guichet Air France. Amal pourrait s'y enregistrer et déposer ses bagages. Ensuite, il faudrait passer un contrôle de sécurité, et elle serait seule. C'était le moment qu'elle redoutait, celui qui actait leur séparation et qu'elle ne savait comment appréhender. Se sentant près de défaillir, elle prit son temps pour venir à bout des différentes étapes indiquées par l'hôtesse, se concentrant sur chaque geste, le prolongeant autant que possible. Quand il fallut tout de même se quitter, elle s'arma de courage et commença par embrasser son beau-frère auquel elle était somme toute ravie de tourner le dos, puis elle étreignit Leila, qui ne manqua pas de se mettre à pleurer. Lorsque vint son tour, Zuair fut incontrôlable. Ses deux frères aînés étaient déjà partis et, pour lui dont le quotidien dépendait tant des autres, la perspective de voir l'horizon connu se réduire encore davantage était un déchirement. Contre toute attente, il hurla et se jeta aux pieds de sa sœur, la suppliant de rester. Il s'accrocha ensuite à ses jambes pour l'empêcher de partir, et il fallut toute la rudesse de Chafik pour le redresser et mettre un terme à ses vociférations. Amal ne savait que faire, elle était comme paralysée. Pour ne pas déclencher une nouvelle scène, elle évita soigneusement de l'étreindre une seconde fois. Regardant ses parents avec appréhension, elle les enlaça avec force. Personne n'estima bon de faire durer ces adieux qui relevaient du supplice. Dibba glissa seulement à sa cadette de prendre soin d'elle, de ne pas s'inquiéter de leur sort et lui fit promettre d'appeler au moins une fois par semaine, le dimanche, pour donner de ses nouvelles. Ahmad lui rappela qu'il était fier d'elle et, la main posée sur son épaule, lui demanda de ne pas revenir la tête basse, avant d'avoir achevé avec succès ce dans quoi elle s'engageait. Ces dernières paroles la libérèrent un peu, mais ce fut toutefois la mort dans l'âme qu'elle se détourna des siens pour franchir le premier contrôle de sécurité. Quand, quelques dizaines de mètres plus loin, elle les chercha des yeux pour leur faire signe de la main, elle s'aperçut que sa mère s'était évanouie. Cette vision la glaça, mais il était trop tard pour changer d'avis. À présent qu'elle les avait contraints à vivre cet instant, elle devait mener sa démarche à son terme et assumer les conséquences de son choix.

Quand, une heure plus tard, un peu calmée, elle s'assit sur son siège de seconde classe, au milieu d'une éclectique horde de voyageurs, elle se délecta de la vue sur les pistes, de l'originalité des hublots, de la tablette dépliable et de tous les produits luxueux proposés à la vente. La plupart de ses voisins ne semblaient pas intimidés et discutaient à voix haute, allumant des cigarettes et s'attaquant avec avidité aux journaux arabes et français qu'une charmante hôtesse à chignon et aux ongles roses impeccables venait de leur distribuer. Amal s'empara d'un exemplaire d'*Al-Nahar* et décida de le conserver précieusement, il lui permettrait de se souvenir de l'actualité du jour de son départ.

Lorsque l'avion se positionna face à la piste et que, bientôt, ses roues quittèrent le sol dans un vacarme tonitruant, Amal était bien trop éblouie par cette prouesse technologique pour se laisser envahir par l'affliction. Sa famille, ses hésitations, Zuair suppliant, Youssef, le baccalauréat, les vexations, tout cela était derrière elle à présent. Du moins, c'est ce dont elle voulait se convaincre en cet instant de liesse, et de recommencement. Elle allait traverser la Méditerranée à bord de cet appareil fabuleux et découvrir un nouveau monde. Survoltée, émerveillée, elle ne dormit pas du trajet en dépit de son immense fatigue. Comme une enfant, elle regardait avec avidité les nuages, les stewards et les caractères latins formant des mots français qui se dessinaient partout et qu'elle ne comprenait pas toujours. Elle se laissa ensuite surprendre par les saveurs nouvelles composant un plateau-repas, présenté dans une multiplicité de coupelles en plastique blanc. Tout cela était neuf et beau, attrayant.

Pendant ce temps, des kilomètres plus bas, son beau-frère reconduisait les Haddad à Saïda. Ils pleuraient en silence, ils avaient encore perdu un enfant.

Chapitre 4

Elle s'était préparée à la solitude, elle avait tenté de se faire une idée de ce que serait l'exil. C'était une jeune femme lucide, qui ne se laissait pas berner par les illusions, et pourtant, ce fut bien plus dur que tout ce qu'elle avait anticipé. Quand son avion atterrit à Roissy, elle éprouva une intense sensation de vide qui, en plus de lui donner le tournis, se logea durablement au creux de ses reins.

Marie-Rose avait fait le déplacement depuis Nancy pour venir l'attendre à son arrivée. Elle était accompagnée de Jules et Valérie, dont elle semblait avoir le plus grand mal à canaliser les énergies. Les deux enfants, peu intéressés par cette toute jeune tante qu'ils ne connaissaient pas, n'avaient de cesse de se chamailler et de se poursuivre. Ils étaient tous les deux très bruns à la peau plus mate que bien des Libanais et avaient de grands yeux noirs. La jeune femme fut surprise de voir qu'ils avaient si peu hérité de la blondeur de leur mère. Amal, qui savait bien qu'il était possible qu'Abbas soit en Arabie, fut néanmoins désappointée de ne pas le trouver à l'aéroport. Sa belle-sœur lui expliqua, à grand renfort de gestes et de sourires compassés, qu'il était parti l'avant-veille poursuivre un chantier à Djeddah, et qu'il ne serait pas de retour avant deux mois. Cette durée lui sembla infinie, mais elle ne laissa rien paraître et se résolut à faire de son mieux pour s'acclimater à la vie qui devait maintenant être la sienne.

Le trajet autoroutier en Citroën Visa s'avéra ubuesque. Il fut impossible de ranger l'énorme quantité de bagages d'Amal dans le coffre de la petite voiture. Marie-Rose décida donc d'acheter une corde et des tendeurs dans un bureau de tabac de l'aéroport pour arrimer les valises au toit. Après quelques kilomètres de trajet nocturne, la fixation précaire se défit et Valérie – agenouillée sur la banquette arrière et concentrée sur l'observation de la route – signala bientôt avec justesse que des vêtements volaient de toutes parts sur la chaussée. Il fallut donc faire halte sur la bande d'arrêt d'urgence et, au péril de leur vie, retrouver à la lampe de poche les robes et les chaussettes égarées sur l'autoroute. Cette première mésaventure agaça beaucoup Amal et lui fit un peu de peine, car elle perdit une partie importante de ses affaires et regretta, une fois de plus, de n'avoir pas su dire à sa mère qu'il était inutile de la surcharger.

Après quatre heures de trajet, de chants d'enfants et de discussions avortées, faute de mots, la petite famille atteignit enfin Nancy, il était près d'une heure du matin. Amal qui n'avait pas dormi depuis près de deux jours fut ravie de découvrir la chambre que lui avait réservée Marie-Rose. Spacieuse et bien plus douillette que celle à laquelle elle était habituée, elle offrait une moquette duveteuse, un mobilier harmonieux en bouleau et même une décoration soignée, faite de beaux rideaux pastel et de napperons un peu kitsch. Elle demanda à se laver. On lui donna un jeu de linge de toilette tout à fait impressionnant, composé d'un gant et de trois serviettes roses de tailles différentes ; c'est presque intimidée que – pour la première fois de sa vie – elle remplit d'eau chaude et parfumée une immense baignoire blanche. Après s'être séchée, elle enfila un pyjama qu'elle avait apporté et se glissa dans un lit confortable. La nuit se passa sans bruits, sans dérangements. Rien ne troubla le silence de sa chambre, à part quelques éclats de voix lointains au petit matin et, plus tard, les vrombissements d'un moteur.

Lorsqu'elle fut réveillée par les injonctions stridentes du réveil installé sur sa table de nuit, il était sept heures. C'était la rentrée. Elle se dirigea vers la cuisine pour y prendre son petit déjeuner. Marie-Rose, d'une humeur moins joviale que la veille, était attablée et lisait le journal. Décollant péniblement ses yeux de la rubrique économie de *Libération*, elle la salua d'un vague mouvement de tête et lui tendit un plan de Nancy. Amal ne compris pas d'abord ce qu'elle était censée en faire, puis saisit qu'elle irait seule au lycée. Seule déjà, dans cette ville inconnue, dans ce pays inconnu, au milieu de ces inconnus parlant cette langue presque inconnue. Deux croix avaient été placées à la hâte sur la carte, l'une sur son point de départ, l'autre sur son point d'arrivée. Elle se trouva bien incapable de les distinguer l'une de l'autre. Sa belle-sœur se contenta de lui dire qu'il fallait apprendre à se débrouiller par soi-même, replongea dans son journal et ne lui accorda plus d'importance.

La jeune fille sortit donc à sept heures trente et, pétrifiée de terreur, fit son possible pour trouver son chemin, alpaguant des passants, revenant sur ses pas, changeant de direction. Après une demi-heure de déambulation désordonnée, elle parvint au lycée dont le nom l'avait tant fait rêver et se trouva un peu dépitée de découvrir un grand bâtiment marron de construction aseptisée des années 1960. Elle en prit toutefois son parti et fit son possible pour s'intégrer durant la journée, s'installant à côté d'autres élèves, essayant de lancer la conversation, rejoignant un groupe de violonistes pour le déjeuner.

Pour autant qu'elle put en juger, ses camarades étaient de bonne composition, polis et souriants. Ils ne s'offusquaient pas de ses difficultés d'expression ou de compréhension, l'encourageaient du regard et lui posaient de nombreuses questions sur le Liban. Pour eux, elle était un objet de curiosité, elle avait un parfum d'exotisme qui les renvoyait aux images de chaos dont les journaux télévisés les bombardaient chaque soir. L'arrivée de la jeune Libanaise était une nouveauté rafraîchissante qui ne les bouleversait en rien dans leur quotidien routinier. Après la classe, ils rentreraient chez eux en racontant qu'une nouvelle élève les avait rejoints, qu'elle ne parlait pas français et qu'elle venait de Beyrouth. On s'en extasierait quelques jours, puis l'intérêt qu'elle présentait retomberait jusqu'à ce qu'elle se fonde dans le paysage monotone. De cela, Amal était parfaitement consciente, et c'est précisément pour cette raison qu'elle tenait à établir dès le début les liens les plus solides possible. Pour les relations humaines, elle avait toujours eu un don et elle considéra avec justesse qu'elle n'aurait pas de peine à se faire des amis, en dépit de la barrière de la langue qui les séparait. Sur le plan académique, en revanche, il lui sembla qu'elle allait avoir à faire face à d'insurmontables difficultés. Si elle n'acquérait pas au plus vite un niveau de français satisfaisant, elle accumulerait un retard incommensurable. À dix-sept heures, ces réflexions en tête, elle rentra seule et maussade. Marie-Rose était d'aussi mauvaise humeur qu'au matin et lui demanda à peine si sa rentrée s'était bien passée.

De manière générale, les premiers mois furent difficiles. Le carnet de vocabulaire qu'Amal avait pensé à apporter se révéla très vite trop petit pour y consigner tous les mots nouveaux qu'elle rencontrait. Elle apprenait de cinquante à cent formules par jour, au prix d'un travail acharné. Elle révisait jusque tard chaque soir, demandant à ses camarades de classe de lui prêter leurs cours qu'elle recopiait proprement, traduisant chaque phrase et s'évertuant à assimiler le tout. Par ailleurs, la jeune fille comprit rapidement que – pour la maîtresse de maison – sa venue, derrière des apparences charitables, avait bien été pensée comme un moyen de renoncer à l'embauche d'une nourrice. Elle était chargée d'aller chercher ses neveux à l'école lorsqu'elle le pouvait, de préparer leur dîner, de les baigner et, les soirs où Marie-Rose restait tard au club de bridge ou aux ateliers de tricot, c'est-à-dire la majorité du temps, de les coucher. Ce n'était qu'après avoir accompli ces tâches harassantes et répétitives qu'elle pouvait se concentrer sur ses apprentissages.

Lorsque enfin elle se glissait dans son lit, épuisée – jamais avant une heure de matin –, elle dormait mal. Dans le silence effrayant de sa chambre trop bien isolée des sons inconnus, des borborygmes valsaient sous son crâne. Des bris de mots, des segments de phrases, de conversations, de textes se télescopaient dans un affrontement infernal. Suante et oppressée, elle repensait à l'agitation rassurante des grandes villes arabes, la lumière, les couleurs et surtout le bruit, les hurlements, les altercations des klaxons, la vie. Certaines nuits, même le claquement de la mitraille et le bourdonnement assourdissant des obus lui manquaient. Lorsqu'elle se réveillait tôt le matin, le plus souvent en sursaut et bien avant que son réveil ne sonne, elle croyait parfois entendre le muezzin ou sentir l'odeur du café, de la cardamome. Tout lui semblait aseptisé dans cet environnement qu'il lui fallait découvrir, appréhender, comprendre et tâcher de faire sien.

La chute des températures qui eut lieu à la mi-octobre acheva de la démoraliser et la fit sombrer dans une apathie mélancolique. La terrible grisaille du ciel lorrain lui donnait une envie de pleurer qu'il lui était difficile de contenir. Pour se rappeler la Méditerranée, elle faisait le plus souvent les courses au marché du cours Léopold. Si sa belle-sœur se plaignait des prix pratiqués, elle aimait s'y rendre pour remplir ses poumons d'iode importé de Bretagne ou de Vendée, lorsqu'elle était plus chanceuse de l'Hérault ou de l'étang de Thau. En classe, il lui arrivait de fermer les yeux quelques instants, essayant de faire renaître en elle la chaleur caressante du soleil libanais, la saturation colorimétrique du ciel, de la mer et des fleurs. Elle aimait tant les fleurs, même les plus viles, celles qui poussaient au fond des caniveaux, au milieu des terrains vagues, des interstices improbables. En France, la fleur était domestique, elle obéissait à une volonté de planter, de cueillir et d'offrir. Tout était si peu spontané... Quand les premiers flocons de neige s'écrasèrent sur le sol glacé des ruelles proprettes du centre-ville, elle sut qu'un très long hiver se préparait. Il fallait oublier les fleurs sauvages. Amal fut surprise par l'arrivée de cette poudre blanche, elle n'en avait jamais vu. C'était fabuleux et un peu douloureux, car elle était mal armée pour affronter cette nouveauté. N'ayant pas sérieusement envisagé que le froid puisse être si redoutable, elle n'avait mis dans ses valises que des vêtements relativement légers, tout juste bons à la prémunir contre la pluie et le vent. Lorsque le thermomètre se figea durablement sous zéro, elle était au supplice et fut contrainte de solliciter un prêt de vêtements auprès de sa belle-sœur. De mauvaise grâce, cette dernière retourna ses placards, non sans lui avoir préalablement reproché son impréparation. Amal apprit ensuite à juxtaposer une paire de collants en laine et deux pantalons pour le bas ; pour le haut, deux ou trois pulls selon leur épaisseur et un énorme manteau noir ourlé de fausse fourrure et acheté dans une friperie. Marie-Rose avait par ailleurs eu le bon goût de lui tricoter une écharpe en laine Bergère de France dont elle semblait très fière et une paire de moufles un peu grossières qui donnaient à la jeune fille un air balourd. Cet attirail n'empêchait pas Amal de se sentir vitriolée chaque fois qu'elle mettait le nez dehors.

Abbas avait annoncé son retour fin novembre ; mais il appela un soir, expliquant que son chantier à Djeddah avait pris du retard et qu'il ne pourrait être présent avant Noël. Cette nouvelle dépita d'autant plus Amal que ses relations avec sa belle-sœur ne cessaient de se dégrader. La Marie-Rose qu'elle avait connue au Liban, alors qu'elle était encore enfant, pleine de fraîcheur et de culture, avait fait place à une mère de famille passablement aigrie, presque amère. Les absences répétées d'Abbas la laissaient seule dans son grand appartement, avec la charge de Valérie et Jules dont elle n'avait que faire. Chaque jour, elle se plaignait de n'avoir plus le temps de lire, moins encore de penser ou d'écrire les articles que son statut d'enseignant-chercheur à la faculté de lettres impliquait pourtant. Depuis plusieurs mois, elle avait en chantier un papier sur les rites funéraires à Rome sous la Royauté entre 753 et 621 dont elle parlait avec une lassitude résignée, sans jamais se mettre à l'ouvrage. Manifestement, l'approche des échéances qu'elle s'était fixées l'angoissait, ce qui conduisait irrémédiablement à une paralysie et donc à un cumul des retards. Pour dissiper cette pression, elle jouait au bridge avec frénésie, et avec de plus en plus de frénésie aussi buvait de longues lampées de vermouth ou de chartreuse une fois les enfants couchés. Elle répétait à l'envi qu'elle était débordée, devait tout assumer, des courses au ménage en passant par les démarches administratives, les mondanités et les enfants. Amal ne pouvait que convenir que la situation dans laquelle la laissait son frère était peu enviable, mais elle lui attribuait cependant une large part de responsabilité dans son malheur. Marie-Rose devait être consciente de ce que sa conduite n'était pas irréprochable et, pour se dédouaner de ses manquements, chargeait de plus en plus souvent la jeune femme. Elle l'accusait, d'abord à demi-mot puis ouvertement, de demeurer désœuvrée, de traîner la patte, d'être dépensière, de ne pas repasser comme il convenait, de se désintéresser de la vie du foyer. Amal peinait à supporter ces reproches infondés, mais elle n'avait d'autre choix que de faire contre mauvaise fortune bon cœur et de se montrer plus serviable encore. Au retour d'Abbas, le malentendu serait dissipé, il constaterait ses efforts et l'en remercierait. Néanmoins, les retrouvailles se faisant attendre, Marie-Rose eut tout le loisir de passer de la dénonciation des servitudes auxquelles elle s'estimait injustement soumise à une franche dépression. À défaut de produire du savoir, elle se mit à consommer : la télévision jusqu'à l'abrutissement, des grilles de mots croisés, du point de croix à ne plus savoir qu'en faire, des boîtes de conserve qu'elle ne prendrait bientôt plus la peine de réchauffer et des pelotes de laine dont elle faisait quantité de pulls, d'écharpes, de bonnets et de manteaux. Cette attitude eut pour conséquence de transformer le bel appartement familial en une caverne obscure et sale. Les rideaux demeuraient fermés, de même que les fenêtres. Le ménage n'était plus fait que superficiellement par Amal qui ne parvenait pas à assumer toutes les missions qui lui incombaient. Les enfants pleuraient sans cesse, ils devaient être épuisés de l'absence de leur père et du manque d'attention de leur mère. Déjà turbulents, ils devinrent incontrôlables. Courant d'une pièce à l'autre, hurlant sans discontinuer, brisant tout ce qui leur passait entre les mains dans une quête effrénée de limites et de reconnaissance, ils ressemblaient à des fauves en cage. Seule Marie-Rose, après plusieurs heures de chahut, arrivait encore à les faire tenir en place quelques minutes quand, excédée de ne plus entendre ses émissions favorites, elle les giflait.

Cette situation devint vite un crève-cœur pour Amal qui, se sentant rejetée, se mit à ressentir le manque de sa vraie famille, de Dibba, d'Ahmad, de Zuair, de Fatima, de Ghania, de Leila, mais aussi de Yacine – si loin –, d'Abbas qui semblait ne jamais devoir rentrer, de ses amis, de Salima, surtout, et de Youssef, à l'infini. Elle les appelait, comme convenu, chaque dimanche matin pendant une quinzaine de minutes. C'était très peu, sans doute insuffisant, mais c'était si bon d'entendre les uns rire, les autres pleurer dans le combiné. Elle les imaginait rassemblés autour du meuble à téléphone de l'entrée, trépignant d'impatience sur le coup de dix ou onze heures. Ils auraient eu mille choses à se raconter, mais le coût des appels les contraignait à se concentrer sur l'essentiel, à se rapporter les grandes nouvelles et à se dire qu'ils s'aimaient. Elle s'appliquait à leur cacher ses déboires, ses déceptions, plus encore le calvaire que Marie-Rose lui faisait vivre. Il fallait avant tout les rassurer, ils en avaient besoin. Quelquefois, Youssef l'appelait lui aussi, en catimini. Il lui disait des mots doux qui lui faisaient du bien et résonnaient longtemps à ses oreilles. Avec lui, elle prenait plus de libertés, lui laissait entrevoir ses difficultés sans lui cacher qu'elles allaient crescendo. Parfois, après leurs entretiens secrets, elle se glissait voluptueusement dans son lit et se laissait aller à se caresser jusqu'à l'orgasme. Elle voyait alors son beau visage brun, ses yeux vairons qui la détaillaient jusqu'à se fixer sur son clitoris. Leur relation platonique ne lui suffisait plus maintenant qu'elle éprouvait un immense besoin de réconfort, de reconnaissance et d'amour, y compris physique. L'ayant parfaitement compris, il lui écrivait des lettres quelquefois. Les timbres étaient oblitérés de Syrie et traduisaient une passion de plus en plus violente. Amal regrettait de ne pouvoir y répondre, elle craignait que sa correspondance intime ne soit interceptée par les services syriens, israéliens ou libanais. Bref, par des hommes qui se seraient délectés avec une avidité perverse de leur désir éperdu. Et quand bien même elle n'aurait pas été si compassée, il eût été peu probable que le courrier arrivât à bon port.

Pour garder la tête hors de l'eau et honorer la promesse faite à son père, celle de ne pas revenir sans avoir réussi, elle fit tout son possible pour se concentrer sur les objectifs qu'elle s'était fixés. Rapidement, elle parvint à s'exprimer assez convenablement en français, à tout le moins dans les situations de la vie courante. Elle avait mémorisé une quantité impressionnante de vocabulaire en un très court laps de temps. Sa grammaire demeurait assez modeste cependant et se fondait sur l'imitation, laquelle la privait d'une véritable autonomie. Il fallait travailler à l'améliorer. Des cours particuliers adaptés aux étrangers arabophones auraient été indiqués, mais elle n'avait ni le temps ni les moyens de s'en offrir. Néanmoins, elle était impatiente et sentait brûler en elle l'urgence de s'exprimer avec raffinement et subtilité. Si elle put bien vite entretenir des bribes de conversation avec ses camarades de classe, Marie-Rose et les enfants, elle se sentait comme enfermée en elle-même de n'avoir assez de mots pour dire l'éventail de ses sentiments, de ses perceptions. Il lui semblait devoir adapter ses idées au vocabulaire disponible, ce qui générait en elle une grande frustration. Ce sentiment la rappela à un ouvrage hongrois évoqué par Youssef longtemps auparavant et dont le titre amusant l'avait frappée : *Épépé*. Pour autant qu'elle s'en souvînt, l'intrigue concernait un linguiste devant se rendre à un colloque et qui, se trompant d'avion, atterrissait dans une ville regorgeant de monde à la langue aussi inconnue qu'incompréhensible. C'était un roman qui racontait la claustration au milieu de la foule, le repli sur soi lié à l'impossibilité de communiquer. Apparemment, son auteur l'avait rédigé à la suite d'un voyage au Japon l'ayant fortement déboussolé. À bien y réfléchir, son impression d'être flouée n'était peut-être pas seulement liée à son niveau de langue, mais – comme le héros de Karinthy – à l'absence d'interlocuteurs prêts à l'écouter. À qui aurait-elle pu confier ce qui lui arrivait ? Dans cette ville grise où chacun paraissait pressé, personne ne s'était posé la question de savoir comment elle vivait son déracinement, quelles étaient les difficultés qu'elle rencontrait et comment elle aurait pu les résoudre. Les lycéens qu'elle fréquentait étaient charmants pour la plupart, mais ils étaient trop jeunes, déconnectés de sa réalité et il lui semblait qu'aucun de ces gosses privilégiés n'avait jamais eu à faire face au moindre problème sérieux. De toute évidence, ils évoluaient dans la certitude tranquille de lendemains calmes, dans l'aisance matérielle et, surtout, la paix. Qu'auraient-ils pu saisir de la puissance animale que génèrent les relations engendrées par la guerre ? Hors du lycée, elle ne voyait guère que Marie-Rose, Valérie et Jules. La première était trop prise par ses propres problèmes pour lui prêter attention, les deux autres étaient bien trop jeunes pour qu'elle s'appuyât sur eux.

À l'approche de Noël, Amal trépignait d'impatience. Elle avait reçu son premier bulletin et était satisfaite de ses résultats. En philosophie et en histoire-géographie, ses notes étaient basses, ce qui n'était pas très surprenant au regard de la nature des épreuves. Impossible de disserter pendant quatre heures dans une langue apprise en trois mois. Pour autant, les enseignants avaient unanimement salué sa progression. En biologie, en physique, elle avait atteint sans grande difficulté la moyenne, et était en tête en mathématiques. Forte de cette première victoire, elle avait sollicité – auprès de la direction – le droit de s'inscrire en classe de musique à compter de la rentrée de janvier, et on le lui avait accordé en la prévenant qu'il n'existait pas de classe de luth. À défaut, elle apprendrait la guitare sèche. La jeune fille avait grande hâte d'annoncer ses succès aux siens et en particulier à son frère qui, ainsi, n'aurait pas à regretter de lui avoir donné sa chance.

Abbas, justement, avait fini par rappeler Marie-Rose et lui avait promis de rentrer au plus tard le 24 décembre, malgré l'inachèvement de son chantier qui cumulait les retards en raison de contraintes techniques imprévues. En conséquence, la municipalité de Djeddah renforçait la pression qu'elle exerçait sur l'entreprise de travaux publics franco-suisses pour laquelle il travaillait, ce qui le plaçait dans une position délicate. Aux préoccupations professionnelles d'Abbas, son épouse répondait par une salve de reproches bien pesés, son ressentiment sourd se muant en véritable haine qu'elle ne cherchait même plus à contenir devant Amal et les enfants. La veille de Noël au matin, ils se mirent en route pour l'accueillir à l'aéroport. Toute la famille s'entassa dans la petite Citroën. C'était la première fois depuis des semaines que Marie-Rose mettait le nez dehors, et elle semblait regretter amèrement de n'avoir pas pu déléguer cette mission à un taxi ou, plus idéalement, à sa belle-sœur. « Dommage qu'elle n'ait pas le permis, à son âge, tout de même ! » ne cessait-elle de maugréer. Amal – assise sur le siège passager – la regardait conduire du coin de l'œil. Les deux femmes n'échangèrent pas une parole, mais elle constata que les gestes de la mère de famille étaient moins assurés, moins prestes, qu'au mois de septembre, lorsqu'elle avait fait ce même trajet pour venir l'accueillir, elle, fraîchement débarquée de Damas. Après plusieurs heures de route à destination de Roissy, Valérie rompit le silence rythmé seulement par les voix monocordes que l'autoradio déversait dans l'habitacle. Émerveillée, la fillette hurla : « Il neige ! » Sa jeune tante, non moins émerveillée, répéta : « Il neige ! » Amal était toujours aussi fascinée par ce miracle météorologique auquel elle assistait de temps à autre depuis deux mois.

Installée dans l'habitacle surchauffé, prise en étau entre la mauvaise humeur de Marie-Rose et la surexcitation de ses neveux, elle était absorbée par la contemplation de ces millions de petits flocons vaporeux qui, sans se presser, venaient, l'espace d'un instant, se poser sur la chaussée champenoise avant de fondre, ou d'être transformés en bouillie brunâtre. Ce spectacle doux et éphémère, Amal serait restée une vie entière à l'observer. Apaisée par le ronronnement du moteur et la sérénité de cette valse lente, engourdie par la chaleur et la satisfaction de se trouver là, elle ne parvint plus à résister à la lourdeur de ses paupières et s'endormit pour ne se réveiller qu'à l'aéroport. Au milieu d'une foule indescriptiblement dense, dans laquelle tous les voyageurs et les accompagnateurs se bousculaient, attendaient et jouaient des coudes, finit par apparaître Abbas. Il portait un improbable manteau de fourrure et de peau, très long. Il avait dû se faire remarquer, au départ de Djeddah, avec un tel accoutrement. Visiblement, il était exténué et, malgré son équipement, tremblait de froid. À la vue de ses enfants, un sourire fendit son visage et, ne pouvant attendre de suivre le parcours balisé jusqu'à eux, il se pencha par-dessus les barrières séparant les arrivants de leurs proches, et tendit les bras pour les serrer contre lui. Après une longue étreinte, il leva ses yeux bruns pour les fixer d'abord sur sa sœur, puis sur son épouse qu'il gratifia d'un signe de tête. S'approchant, il lui posa un baiser dénué de saveur sur les lèvres, avant de saluer Amal d'une grande tape dans le dos. Des années qu'ils ne s'étaient pas vus et Abbas, égal à lui-même, se conduisait comme s'ils s'étaient quittés la veille. Ses gestes familiers et les paroles arabes qui sortaient de sa bouche firent à sa cadette le plus grand bien.

Pour le trajet du retour, Amal s'assit sur la banquette arrière, entre les enfants. Son frère prit place sur le siège passager qu'elle avait occupé à l'aller et, après avoir échangé avec les petits quelques banalités, il se plongea, à voix basse, dans une conversation avec son épouse. La jeune fille n'en perçut rien à l'exception d'un ton de reproche et de tensions larvées. De temps à autre, l'un d'eux élevait la voix avant d'être très vite rappelé à l'ordre par son interlocuteur. Après tout, c'était Noël.

Lorsqu'ils regagnèrent Nancy, il fut question de passer prendre un dîner de réveillon chez le traiteur, il faut dire qu'après huit heures de trajet aller-retour tout le monde était épuisé. Il s'avéra, hélas, que la boutique était fermée. S'ensuivit une dispute mémorable, les pieds dans la neige, devant cette porte absurdement close, puis une deuxième dans la voiture, dont Amal ne comprit même pas l'objet. Certainement Abbas reprochait-il à son épouse de n'avoir rien prévu pour l'accueillir. On se décida finalement à faire les courses à la supérette la plus proche, le repas fut simple – huîtres de Bouzigues, palette à la diable et purée mousseline, salade de fruits en boîte – et ne se prolongea pas. À vingt-deux heures quinze, alors qu'un lourd silence s'installait sur les ramequins vides et les serviettes tachées, Amal se demanda si elle pouvait dès à présent aller se coucher pour échapper à l'embarras collectif et permettre à la petite famille de se retrouver. Il lui sembla pourtant que cette éclipse rapide n'était pas exactement en cohérence avec le sens du mot « réveillon » dont elle découvrait tout juste l'existence. Heureusement, Abbas mit un terme à ses tergiversations et redonna un sursaut d'intérêt à la soirée en partant à la recherche de l'une de ses valises, laquelle débordait de cadeaux. Furent exhibés un tapis de prière, des dattes et des éditions du Coran, qui étaient certes somptueuses, mais peu en adéquation avec les festivités du moment. La vue de ces mots arabes, de ces versets qu'elle avait des milliers de fois entendu psalmodier apaisa Amal qui se sentit enfin autorisée à deviser avec son frère. Abbas lui répondit courtoisement, mais ne chercha pas à poursuivre la conversation. Les multiples escarmouches qui l'avaient opposé à Marie-Rose avaient eu raison de son entrain. Il offrit avec une joie contrite un petit cadeau à chacun. Amal eut droit à un sautoir en or jaune orné de cornaline, le plus beau bijou qu'elle n'ait jamais possédé. Très fière, elle l'arbora immédiatement et ne cessa de le contempler en se pavanant devant le grand miroir de l'entrée. Les enfants se virent offrir un jeu de construction en bois, apparemment fabriqué en Arabie, et Marie-Rose une parure en or brossé, resplendissante. Malgré l'évidente préciosité du cadeau, rien ne parvint à lui faire décrocher un sourire, ni même un merci. Sentant une nouvelle fois la tension s'installer, Amal se retira au prétexte de coucher Valérie et Jules, bien qu'aucun d'eux ne manifestât le moindre signe de fatigue. Une fois allongée dans son propre lit, elle entendit – au moment de s'endormir – des éclats de voix qui provenaient de l'autre côté de la cloison. Noël n'apportait visiblement pas la paix à tout le monde. Elle eut encore le temps d'avoir une pensée pour Youssef et se promit de l'appeler le lendemain pour lui présenter ses vœux. À minuit, il devait être à la messe, dans la belle église en calcaire de Jezzine.

Les vacances de Noël duraient deux semaines, ce qui réjouissait autant Valérie et Jules, ravis de disposer d'un horizon de temps assez long pour profiter de tous leurs jouets, qu'Amal, soulagée de pouvoir enfin se reposer, malgré les nombreux devoirs auxquels il faudrait, tôt ou tard, s'atteler. Marie-Rose aurait également dû prendre des congés, mais son état de santé mentale s'était tellement dégradé au cours des dernières semaines qu'elle avait de toute façon été placée en arrêt maladie par son médecin traitant. De toute évidence, la présence de la famille au grand complet lui était un poids. Elle fut contrainte de quitter son canapé bien-aimé pour migrer vers la chambre conjugale qui devint exclusivement sienne, y emportant la télévision, ses ouvrages et quelques boîtes de conserve pour s'occuper.

Abbas ne comprenait rien de ce qui arrivait à son épouse et éprouvait à son encontre des sentiments confus. Il se blâmait de n'avoir pas été assez présent pour elle et de n'avoir pas su anticiper son état, mais il lui en voulait énormément de laisser péricliter le foyer et aussi, un peu égoïstement, de ne pas lui faire davantage fête pour son retour. En conséquence, leurs échanges ne manquaient jamais de tourner au vinaigre. Amal faisait son possible pour s'en tenir éloignée. Elle était bien décidée – pour une fois – à prendre un peu de temps pour elle. L'hiver, qui lui avait paru si pénible alors qu'elle devait réussir son premier trimestre, lui était maintenant d'un grand amusement. Elle sortait pour patiner sur les plaques de verglas avec ses neveux, se plaisait à écouter le bruit du vent dans les marronniers bordant l'avenue Anatole-France et se réjouissait plus que tout de dissiper ce froid glacé dans la mollesse réconfortante d'un intérieur bien chauffé. La neige semblait ne jamais devoir fondre et ce grand manteau blanc lui plaisait énormément. Il étouffait les bruits, ralentissait l'activité ordinaire, et lui donnait l'agréable sentiment d'avoir le droit de se pelotonner confortablement des journées entières, maintenant que son frère s'échinait à reprendre la maison en main.

Chaque matin, avant que les enfants ne soient réveillés, elle s'offrait des promenades solitaires dans les rues enneigées. Elle se satisfaisait d'entendre le sol crisser sous ses pas et de voir – vers huit heures trente – les premiers rayons de soleil faire briller les flocons en train de fondre. C'était au cours de ses balades qu'elle découvrit enfin la ville qu'elle n'avait fait que traverser depuis trois mois et que Marie-Rose n'avait jamais pris la peine de lui faire visiter, exception faite de l'école primaire et des points de ravitaillement. Elle accéda enfin à la place Stanislas bordée par d'importants bâtiments dont l'un abritait la mairie, l'autre le musée des Beaux-Arts et le dernier, l'opéra. Au milieu des arcades dorées, au centre du pavement, Stanislas Leszczynski, roi de Pologne, était coiffé de blanc. Déambulant au hasard des rues, elle explorait le parc de la Pépinière avec sa ménagerie, où elle observait les gorilles en cage et les chèvres qui faisaient le bonheur des familles. Au fil des jours, elle visita aussi le Palais ducal et la place de la Carrière. À présent qu'elle avait le temps d'en profiter, elle finissait par trouver cette ville agréable, accueillante et propice à la rêverie. Ses rapports avec les locaux aussi avaient changé. Elle parvenait désormais tant bien que mal à s'adresser à eux dans leur langue, ils étaient donc plus à même de l'écouter, de lui sourire, de la faire répéter, voire de la corriger pour lui permettre de progresser. Au cours de ses déambulations, elle profitait de la solitude pour penser à Youssef. Pendant qu'Abbas était à la maison, elle l'avait prié d'être particulièrement discret, de ne pas écrire ni téléphoner. Cherchant à se placer hors de tout soupçon, elle s'était contentée d'une communication de trente secondes le 25 décembre au matin pour lui souhaiter joyeux Noël ; peut-être ferait-elle de même le 1er janvier. Si elle était peinée de son absence, elle était soulagée d'avoir su se créer un espace de liberté où elle pouvait penser librement à lui, aux projets qu'ils formeraient lorsqu'elle serait diplômée, aux voyages qui les attendaient, à leur mariage, aux enfants qu'ils auraient.

Si l'ambiance n'était pas au beau fixe dans l'appartement d'Abbas, elle essayait de profiter de la présence de chacun, regardant des dessins animés avec Jules et Valérie, affrontant son frère aux échecs (il faut dire qu'il n'avait rien perdu de sa vivacité et qu'il prenait un malin plaisir à l'écraser sans ménagement), demandant même à Marie-Rose – quand il lui arrivait de sortir de sa torpeur neurasthénique – de lui apprendre des rudiments de tricot. Elle mit encore à profit cette période de répit pour lire son premier livre en français. Ce ne fut pas une mince affaire. Le professeur d'histoire-géographie – Monsieur François –, que le processus de désindustrialisation affectait au dernier degré, ce que ses yeux las et son teint blafard illustraient à merveille, avait fait allusion à plusieurs ouvrages traitant de la France des usines, des mines, cette France qui périclitait du fait de la mondialisation et de l'essor des services. Il avait chaudement recommandé à ses élèves la lecture de *L'Établi* de Robert Linhart, paru moins d'une dizaine d'années auparavant et, plus classiquement, de *Germinal*. Amal était touchée par le désespoir transpirant de cet homme dont le père, le père du père et sans doute l'ensemble de la lignée mâle depuis, au bas mot, six générations avaient dû être abatteurs, lampistes ou machineurs dans l'un des cinquante-huit puits de mine que comptait la Lorraine houillère. Ce ne serait que lui rendre justice de lire Zola, sans compter que cela permettrait à sa jeune élève de comprendre un peu mieux le drame qui s'abattait sur la région en déclin dans laquelle elle avait atterri. Or ce roman, indépendamment du message qu'il véhiculait et auquel son attachement au PCL ne pouvait que la faire adhérer, prit vite un goût sacerdotal. Tout manquait à sa compréhension, aussi bien le vocabulaire qu'une connaissance minimale du naturalisme et du contexte historique. Elle parvint néanmoins à se procurer une traduction arabe du texte, ce qui lui permit, laborieusement, de venir à bout de sa lecture. Rarement elle s'était sentie aussi satisfaite que lorsque ses yeux tombèrent sur la dernière phrase : « Des hommes poussaient, une armée noire, vengeresse, qui germait lentement dans les sillons, grandissant pour les récoltes du siècle futur, et dont la germination allait faire bientôt éclater la terre. »

Abbas resta parmi eux jusqu'à la fin de la première semaine de janvier. Amal avait un peu de mal à recréer un rapport de proximité avec ce frère dont elle ne partageait plus le toit depuis dix ans. Il semblait embarrassé par les scènes de ménage auxquelles il se livrait continuellement devant sa sœur et, à l'air faussement détaché qu'il prenait après chaque dispute, elle comprit qu'il redoutait qu'un rapport sur sa situation familiale ne soit fait à Dibba et Ahmad. Sans qu'il lui demandât rien, elle le rassura un soir à ce sujet, lui garantissant qu'elle saurait tenir sa langue, et qu'elle était tout à fait désolée de ne pouvoir l'aider. Il la considéra à peine – la remercier aurait déjà été un aveu d'échec –, la chargeant seulement d'aider et d'assister plus encore Marie-Rose lorsqu'il serait reparti. Les températures qui devaient lui causer un choc thermique épouvantable en comparaison du désert saoudien contribuaient également à le mettre dans de mauvaises dispositions. En effet, son vague engouement du premier jour avait laissé place à une humeur renfrognée. Abbas passait ses journées à accomplir des tâches ménagères et administratives, à babiller un peu avec les enfants et à revoir, à l'extérieur, quelques amis français avec lesquels, Amal en était sûre, il se lançait dans d'invraisemblables gesticulations pour tenter de les dissuader de demander des nouvelles de son épouse, pire, de venir leur rendre visite directement chez eux. Quand enfin il lui restait un peu de temps libre, il courait s'enfermer dans son bureau. Sa sœur le soupçonnait d'y poursuivre ses réflexions pour trouver un moyen de remédier à l'effritement du béton lié à l'effarante chaleur désertique qui mettait à mal la réalisation de l'ouvrage d'art dont il avait la responsabilité. La jeune fille, qui était parfois invitée à entrer dans la pièce, avait cependant constaté qu'il se consacrait aussi à des travaux plus personnels. Elle avait observé un nombre incalculable de plans et de maquettes, placardés contre les murs, exposés sur d'immenses étagères de bois de palissandre. Les bâtiments et les structures imaginés par Abbas étaient si novateurs et déconcertants qu'elle sentait poindre en elle un malaise en les observant. Certains projets mettaient la nature au défi, cherchaient à repousser le désert, utilisaient des sables qui, mélangés à d'autres matériaux, devaient permettre la construction de cités aériennes, la création d'oasis artificielles ou le détournement de fleuves. Amal était soufflée par l'inventivité de son frère, par l'énergie qu'il déployait à concevoir ces cités idéales qui ne verraient, selon toute probabilité, jamais le jour. Ses créations étaient autant des rêves esthétiques que politiques, elles visaient à repousser les limites traditionnelles de l'espace dans lequel la vie humaine se déployait, à rendre l'homme entièrement « maître et possesseur de la nature ». Regardant le travail de son frère, la jeune femme se demandait s'il ne ferait pas mieux de déposer sa candidature à un concours d'architectes plutôt que de brider ses aptitudes en les asservissant au tracé de la carte routière d'une Arabie en plein essor. En attendant, il fallait bien manger et, selon toute vraisemblance, ces plans, ces croquis, ces modélisations et tout ce bouillonnement créatif ne servaient qu'à le distraire d'une vie matrimoniale devenue mortifère.

Quelques jours avant la rentrée, Abbas s'en alla, en train cette fois et sans regret apparent. De retour en Arabie, il appela Amal un soir et lui demanda si elle avait envie de retourner au Liban l'été suivant. Une question de pure forme. Elle lui répondit que oui, évidemment, que c'était à peu près la seule chose dont elle était certaine d'avoir envie. Il promit de lui acheter des billets d'avion, se doutant qu'elle n'en avait pas les moyens. Sans tarder, une agence de voyages nancéienne la contacta pour lui confirmer qu'une place avait été réservée et payée en son nom sur un vol Genève-Damas. S'empressant de se rendre au bureau indiqué, elle sentit sa poitrine se soulever lorsqu'elle se saisit des coupons sur lesquels étaient indiqués un aller le 4 juillet et un retour le 30 août 1986. Presque deux mois.

La certitude de rentrer bientôt lui donna le courage de travailler avec ardeur pendant les deux derniers trimestres. Lorsque les mirabelliers fleurirent, elle était en mesure d'engager et de soutenir un débat politique, de parler d'histoire et de philosopher en français. Mieux, elle composait dans cette langue, comme tous les autres bacheliers du pays et, si elle se sentait tout de même désavantagée dans les matières littéraires, elle ne s'inquiétait pas une seule seconde de ses résultats en sciences. Amal était consciente de ses progrès colossaux et soulagée de n'avoir pas failli, d'être parvenue au terme d'une année qui, jour après jour, n'avait cessé de la confronter à de redoutables épreuves. Ce fut donc la tête haute, sûre d'elle, qu'elle prit place – une fois la dernière épreuve du baccalauréat C terminée – dans l'Airbus qui allait la reconduire sur le sol libanais. Quand elle fut bien installée sur son siège, le 17B, une hôtesse souriante aux ongles rouges, impeccablement manucurés, passa entre les rangées en proposant des journaux. Comme à l'aller, Amal considéra le présentoir et porta son dévolu sur le *Nahar*. Elle avait conservé, comme une relique, le numéro du 2 septembre 1985, bien qu'elle n'ait jamais trouvé le temps de le rouvrir. En se plongeant dans les longs articles d'opinion et de débats qui se trouvaient en fin de feuillets, elle prit conscience qu'à l'exception de la traduction de *Germinal*, elle n'avait pas lu une ligne d'arabe depuis l'an passé. Elle dévora chaque mot avec volupté, s'enfonçant délicieusement dans les méandres d'une langue qui l'avait si longtemps bercée. Qu'il était savoureux le goût du retour ! Paradoxalement s'y mêlait le sentiment de revenir de loin. En lisant le journal, elle ressentit une distance quasi physique avec les nouvelles. Ce qui était écrit là ne la concernait plus vraiment. Malgré elle, elle se sentait éloignée des préoccupations des journalistes, des polémistes et des intellectuels qui s'affrontaient par articles interposés, s'écharpant à propos de sujets que la jeune femme n'avait pas vus émerger. Amal avait perdu le fil de la guerre et des événements, elle n'avait suivi que ce que la télévision française voulait bien livrer du conflit et de son pays, c'est-à-dire une insipide succession de clichés.

Chapitre 5

Quatre heures plus tard, le pilote amorça sa descente vers la capitale syrienne et Amal atterrit, un peu mieux informée de la situation libanaise. La lecture assidue qu'elle venait de faire de la presse lui avait permis de découvrir qu'au mois de décembre, alors qu'elle se promenait dans la neige en rêvassant, un accord avait été trouvé entre le mouvement chiite Amal, le PSP et les Forces libanaises, et ce, précisément à Damas. Les cœurs s'étaient levés pour saluer cette réconciliation, au moins théorique. Très vite cependant, et suivant un scénario d'une affreuse banalité, la belle entente s'était brisée.

Elle aurait pu se douter qu'il se passait quelque chose, bon sang ! Depuis des mois, elle entendait dire par ses proches, au téléphone, que des tensions persistaient ou renaissaient, changeant de forme et de nature, mais elle n'avait eu ni le temps ni à vrai dire la volonté d'en apprendre davantage. Amal s'en voulait un peu de s'être si vite laissé détourner des problèmes de son pays, mais elle n'avait plus d'énergie à accorder à ces miliciens endoctrinés ayant renoncé à toute commisération envers ceux qu'ils prétendaient défendre. Leurs errements ne constituaient plus son quotidien et, depuis la France, elle avait renoncé à décrypter ce tableau complexe, presque évanescent. Ne comptait plus qu'une chose depuis Nancy, le besoin de s'assurer que tout le monde allait bien, que personne n'était blessé ou, à l'instar de Yacine deux ans plus tôt, porté disparu. C'était comme si l'éloignement avait braqué l'objectif sur la famille Haddad, au détriment du reste, de l'environnement, du contexte, de la patrie. De toute façon, l'accord de Damas n'avait pas fait l'unanimité et, au sein même des mouvances signataires, on se déchirait entre partisans et opposants à cette paix. Un pis-aller de plus. Pour le reste, le bilan s'alourdissait dans un décompte monotone – Michel Seurat avait finalement été assassiné en mars – et les combats continuaient. La situation au Nord, en particulier, était devenue intenable. À Tripoli, on se battait encore, le PSNS[26] et le Tawhid étaient aux abois. Bref, Amal retrouvait la poudrière qu'elle avait espéré laisser derrière elle. Repliant soigneusement le *Nahar*, elle le rangea dans son sac à main en descendant sur le tarmac. Elle l'ignorait alors, mais elle aurait pu ne revenir qu'en 1990 que rien n'aurait changé, rien de significatif en tout cas. Des groupes, parfois les mêmes, parfois de scissions, des fractions, des refondations, continueraient de se battre pour la défense de leurs intérêts particuliers sans penser jamais à ceux dont l'intérêt, justement, aurait été de les voir disparaître.

Lorsqu'elle récupéra sa valise, beaucoup plus légère qu'en septembre, elle était incapable de contenir son impatience. Les retrouvailles, elle se les était figurées depuis des mois, tout serait parfait. Alors que l'aéroport vomissait ses voyageurs tantôt apeurés par les hordes de *moukhabarat* patibulaires, tantôt défaits par la fatigue, la jeune femme rayonnait. Elle était vêtue d'une élégante robe de mousseline bleue légèrement échancrée lui arrivant au genou, achetée spécialement pour l'occasion par Marie-Rose. Les deux femmes ne s'adressaient presque plus la parole depuis que cette dernière vivait recluse dans sa dépression, mais, une fois n'était pas coutume, elle avait tenu à sortir pour conduire Amal dans une boutique de la rue Saint-Jean. Sans doute ce cadeau n'était-il pas entièrement désintéressé. Marie-Rose devait escompter acheter le silence de la jeune fille quant à l'ambiance délétère qui régnait rue Anatole-France et à la façon dont elle avait été accueillie. Certes, les liens de la Française avec la famille d'Abbas étaient ténus, mais elle était trop coquette pour ne pas chercher à préserver une certaine image d'elle-même.

Une fois passés les derniers contrôles douaniers, Amal fut saisie par l'ambiance flottant dans le hall des arrivées. Des multitudes de familles étaient massées, attendant la venue imminente d'un être cher et – dans bien des cas – depuis longtemps parti. Des Libanais et des Syriens de tous les âges et de – presque – toutes les catégories sociales trépignaient en agitant des fleurs, des cadeaux, des chocolats à demi fondus sous la chaleur torride de cet été proche-oriental. Certains s'étaient même fait accompagner de musiciens ou de clowns pour célébrer le retour de l'aimé. Dibba, qui semblait égarée au milieu de cette foule en délire, s'anima franchement lorsqu'elle vit apparaître sa fille. Elle devint – en réalité – tout bonnement euphorique et se mit à faire de grands signes en hurlant : « Amal ! Amal ! Ya Amal ! Ya habibi ! Ya omri ! Ya hayati ! » Parvenant à sa hauteur, Amal se jeta contre son cœur et resta longtemps à se faire bercer par la chaleur des bras maternels. Sa tête posée contre la poitrine généreuse de Dibba – au milieu de ce bourdonnement d'une langue familière qui l'absolvait de tous les doutes, de toutes les peines et de tous les découragements qui l'avaient assaillie tandis qu'elle était loin –, elle se sentit revivre. La chevelure de sa mère dissimulée sous le voile blanc des pèlerins, la douceur de sa peau, la chaleur de son corps, son parfum, qu'elle avait inconsciemment recherchés tout au long de son séjour en France, la rappelaient à des souvenirs d'enfance, à un univers bien connu et sécurisant, en somme, à un petit réduit de douceur et de tendresse où il faisait bon se lover. Elles eurent du mal à relâcher leur étreinte, mais y consentirent néanmoins lorsque Amal aperçut, dans un arrière-plan flou, les autres membres de la famille. Après avoir tendrement embrassé Ahmad, elle serra dans ses bras Zuair, lui ébouriffant les cheveux et lui pinçant affectueusement les pommettes. Il était ravi de ces instants de jeu et ne cessa de harceler sa sœur pour qu'elle lui relatât les sensations éprouvées en avion. Elle lui raconta succinctement les haut-le-cœur du décollage et le dérèglement des sens provoqué par les turbulences. Ces descriptions impressionnèrent son jeune frère autant qu'elles le firent rire, il courut et sauta en tous sens, comme pour imiter ce qu'il supposait être l'expérience d'un vol commercial. L'exultation, les démonstrations de joie, ce bonheur manifeste étaient partagés par toutes les familles alentour qui faisaient unanimement fête à l'enfant revenu, au fils, à la fille, à la sœur, à la nièce, au cousin, à l'oncle ou au père. Partout, c'était la même liesse qui unissait les émigrés à ceux restés fidèles au pays, par choix ou par résignation, têtes solides et oublieuses de leur propre misère.

Une fois les effusions retombées, Amal s'étonna de l'absence de ses sœurs. Si Fatima, la plus âgée des quatre filles Haddad, devait être retenue à Beyrouth par une surcharge de travail domestique ou une quelconque autre raison de cet ordre, elle ne parvenait pas à s'expliquer pourquoi ni Ghania ni Leila n'avaient fait le déplacement. Discrètement, elle interrogea Dibba qui lui apprit – sans plus de précisions – que Ghania se trouvait à l'hôpital. Quant à Leila, elle lui fit comprendre par un geste agacé de la main que les questions étaient malvenues. Devant l'aéroport, un chauffeur inconnu d'Amal les accueillit, elle fut surprise de ne pas trouver là son beau-frère qui les conduisait d'ordinaire dans tous leurs déplacements. Il se montra très agréable et les mena sans embûches jusqu'à Saïda.

La voiture s'arrêta devant la bananeraie qui longeait la maison. Sortant du véhicule, la jeune femme fut d'abord ravie de revoir ces grands arbres tranquilles qui avaient servi de décor à la première partie de sa vie. Elle aimait cette forêt paisible aux feuilles vertes et longues, acérées comme des lames de couteau. Depuis son départ, elle n'avait plus mangé un seul de leurs fruits mûrs à la pâte sucrée et réconfortante. Marie-Rose, lorsqu'elle l'envoyait faire des courses, la priait de les fournir en bananes du Costa Rica, passablement farineuses, au goût fade et indéfinissable. À l'émerveillement face au paysage succéda cependant une angoisse sourde. Subitement, les images de Rachid déchiqueté lui revinrent, elle venait de poser le pied à l'endroit même où elle l'avait serré dans ses bras après qu'il eut sauté sur la mine qui devait ruiner sa vie. Elle prit sur elle de chasser de son esprit ce souvenir sordide et poussa avec une joie un peu contrainte la porte de l'appartement familial.

Après qu'elle eut fait le tour de la maison, Ahmad vint la prévenir que le dîner était prêt. Attablée entre ses parents et son frère, elle se régala de *mjadara* et but un demi-litre d'*ayran,* avant d'annoncer qu'elle sortait faire le tour du quartier pour saluer les voisins, les amis, et surtout retrouver Salima qu'elle avait avisée par lettre de son retour imminent. Personne n'y vit rien à redire, c'était à croire que l'absence lui conférait de nouveaux droits. Le privilège de la rareté. Lorsqu'elle sonna à sa porte, sa meilleure amie lui tomba dans les bras, et les Hijazi la pressèrent d'entrer sans manquer de lui proposer de dîner une deuxième fois. Elle n'avait pas vraiment faim mais accepta malgré tout cette invitation, tout heureuse qu'elle était de renouer avec l'ambiance et les saveurs qui lui avaient tant manqué à Nancy. On lui posa mille questions, on lui fit fête jusque tard et on insista pour qu'elle restât sur place et y passât la nuit. Elle refusa, trop contente de rejoindre enfin sa chambre bruyante exposée à l'agitation de la rue dont il lui avait été si difficile de se déshabituer. Les filles promirent de se retrouver dès le lendemain, et Amal rentra, apaisée et ravie.

Il avait beau être près de une heure du matin, elle trouva Dibba éveillée dans l'entrée, campée près du meuble à téléphone. Elle semblait attendre un appel ou redouter l'annonce d'une mauvaise nouvelle. Pour la deuxième fois, Amal interrogea sa mère. Elle sentait confusément que quelque chose s'était produit durant son absence dont on voulait la tenir éloignée. Après plusieurs dizaines de questions, elle parvint à obtenir un semblant d'explication.

« Ma chérie, je ne t'ai rien dit, car je ne voulais pas t'inquiéter ni te détourner de ton travail. D'ailleurs, je ne vois pas très bien ce que tu aurais pu faire de là où tu étais. »

Le silence retomba dans la pièce. Amal détailla longuement ce profil adoré qui se découpait dans la pénombre, elle ne put s'empêcher de remarquer que sa mère avait vieilli depuis un an. Très jolie femme, elle gardait des traits fins et un nez busqué qui rappelait les beautés grecques ou égyptiennes, mais elle avait grossi et son visage s'était ridé aux commissures et sur le front en particulier. Un sillon horizontal labourait à présent sa peau, quelques centimètres au-dessus des sourcils devenus rares. Ses cheveux, mal cachés sous le voile, avaient terriblement blanchi, elle semblait avoir porté bien des malheurs secrets. Amal revint à la charge :

« Maman, c'est à propos de mes sœurs ? Dis-moi, s'il te plaît.

— Écoute, ma fille, ça ne sert à rien. Va te coucher, il est tard.

— Dis-moi quelque chose ou je leur demanderai moi-même.

— Si elles avaient voulu que tu saches quoi que ce soit, elles t'auraient prévenue. »

C'était vrai. Amal sentit une bouffée de culpabilité l'envahir, ses sœurs devaient être à la peine et elle n'avait pas été là pour les soutenir. À présent, elle était bien décidée à corriger ses manquements.

« Pour Leila, je suppose que ça a à voir avec son mari ?

— Effectivement.

— C'est comme avant ?

— Non, c'est pire.

— Eh bien, dis-moi !

— Il n'y a rien à dire ! Il la frappe, il la bat quand il est fatigué, il la bat quand il est de mauvaise humeur, il la bat quand elle est sur son chemin, quand elle respire le même air que lui. Bref, tout le temps.

— Donc, rien n'a changé.

— Si. Maintenant, il bat aussi les enfants.

— Wafi et Khaled ! Mais ils sont petits !

— Oui, ils sont petits, comme ta sœur est vulnérable, mais tu sais bien que ça ne pose aucun problème à cette brute.

— Que pouvons-nous faire ? »

Dibba était visiblement très irritée par cette question qu'elle prenait pour un reproche. Elle haussa légèrement le ton et se redressa, comme pour justifier son impuissance.

« Que veux-tu faire ? Ici, ce n'est pas la France, on ne peut pas se marier puis divorcer. J'ai toujours dit que Leila aurait mieux fait de continuer ses études, de faire comme toi plutôt que d'épouser son cousin, cet alcoolique incapable.

— Alcoolique ?

— Oui, alcoolique ! Tu ne savais pas qu'on pouvait être musulman et alcoolique ? Eh bien, moi non plus, mais je viens de le découvrir. »

Elle était hors d'elle. Elle avait enlevé son voile d'une main rageuse et faisait les cent pas dans la petite entrée. S'il avait été difficile de la faire parler, il n'était plus possible de la canaliser maintenant que les vannes de sa colère étaient ouvertes. Ses yeux s'agitaient follement et traduisaient des dizaines de sentiments solidement imbriqués, de la haine de ce beau-fils qui était aussi son neveu à la pitié envers ses petits-enfants, en passant par les reproches à l'égard d'une fille qu'elle désirait néanmoins secourir.

« Tout ce que nous pouvons faire, ton père et moi, c'est de lui assurer que notre porte reste ouverte, qu'elle peut rentrer à la maison aussi souvent qu'elle le souhaite.

— Il l'autorise à venir ?

— Parfois, il est tellement soûl qu'il ne se rend pas compte qu'ils sont partis. Et puis, il paraît qu'il envisage de prendre une deuxième femme, ça ne serait pas plus mal, ça le détournerait d'elle.

— Quoi ? Et vous allez laisser faire ça ?

— Ça ne nous regarde pas. Évidemment que d'une certaine matière c'est révoltant et que je n'aurais pas supporté que ton père m'impose une chose pareille, mais la loi le permet, alors que veux-tu qu'on y fasse ? D'ailleurs, le Coran lui-même précise qu'un homme peut prendre deux femmes à condition de les traiter aussi bien l'une que l'autre, et de subvenir équitablement à leurs besoins. C'est ce qu'a fait le Prophète[27].

— Enfin, apparemment, il n'arrive pas à subvenir aux seuls besoins de Leila, je ne vois vraiment pas comment il pourrait s'y prendre avec deux familles.

— Je sais, c'est impossible. Il a toujours eu des problèmes d'argent, mais, depuis qu'il boit, c'est pire. Et puis, à Beyrouth, c'est l'enfer. Les épiceries sont vides, il n'y a ni courant ni eau potable. Nous les aidons beaucoup en achetant des vêtements et des couches pour les enfants, en leur envoyant de la nourriture, des médicaments et du lait en poudre pour Khaled qui en a encore besoin. Sans ça, je crois que Leila serait obligée de mendier. »

Un petit temps de répit s'écoula au cours duquel Dibba reprit son souffle avant de poursuivre :

« Et puis ta sœur a mal au dos, elle a des problèmes vasculaires depuis son deuxième accouchement et je suis sûre qu'elle n'est pas soignée. Avec quel argent ? Cet imbécile ne travaille presque plus, il est ivre toute la journée, le peu qu'il gagne, il le dépense au jeu, en alcool ou aux putes. »

Il était inhabituel que Dibba dise le moindre mal de quiconque, *a fortiori* d'un membre de la famille, mais elle semblait à bout de nerfs. Ahmad et elle étaient pris entre deux feux. Ils devaient veiller à préserver l'honneur des Haddad, ce qui impliquait d'étouffer tout scandale, et en même temps de mettre en place un cordon sanitaire afin de remédier à l'extrême dénuement dans lequel vivotaient Leila et ses fils. Dibba passait toutes ses nuits à côté du téléphone à attendre un éventuel appel d'urgence.

Profitant de la volubilité de sa mère, Amal chercha à prendre des nouvelles de son autre sœur.

« Tu disais tout à l'heure que Ghania est à l'hôpital ? Elle a à nouveau fait une fausse couche ? »

Lorsque Amal portait encore l'uniforme des collégiennes, sa sœur aînée – unie à un précédent mari – avait connu des grossesses avortées aux conséquences dramatiques pour son équilibre psychique. Dans une société où la féminité trouve sa plus haute expression dans la maternité, tous l'avaient condamnée, la taxant tantôt de démon, tantôt de dévoreuse d'enfants, de fille perdue, de moins que rien. C'était à grand-peine qu'elle avait obtenu le divorce et s'était remariée avec Oussam, un prétendu intellectuel. On espérait qu'il se montrerait plus tolérant que son prédécesseur. Évidemment, cette épopée matrimoniale avait été à l'origine d'un scandale dans le quartier, mais, pour le bien de Ghania, les parents avaient serré les dents et passé l'éponge. Ils craignaient de perdre cette fille qui, depuis des années, dansait sur un fil.

Dibba pesait ses mots. Lasse, elle répondit à sa cadette qui la dévisageait avec de grands yeux :

« Disons qu'Oussam s'est réjoui quand Ghania est tombée enceinte cet hiver. Il était si heureux ! Évidemment, ils se sont empressés d'annoncer la bonne nouvelle à tout le monde, mais, comme tu l'as deviné, elle a encore perdu le bébé en mars.

— Je vois.

— La machine infernale s'est remise en route. Il l'a accusée d'être mauvaise, possédée par le diable et que sais-je encore… Il a pris l'habitude de venir nous voir pour nous couvrir de reproches, comme si nous avions voulu cette situation pour ta sœur. Apparemment, tout cela devait offenser sa virilité. Bref, la vie de Ghania a rapidement viré au cauchemar. Elle nous a envoyé plusieurs messages de détresse et je dois dire que nous ne les avons pas suffisamment pris en compte.

— C'est-à-dire ?

— Elle était très affligée. Après cet épisode, nous l'avons vue de moins en moins souvent, elle s'est repliée chez elle, toujours plus triste et désespérée. J'ai bien essayé de la soutenir, mais rien n'y faisait. Un matin d'avril, ton père a reçu un coup de téléphone à la banque lui demandant de se rendre à l'hôpital le plus vite possible. Il s'y est précipité. Quand il s'est retrouvé face aux infirmières, ta sœur était déjà en salle d'opération. Elle venait de sauter dans la cage d'ascenseur vide d'un immeuble abandonné.

— De quel étage ?

— Septième. Je ne sais même pas par quel miracle elle est encore en vie. Elle a eu quelque chose comme dix fractures et un poumon perforé. Quatre mois qu'elle subit des soins payés par Abbas et nous attendons encore la fin de sa convalescence.

— On peut la voir ?

— Attends qu'elle soit de retour chez elle, mais je suis sûre qu'elle sera contente que tu lui rendes visite. Enfin, je te préviens, c'est difficile. À l'hôpital, elle n'a fait que broyer du noir toute la journée en regardant des bêtises à la télévision. J'ai très peur de ce qui pourrait se passer si elle ne parvient jamais à devenir mère.

— C'est dur.

— Oui, c'est dur. Tu vois, ma fille, cette guerre ne m'a peut-être pris aucun enfant, mais elle me les a presque tous abîmés ou dispersés. Tes deux frères sont à l'étranger, toi aussi maintenant, et tes deux sœurs sont dans des situations dont je ne sais pas comment les tirer. Ne reste que Zuair qui fait des cauchemars toutes les nuits, et Fatima que je tremble de savoir à Beyrouth. Tu verras quand tu auras des enfants, ma chérie, tu seras la plus heureuse des femmes, mais tu perdras aussi, et pour toujours, ton insouciance. Surtout, s'il leur arrive malheur, une question te taraudera sans cesse : avais-je le droit de les jeter dans ce monde qui n'a rien à leur offrir ? »

Les deux femmes se turent un moment avant de rejoindre leur lit. Il était presque deux heures et demie du matin quand Amal se glissa entre ses draps pour écouter le vacarme assourdissant du dehors. Dans la pièce régnait la touffeur gluante des étés libanais.

Dix jours plus tard, les Haddad apprirent – à leur grand soulagement – que Ghania avait quitté l'hôpital et était rentrée chez elle. Impatiente de retrouver sa sœur, Amal prit, ce matin-là, un rapide petit déjeuner et se pressa de sortir en compagnie de Dibba. Elles firent le trajet à pied, lentement, dans la poussière du petit jour, sans rien se dire de particulier. La jeune femme tentait de se préparer à ce qui les attendait, tâchant d'élaborer mentalement un discours, de rassembler quelques phrases de circonstance. Son aînée les reçut bientôt dans un état second. Elle avait dû prendre des médicaments, car tout ce qui émanait d'elle fonctionnait au ralenti.

Ses gestes étaient gourds et indécis, ce qu'elle entreprenait lui demandait des efforts surhumains. De fait, elle n'agissait qu'avec parcimonie. Sa tenue ne présentait aucune trace de recherche ou de coquetterie, elle avait dû enfiler au hasard les vêtements qui lui étaient tombés sous la main. Ghania qui aimait tant se faire belle n'était pas maquillée ni coiffée, ses ongles étaient, par endroits, rongés jusqu'au sang. Surtout, son regard, d'habitude pétillant, se perdait dans le vague, comme si elle était parfaitement étrangère à la venue de ces deux femmes. Si elle semblait satisfaite de retrouver sa cadette, rien de ce qu'elle manifestait ne traduisait le moindre souvenir de leur longue séparation, elle la traitait exactement comme si elles s'étaient quittées la veille. Avec diligence, elle prépara du café, puis du thé, proposa dans le désordre des sandwichs, des gâteaux et des fruits, écouta avec une attention distraite les récits de sa jeune sœur et posa quelques questions de pure forme sur la France. En retour, Amal s'enquit naïvement de sa santé. Ghania lui répondit avec une surprenante concision. Elle expliqua sans conviction qu'elle avait fait une mauvaise chute, mais que, grâce à Dieu, elle allait mieux désormais. Puis, comme s'il s'agissait de la seule préoccupation possible, elle se lança – sans que personne l'y ait invitée – dans une longue tirade sur la condition féminine et la maternité. Une fois qu'elle eut terminé d'égrener des propos incohérents, elle fondit en larmes et laissa éclater un profond désarroi, affirmant qu'elle ne serait jamais mère, qu'elle finirait reniée par son mari, qu'elle était la honte de la famille. Dibba se leva pour la consoler, Amal fit de même et les prit contre son cœur. Elles restèrent un long moment prisonnières d'un macabre entrelacs de bras et de sanglots.

Lorsque la porte de l'appartement de Ghania se referma derrière la mère et la fille, elles se regardèrent en silence, dans l'obscurité du couloir. Communiant dans le dépit, elles ne trouvèrent rien à se dire pour se réconforter. La détresse de Ghania était telle qu'il n'était pas impossible qu'elle réitère sa tentative de suicide. Ici, rien ni personne ne pouvait lui offrir de secours. C'en était glaçant. Cherchant à abréger ce moment d'embarras, se sentant incapable de soutenir sa mère, Amal prit congé et annonça qu'elle se rendait chez les Hijaizi pour le déjeuner.

La présence de Salima à ses côtés lui remonta le moral. Comme elles l'avaient toujours fait, les deux amies discutèrent de longues heures sur la terrasse qui, dominant une partie de la ville, offrait une vue privilégiée sur la mer. Elles fumèrent beaucoup en dévorant deux immenses saladiers de nèfles. Amal avait presque oublié que ces fruits merveilleux existaient. Elle adorait leur chair orange et légère, moins vulgairement sucrée que celle des abricots.

En leur cœur se trouvait un noyau multiple, divisible et brun qui la fascinait.

Combien de fois n'avait-elle pas désolidarisé ces petites graines pour les planter dans le champ voisin de la maison avec l'espoir secret que des néfliers immenses et généreux finissent par y pousser !

Lors de leur précédente entrevue, Salima n'avait que peu parlé d'elle, la nouvelle vie d'Amal ayant occupé l'essentiel de la conversation. Elle eut cette fois l'occasion d'annoncer que sa deuxième session d'examens à l'université arabe s'était très bien déroulée, et que, s'il fallait attendre les résultats finaux pour l'affirmer, elle espérait être classée major de sa promotion. Cette nouvelle fit forte impression à son amie, submergée par une bouffée de fierté. Elle la félicita chaleureusement pour cet excellent travail et se maudit de n'avoir pas songé à lui apporter un petit cadeau de France, cela lui aurait sans doute fait plaisir.

Sur ces entrefaites, la mère de Salima apparut à travers la baie vitrée qui séparait le salon oriental du balcon. Elle leur adressa un signe impatient de la main pour les prier de venir s'attabler. Les deux jeunes femmes ne tardèrent pas à la rejoindre. La salle à manger regorgeait de monde. Il y avait des parents et des amis des Hijaizi qu'Amal ne connaissait pas, ainsi que deux de ses sœurs – Zinab et Zahra. Elle ressentait pour elles une franche sympathie, mais elles semblaient trop occupées par une conversation animée autour des raids américains sur la Libye qui avaient eu lieu en mai pour lui prêter attention. Là où Reagan prétendait mettre un terme aux activités terroristes du régime de Khadafi, Zahra voyait une nouvelle agression contre la Nation arabe. Les deux amies poursuivirent leur conciliabule un peu à l'écart de la discussion générale. En mangeant ses *mezzés*, Salima parla longuement de ses cours, de son engagement politique, de ses rencontres, du journal du Parti auquel elle contribuait parfois, des auteurs qu'elle aimait lire, surtout Samir Kassir[28] qu'elle avait récemment découvert et qu'elle tenait pour un dieu vivant. Elle avait même souscrit un abonnement à *L'Orient Express*, le mensuel francophone qu'il dirigeait. Amal l'écouta avec passion et, pour la deuxième fois depuis son retour, se rendit compte qu'elle était très mal informée de la situation libanaise.

Avant de prendre congé, elle demanda à son amie l'autorisation d'utiliser son téléphone pour informer Youssef de sa présence à Saïda. Salima la considéra un moment sans rien dire. Elle était décontenancée. Pour elle, la parenthèse de cette amourette d'été était close depuis longtemps. Elle tendit toutefois le combiné à Amal et se retira. Pendant que résonnait à son oreille gauche la tonalité mate de l'attente, elle sentit son cœur battre à tout rompre. Elle n'avait pas entendu la voix de son fiancé depuis plusieurs semaines, et la dernière lettre qu'elle lui avait adressée – l'une des rares – était restée sans retour, très certainement perdue quelque part dans le dédale infernal des rues et des combats. Youssef décrocha après la sixième sonnerie. Il salua nonchalamment, croyant sans doute à l'appel d'un client, mais, lorsqu'il reconnut la voix d'Amal, il peina à dissimuler sa joie et se proposa sur-le-champ d'organiser une rencontre. Si elle le voulait bien, ils passeraient – comme autrefois – la journée ensemble et elle se ferait reconduire une fois le soir venu.

Leurs retrouvailles furent délicieuses. Amal dormit peu la nuit qui les précéda, trop impatiente de serrer à nouveau dans ses bras celui qui lui avait si cruellement manqué durant les dix derniers mois. Elle s'était levée aux aurores pour se préparer, il fallait être impeccable, irréprochable pour ne rien enlever au plaisir de se redécouvrir. Aucun détail n'avait échappé à son attention méticuleuse. Elle avait lavé ses cheveux, les avait enduits d'huile d'argan, s'était épilée au caramel, avait soigné ses lèvres et s'était maquillé les yeux. Tout serait parfait. D'autant plus parfait d'ailleurs que le désir immense que Youssef avait fait naître en elle, sous la cascade de Jezzine, n'avait jamais été assouvi. Presque chaque nuit, en France, elle avait imaginé leur première étreinte. Si la masturbation l'avait un temps satisfaite, son envie était à présent trop vive pour être contenue par des exercices solitaires, elle le désirait pleinement. Quelque chose dans son corps d'homme déjà accompli, mûr, l'attirait irrésistiblement. Elle trouvait exaltante l'idée qu'il puisse être habitué au goût des femmes, éprouvé par la luxure et le plaisir. Il s'était toujours montré si galant, si séduisant et précautionneux qu'elle avait envie de le savoir entreprenant et cavalier, rien qu'une fois. Elle était excitée par la perspective de retrouver dans ses bras l'odeur de ses conquêtes précédentes, de ses amantes, de prostituées de passage, d'étrangères, d'aventurières. Il n'avait jamais eu la grossièreté de lui raconter qu'il avait vécu, aimé, éjaculé, caressé, blessé, souffert avant elle, mais elle n'était pas dupe et n'ignorait pas qu'un homme de trente ans, beau et riche comme il l'était, ne l'avait certainement pas attendue pour jouir de ses charmes. À vrai dire, elle avait envie qu'il lui parle de celles qui l'avaient marqué, de celles qui lui avaient fait du mal, et du bien aussi. Elle voulait connaître son intimité et ses blessures secrètes. Amal se réjouissait de le savoir maître de leur sexualité, elle se laisserait initier.

Cependant, quelque chose dans cette perspective l'effrayait. Il faut dire que dans son monde, rien n'était plus diabolisé que le sexe des jeunes femmes. Amal se rappelait avec une précision chirurgicale ses premières règles. Elle avait eu très mal dans le bas-ventre, puis au dos. Se croyant malade, elle s'était mise au lit pour quelques heures avant d'être réveillée par la désagréable sensation d'une viscosité malodorante au fond de sa culotte. Lentement, elle s'était relevée, avait baissé ses dessous et s'était trouvée paralysée de stupeur. Du sang coagulé couvrait ses sous-vêtements, elle avait très certainement quelque chose de grave et de honteux. Convaincue que sa mort allait advenir d'un instant à l'autre, elle était allée prévenir Leila à laquelle, paniquée, elle avait tout raconté. Sa sœur avait souri. Pendant des mois, elle s'était ensuite demandé si elle aurait d'autres grandes révélations sur son propre corps. Être ainsi confrontée à l'ignorance radicale de soi-même l'avait confortée dans sa volonté de devenir médecin. Il était urgent que les petites filles se connaissent suffisamment pour appréhender avec sérénité les étapes de leur vie de femmes, pour ne pas éprouver cette terreur inhumaine et gênante, pour ne pas se laisser déposséder de ce qui devait leur appartenir.

Si, après cet épisode, Amal avait déployé d'importants efforts pour se documenter, elle vivait encore, malgré elle, dans la crainte de son appareil génital. Alors qu'elle en aurait eu l'occasion, elle n'avait jamais eu le courage de se rendre chez un gynécologue en France. Elle avait lu qu'il aurait pu lui prescrire un contraceptif, lequel lui aurait facilité la vie, mais elle craignait qu'il ne l'auscultât ou ne la jugeât. Ainsi, elle demeurait assez effrayée des conséquences que pourraient avoir ses premiers ébats, elle aurait peut-être mal, pourrait tomber enceinte, attraper une maladie, le sida, la chaude-pisse, la syphilis, que savait-elle encore ? Tous ces noms barbares devaient suffire à la tenir éloignée de la tentation du plaisir, le risque objectif étant grand, quant au risque subjectif – celui de devenir définitivement et aux yeux de tous une salope –, il était plus grand encore.

Apprêtée, Amal franchit le seuil de l'appartement familial en tâchant d'attirer le moins possible l'attention de Dibba sur le soin porté à sa tenue. Elle dissimula ses ongles derrière son dos et fit glisser ses longs cheveux devant son visage dans l'espoir de cacher un maquillage plus prononcé qu'à l'ordinaire. Lâchant à la cantonade un « bonne journée ! » destiné à calmer les esprits, elle se rua vers l'extérieur sans demander son reste. En de pareilles circonstances, elle se sentait plus enfant que femme, contrainte de cacher une vie intime à une mère par trop intrusive. Depuis leur conversation de l'été précédent, aucune occasion d'évoquer la vie sentimentale de la jeune fille ne s'était présentée. Amal s'en trouvait soulagée et déployait une énergie considérable à éviter toute question de cet ordre. Elle tenait à s'épargner de nouvelles remontrances humiliantes. Surtout, elle redoutait que cette affaire ne parvînt aux oreilles d'Ahmad qui aurait fatalement pris ombrage de ce qu'elle fréquentât un homme, plus encore un Chrétien. Inutile de lui imposer ce qu'il aurait vécu comme une trahison, une atteinte à son honneur et à celui de tout le clan Haddad ; mieux valait pour l'heure jouir d'un bonheur d'autant plus délectable qu'interdit, et faire profil bas.

Traversant la route d'un pas leste, elle aperçut immédiatement la belle SL R129 roadster et, oubliant les précautions habituelles, se précipita dans sa direction. Youssef en sortit pour l'accueillir et lui ouvrir la portière. Sans plus réfléchir, elle se jeta furtivement dans ses bras, lui posa un baiser sur les cheveux, un autre sur le front et un dernier sur les lèvres. Elle se souvint alors qu'elle n'était qu'à quelques encablures de la maison et se mit à lancer des regards suspicieux aux alentours. Les langues de vipère, les commères malintentionnées pullulaient dans le voisinage et elles n'avaient rien eu à se mettre sous la dent la concernant depuis longtemps, elles étaient certainement aux abois. Si elle voulait éviter de devenir l'objet d'une infernale diffamation, mieux valait cesser là. Abrégeant leur étreinte, elle prit place dans la Mercedes qui démarra rapidement. Ils se contentèrent de sourire sans rien dire avant d'avoir atteint la sortie nord de la ville. Une fois franchi le barrage syrien d'Awali, Amal s'autorisa à poser sa main sur celle de son amant qui fixait impassiblement la route. Sa satisfaction se traduisit par un profond soupir, il alluma une cigarette puis entrouvrit la fenêtre côté conducteur. Il paraissait heureux. Avec la même complicité qu'autrefois, ils prirent le chemin de Beyrouth, peut-être de Jbail ou de Batroun, elle n'en savait rien au juste. Il faisait beau, et très chaud. À travers les vitres teintées, le soleil d'été illuminait la peau légèrement mate d'Amal. Elle regardait l'homme conduire, détaillait ses mains sur le volant, la crispation de ses veines bleuâtres, la proéminence de ses métacarpiens lorsqu'il agrippait le levier de vitesses. Le paysage se reflétait dans ses lunettes de soleil, il fumait tranquillement en naviguant d'une station radio à l'autre. Au fur et à mesure qu'elle se détendait, la jeune fille s'autorisa à parler, elle se lança dans de longues digressions sur l'année écoulée, la France, ses peines et ses joies. Inlassablement, elle répétait à Youssef qu'il avait occupé toutes ses pensées, qu'il lui avait manqué, cruellement, qu'il avait été sa boussole lorsqu'elle redoutait d'échouer. À mots couverts, elle lui confessait déjà qu'elle appréhendait la fin de l'été, le recommencement de cette séparation. Nostalgique par anticipation, elle repensa à l'immense collection de disques de Marie-Rose dans laquelle elle avait découvert un album de Jacques Brel, le dernier, *Les Marquises*. Avec beaucoup d'émotion, elle avait écouté chaque piste. Après qu'elle eut traduit les textes avec application et fut capable d'en saisir précisément le sens, une chanson avait retenu son attention : « Orly ». Il y était question d'un couple d'amoureux que le voyage de l'homme déchirait. Les paroles tournaient en boucle dans sa tête et elle se mit à chanter, comme pour elle-même : « *La vie ne fait pas de cadeau. Et nom de Dieu c'est triste Orly, le dimanche, avec ou sans Bécaud.* » Youssef était surpris, même s'il ne voulut pas le laisser paraître, elle lui avait quelquefois chanté Fairuz, par habitude, comme tous les Libanais, mais avec cette chanson, que d'ailleurs il ne connaissait pas, c'était différent. Elle semblait vouloir lui faire passer un message, lui dire qu'elle ne voulait pas qu'ils se séparent une nouvelle fois. Il se contenta d'écouter. Une fois son interprétation terminée, Amal regarda celui qui avait été « le Chrétien », elle lui proposa de la rejoindre en France, ou du moins en Europe, son adaptation serait aisée : il connaissait les langues étrangères et avait une immense culture. Embarrassé, il répondit à demi, contourna habilement le sujet et s'appliqua à lui faire deviner leur destination. Amal ne se formalisa pas de cette parade, elle préférait elle-même éviter de penser à ce qui se passerait après les vacances et se plia volontiers à son petit jeu. Au hasard, elle égrena des noms, peut-être Bcharré, Halba ou Faraya. Les directions empruntées par la Mercedes confirmaient ses intuitions, ils se rendaient bien au nord et vers le Mont-Liban.

Finalement, Youssef s'arrêta derrière le panneau Tannourine. Il fit descendre Amal et lui demanda de le suivre. Lentement, ils progressèrent dans la montagne, sur les petits chemins de rocaille. Il la tenait par la main, la prévenant à chaque obstacle, dégageant les branches qui pouvaient la gêner, l'embrassant tantôt, la dévorant du regard, cherchant – de ses yeux dissemblables – à capter la perfection d'un être qu'il semblait tenir pour une merveille tout droit descendue du ciel. Jamais plus qu'à cet instant Amal n'eut la certitude qu'il l'aimait, pas exactement comme un être humain, plutôt comme une déesse, un objet de culte ou d'adoration.

Ensemble, ils contemplèrent les vallées de sapins de Cilicie, de Céphalonie et de pins, cette végétation luxuriante de moyenne montagne qui dégageait l'entêtant parfum des étés méditerranéens ; cette splendeur était baignée de la lumière caressante d'un soleil qui ne brillait que pour eux seuls. Amal était stupéfaite par la beauté de ces contrées sauvages, la profondeur sereine de ces bois ancestraux, de ces cèdres immenses, millénaires, qui se dressaient dans le lointain. On aurait dit que la guerre avait oublié de venir massacrer cet écrin de quiétude comme elle avait mystérieusement épargné les lieux qui avaient abrité leurs amours débutantes. Au terme d'une longue marche dans un sous-bois humide et dense, ils atteignirent des gorges où se faisaient seuls entendre le clapotis de l'eau et son ruissellement délicat sur les pierres. L'humidité que le petit torrent dispersait dans l'atmosphère était délicieuse. Cela sentait bon la mousse épaisse, le lierre et le lichen. Aucun bruit parasite ne venait perturber l'infatigable remous qui dévalait gaiement la montagne pour venir s'écraser avec grâce au fond de la gorge. Ils prirent place sur une pierre au bord de la retenue et restèrent là à regarder la cascade qui leur rappelait Jezzine. Ils rirent beaucoup ce matin-là, prirent le soleil, discutèrent sans fin et s'embrassèrent avec passion.

Lorsqu'ils eurent faim, ils rebroussèrent chemin. Youssef proposa de les conduire à Ehden, où il connaissait un restaurant. Amal accepta, trop heureuse de s'enfoncer plus avant dans ces vallées vertes et imperméables aux aléas du temps.

La route les sillonnant était enchanteresse. Dès l'entrée de la grande réserve du Nord, on pouvait voir de près des cèdres qui avaient connu bien des époques splendides et qui devaient mépriser la misérable agitation du moment. Ces arbres connaissaient tout, ils en avaient vu d'autres. Ils étaient déjà là quand le Liban s'appelait Phénicie. Ils avaient vu se succéder les Grecs, les Romains, les Croisés, les Ottomans, les Français, l'Indépendance et cet imperturbable écheveau de l'histoire ne les avait pas ébranlés. À présent que le ciel se déchirait sur leurs cimes, ils demeuraient stoïques et continuaient, du haut de leur superbe, à abriter les Libanais qui avaient renoncé à eux.

Déjeunant de *kefta*, tranquillement installés sur une terrasse surplombant la forêt, ils contemplaient ces nobles titans face auxquels ils n'étaient que des invités de passage, ces cèdres qui les avaient précédés et qui leur survivraient. Dans ce qu'Amal pensa être une communion silencieuse, ils convinrent que tout n'était pas perdu pour leur terre, que peut-être un jour ils y vivraient ensemble, en paix, partageant leur amour. Soudain, Youssef posa sa main sur celle de sa fiancée et la tira de sa contemplation. Elle comprit qu'il avait quelque chose d'important à lui dire, et se prit à espérer qu'il la demandât en mariage. Au timbre de sa voix, elle comprit pourtant que le badinage amoureux n'était plus de mise. Youssef avait une mine inhabituellement contrite, pour la première fois, il cherchait ses mots.

« Amal…

— Oui ?

— Je dois te faire un aveu.

— Je t'écoute. »

À son ton sentencieux, à son économie de paroles, à l'application avec laquelle il les choisissait, elle se raidit.

« Pendant que tu étais en France, il m'est arrivé de me sentir mal.

— Tu as été malade ?

— Pas vraiment, mais faible. Mon corps était souvent récalcitrant à m'obéir. C'est comme s'il suivait sa logique propre, qu'il ne m'appartenait plus vraiment. D'abord, je ne me suis pas trop inquiété, j'ai pensé que j'avais moins d'énergie et de volonté parce que j'étais attristé par ton départ. Mais quand j'ai commencé à avoir des douleurs dans les membres, j'ai appelé un ami médecin pour lui demander de m'examiner. Il ne m'a rien trouvé, mais, après avoir écouté les symptômes que je lui décrivais, il m'a recommandé de consulter un neurologue.

— Un neurologue ?

— Oui, j'ai compris qu'il soupçonnait quelque chose de grave. Je suis parti aux États-Unis pour quelques jours. Il n'y a plus personne au Liban pour faire un bilan de santé et poser un diagnostic – les médecins sont accaparés par les urgences. On m'a fait toute une série d'examens, j'ai vu plusieurs spécialistes, et la sentence est tombée.

— Laquelle ? »

Il déglutit plusieurs fois, avala une gorgée d'eau. Sa pomme d'Adam était folle, elle s'agitait frénétiquement de haut en bas.

« Une sclérose en plaques. »

Amal le regarda sans comprendre. Ces mots sonnaient gravement. Sclérose en plaques. Elle détacha placidement chaque syllabe comme pour mieux en saisir le sens. Leur sonorité était inhabituelle, presque grotesque. Elle formait un drôle d'assemblage qui annonçait des lendemains nettement moins radieux que ceux auxquels elle aspirait encore quelques minutes auparavant. Une seule question lui brûlait les lèvres :

« Ça se soigne ?

— Pas vraiment, la maladie dégénérera, c'est une certitude. En revanche, on peut essayer de travailler à améliorer le confort du malade, soulager ses douleurs et éviter qu'il ne décline trop vite.

— Décliner ? Jusqu'où ?

— Les évolutions ont lieu par poussées, imprévisibles. Il est possible qu'à une échéance plus ou moins brève je sois diminué, moins réactif, moins capable, moins mobile. Dans un second temps, je serai peut-être en fauteuil roulant, puis je me transformerai en légume. Ensuite, je mourrai. »

Elle écoutait avec attention chacun des mots qu'il formulait. Ils parvenaient tous à son cerveau où elle s'appliquait à les analyser sans que leur assemblage fasse sens pour autant. Désespérée, elle lui proposa dans le désordre tout ce qui lui passait par la tête.

« Tu pourrais venir te faire soigner en France, il y a de bons médecins et des hôpitaux de qualité. Surtout, je serai là pour toi, je ferai tout le nécessaire.

— Tu es touchante.

— Je suis sincère, nous pourrions vivre ensemble, je veillerai sur toi. Et puis, je vais entamer des études de médecine, je serai mieux informée, j'aurai des contacts, j'apprendrai à connaître les meilleurs spécialistes.

— Merci, Amal, mais rien que d'y penser, je suis fatigué. Je n'ai aucune envie de partir, toute ma vie est ici.

— Tu l'as dit toi-même, il n'y a pas de prise en charge de qualité au Liban.

— Je suis suivi par ce médecin américain, c'est plus qu'il n'en faut.

— Mais ce ne sera pas un suivi régulier, ce serait mieux d'avoir quelqu'un à proximité. Tu ne penses pas ? »

Youssef eut un pincement de lèvres qu'Amal interpréta comme un signe de dégoût, *a minima* un geste d'exaspération. Il se reprit très vite :

« S'il te plaît, Amal, ne fais pas de cette maladie le centre de notre relation ni celui de ta vie. Je suis condamné, très bien, mais j'ai encore de beaux jours devant moi, peut-être quelques printemps, des réunions de famille, des promenades avec toi, des messes de Noël et de Pâques, des réussites professionnelles. Et puis merde, j'aimerais bien voir la fin de cette guerre. Je suis en sursis, mais finalement nous le sommes tous, alors ne chamboulons pas tout pour une saleté qui n'en vaut pas la peine.

— Mais bats-toi !

— Pardon ? »

Il semblait sincèrement outré. Ce fut avec une colère froide qu'il mit un terme à la conversation.

« Tu exiges de moi que je nourrisse tes espoirs, mais qui es-tu pour me demander ça ? Je ne peux pas accepter que tu parles comme si tu avais pris l'exacte mesure de ce qui m'arrive, comme si tu avais fait une expérience similaire dont tu aurais tiré des conséquences. Cette maladie m'appartient, Dieu me l'a donnée à moi. Pas à toi. Donc, c'est à moi de décider comment l'affronter, et comment me "battre", comme tu dis. »

Amal eut le courage de formuler un dernier argument.

« Mais tu n'es pas seul dans la vie, il y a ta famille, tes frères et sœurs, et il y a moi aussi.

— C'est vrai, et vous méritez certainement que je joue au héros. Mais face à cette saloperie, je suis seul. Quand elle m'emportera, aux derniers instants, vous serez peut-être autour de moi, toi, mes parents, mes amis, mais je serai le seul dont on fermera les yeux, le seul que l'on mettra en bière, le seul que l'on conduira au cimetière, le seul que l'on pleurera. Cette chose, rampante et sournoise, peut rester des années à mes côtés, tapie dans l'ombre, alors j'aime mieux m'appliquer à l'ignorer tant qu'elle ne s'impose pas continuellement. La seule certitude que j'ai, c'est que nous finirons par disparaître ensemble. »

Sans rien ajouter, Youssef se leva pour se laver les mains et régler la facture. Il était toujours aussi sûr de lui, droit et fier. Ses épaules n'étaient pas voûtées par l'affliction, chacun de ses pas le rapprochait d'une mort lente et insidieuse, mais il ne se comportait pas comme un homme conduit à l'échafaud. Au contraire, il semblait accepter son sort avec confiance et résignation. Amal était sincèrement impressionnée par le cheminement qu'il paraissait déjà avoir accompli. Depuis sept ou huit mois qu'un nom avait été donné à son état, il s'était fait une raison, avait mis de l'ordre autour de lui, continuait de nourrir des projets, le tout avec un calme résigné. Elle n'aurait su dire à quel point elle était peinée par cette nouvelle, mais ce qui la heurtait le plus, c'était qu'il discourait comme s'il s'était rendu à la solitude, comme si la seule présence de ce mal suffisait à donner un sens à la litanie du quotidien. Pour tout dire, elle se sentait exclue de cette sphère dans laquelle n'interféraient que la sclérose en plaques et Dieu le Père. Lorsqu'il vint la rejoindre à table, elle chercha à le réconforter.

« Je suis là, Youssef.

— Je le sais, et tu me fais du bien, mais je veux que tu penses à toi. Ne gâche pas ta vie, profites-en. Tu n'en as qu'une et, tu vois, elle ne tient peut-être pas à grand-chose.

— Mais pas sans toi. Avec toi, j'ai appris que l'on pouvait profiter. Avant, je ne savais pas ce que c'était que la légèreté, l'insouciance, le bonheur de savourer, J'ai une famille merveilleuse, mais dans laquelle on ne s'accomplit que par le travail et la piété, deux univers trop étroits pour moi. Tu m'as ouvert tant de portes, celles de la gratuité et du plaisir. J'ai enfin compris qu'il pouvait exister une vie bonne, une vie qui vaille la peine d'être vécue.

— Alors, je t'ai appris l'essentiel, maintenant tu n'as plus besoin de moi.

— Tu me chasses ?

— Non, Amal, je ne te chasse pas. Moi aussi j'aimerais concrétiser les projets d'hier. Je pense tous les jours à te demander en mariage, je rêve encore d'avoir avec toi des enfants ; de petits êtres qui nous ressembleraient et dont nous ferions notre possible pour qu'ils soient heureux et capables de tordre le cou à la fatalité. Surtout, je me dis tous les matins que je ne peux pas partir bêtement, sans avoir réussi à rendre ce monde un peu moins moche, un peu moins triste.

— Alors, continuons dans cette voie, faisons ce que nous avons toujours voulu faire ensemble, qu'importe ce qui se passera.

— Non. Ces rêves, ces utopies, ces envies sont sortis du champ du possible. Je ne peux pas laisser derrière moi des orphelins. Je ne peux pas t'abandonner.

— Même si tu avais été en bonne santé, ça aurait été un risque à prendre.

— Quand j'étais en bonne santé, je ne vivais pas sous une épée de Damoclès. Amal, tu ne te demandes pas tous les jours si tu risques d'être paralysée, prise d'une nouvelle crise d'on ne sait quoi, tu n'es pas quotidiennement étouffée par la proximité de la mort.

— C'est vrai.

— Alors, ne me dis pas que je peux envisager l'avenir exactement comme avant. La seule chose que j'essaie de te dire, la seule chose qu'il me reste à faire, c'est de tirer un maximum de chaque instant sans chercher à en grappiller davantage. Ce serait le meilleur moyen d'être déçu. »

Le savoir absorbé par de telles considérations déchirait le cœur d'Amal. Au fur et à mesure que le soleil déclinait et que, sur la forêt, s'abattait le léger voile brumeux du soir, elle sentit la mélancolie l'engourdir. Regardant sans plus le voir le panorama, elle s'oubliait dans l'observation de la poudre rose qui ourlait les crêtes et les pics alentour. Progressivement, le manteau de la nuit se posait sur les grands cèdres.

Aucun homme ne pouvait se résoudre à la présence de la mort. Pour Amal, il était strictement impossible d'accepter une fin programmée et de l'attendre placidement en s'extrayant du présent et des préoccupations humaines. Youssef devait forcément être partagé, écartelé entre sa dévorante envie d'avancer, de créer, de vivre et la raison qui le poussait à ne rien entreprendre.

« Ta vraie richesse, Amal, c'est ton inconscience de cette présence qui rôde autour de toi. Tu peux mourir demain, te prendre une balle en rentrant à Saïda, mais parce que tu n'y auras pas pensé, parce que cette mort aura été violente et soudaine, il ne t'en coûtera rien. Tu n'auras pas perdu ta vie à en redouter la fin. Ton insouciance aura sauvé ta spontanéité, elle aura sauvé ce déjeuner, elle t'aura permis de tout savourer jusqu'au dernier instant, et c'est tout ce qui compte.

— Donc, il aurait mieux valu que tu ne saches pas ?

— Oui, je regrette d'avoir cherché à comprendre, mais je ne pouvais pas imaginer que le verdict serait sans appel. »

Sans se concerter, ils rassemblèrent leurs affaires et quittèrent les lieux. Amal ne put se retenir de pleurer sur la route du retour. Consciente de l'égoïsme de cette réaction qu'elle ne parvenait pas à contrôler, elle se lova contre la vitre et, silencieusement, se laissa aller à son chagrin. Les larmes qui inondaient son visage se reflétaient dans les vitres, elle les sentait glacées sur sa peau. Youssef ne fit pas un geste en sa direction, ce n'était pas à lui de consoler.

Cet été-là, elle le revit souvent. À présent qu'il lui avait confessé l'existence de sa maladie, il semblait s'autoriser à laisser transparaître ses états d'âme. Ses yeux magnifiques et son sourire plein de bienveillance s'étaient teintés d'une tristesse inexpugnable. Ils étaient voilés, plus sombres qu'à l'ordinaire. Peu à peu, une distance s'était installée entre eux. Par pudeur, Amal se refusait à se confier entièrement à lui. Elle cherchait à le préserver des difficultés qu'elle rencontrait et qui prenaient l'allure de futilités en comparaison de son malheur. Ses joies aussi devinrent honteuses, elle fit le choix de les taire. Cette censure ne lui permit finalement plus de s'ouvrir à son amant comme auparavant. Elle se contentait de l'entretenir de sujets neutres, désincarnés, et, lorsqu'il le désirait, de lui prêter une oreille attentive. Cet homme qu'elle adulait et qu'elle avait connu si sémillant flottait dans un état parallèle à la vie. De moins en moins présent au monde et à ceux qui le peuplaient, il s'évertuait à effacer les traces de son passage, il se faisait plus discret, presque transparent. Son allant n'avait pas complètement disparu, mais il s'était terni, rabougri comme un fruit gâté. La maladie le plongeait dans des états qu'il aurait certainement préféré ne pas connaître. Si la guerre n'était pas parvenue à atteindre son optimisme forcené, la sclérose en plaques le confrontait à une réalité qui subitement n'était plus si simple, belle, joyeuse et désinvolte.

Alors qu'Amal le surprenait de plus en plus souvent à broyer du noir, à se battre contre les angoisses qui le dévoraient, il se blâmait de se poser continuellement des questions existentielles auxquelles personne, pas même le Dieu en lequel il croyait si fort, ne parvenait à répondre. Par certains aspects, son abattement rappelait à la jeune fille la dépression de Marie-Rose. Chaque jour, il devenait un peu plus amer, un peu plus triste, un peu plus cynique. Amal s'accommodait mal de cette nouvelle situation et faisait son possible pour le rappeler à leur existence antérieure. Il était son souffle d'espoir, sa lumière, et elle ne pouvait se résoudre à le perdre. Pour le distraire, elle lui proposait des escapades, lui suggérait d'aller à la plage, au cinéma, ou de se réfugier seulement dans un coin perdu, oublié de tous, pour y vivre secrètement leur amour. Elle était trop jeune, trop vive, trop pleine d'entrain et trop désireuse de réaliser ses rêves pour y renoncer si brutalement. Dans ses grands élans, Youssef la suivait la plupart du temps, parce qu'il l'aimait, parce qu'il avait envie d'être avec elle, mais il jouait un rôle, mimait un engouement qui n'avait plus rien à voir avec la spontanéité qui le caractérisait autrefois. Il était très loin. Perdu dans un monde inaccessible, se mouvant dans des horizons éthérés.

De cette distanciation progressive naissaient des vexations de plus en plus régulières. Alors que leur amour avait été un îlot de réconfort, et un havre de paix, ils se disputaient fréquemment, puis, las de guerroyer, discutaient pendant des heures de tout et de rien, de l'essentiel et de la mort, avant de se séparer, rompus de fatigue et profondément malheureux de s'être fait souffrir.

Quand elle n'était pas accaparée par Youssef, ou obnubilée par l'inquiétude générée par la dégradation de son état de santé, Amal se consacrait à ses parents. Début août, Ahmad et Dibba firent le choix surprenant de passer deux semaines aux champs. C'est-à-dire dans le Sud, c'est-à-dire à proximité immédiate des frontières syrienne et israélienne, dans ce petit bout de terre qu'ils avaient été contraints de quitter en 1967. Depuis, ils n'avaient jamais osé y revenir de crainte de trouver dévastés les cultures, les fermes, les paysages et les souvenirs qu'ils s'étaient employés à bâtir. Vingt ans après le drame, l'armée d'occupation leur proposait d'y passer quelques jours à récolter leurs fruits et, probablement, à constater les dégâts générés par la dépossession paysanne au profit de l'occupation militaire. Si le village de Chebaa demeurait accessible, tel n'était pas le cas de son emprise montagneuse. Aussi, les Haddad se résignèrent-ils à accepter cette humiliante, car restrictive, autorisation de retour aux sources. Ils avaient besoin de faire découvrir à leurs enfants ce qu'avait été leur vie avant l'invasion du Golan.

Six jours avaient suffi à chasser les Haddad et quelques autres familles du petit bout de terre qui – s'il n'avait pris le nom de paradis qu'après l'expropriation – avait au moins le mérite de constituer un *chez-eux*. Depuis que leur coin de vallée avait été « réquisitionné » – suivant la terminologie de l'ennemi –, ils n'avaient jamais eu le courage de revenir, redoutant que l'occupant israélien n'ait fait table rase de leurs champs, de leurs fermes, de leurs souvenirs, de leurs paysages. À plusieurs reprises, il leur avait été proposé de se rendre sporadiquement à la ferme, pour récolter les olives ou mener les troupeaux restants en pâture. Ils n'avaient jamais donné suite. La blessure était trop vive, la rage trop forte pour qu'ils acceptent de regagner la demeure qui leur avait été arrachée. Et pourtant, près de vingt ans après le drame, ils abdiquèrent et décidèrent de retourner voir, au moins pour quelques jours, la maison qu'ils avaient bâtie de leurs mains. Maigre consolation. Chebaa – ce petit regroupement de baraques inconsistantes hissé au carrefour de toutes les rivalités – demeurait accessible, et prétendument libanaise. Parce que, tout de même, il aurait été de mauvais ton d'envahir un village entier ! Qu'aurait fait l'ONU si Israël avait fait montre de prétentions coloniales plus importantes ? Peut-être aurait-il fallu intervenir, maintenir la paix, garantir l'intégrité d'un État souverain. Tout cela promettait d'être trop problématique pour que l'on s'y risquât. Mieux avait valu revoir ses prétentions à la baisse et s'en prendre à un petit pâté de fermes isolées au tréfonds du Golan. C'était plus prudent, plus stratégique et, surtout, c'était éviter tout risque d'enlisement, à l'exception d'une éventuelle et vague protestation syrienne. Les quelques paysans du coin n'auraient qu'à aller habiter plus loin, ces bouseux n'auraient plus que leurs yeux pour pleurer, ils ne trouveraient personne pour riposter. Avec ça, les représentants des différents États membres des Nations unies pouvaient roupiller tranquilles, après tout, il fallait les comprendre, l'agenda 1967 était chargé. Il y avait des coups d'État au Togo, au Sierra Leone, la guerre du Biafra, l'enlèvement de Régis Debray, de Gaulle soutenant le Québec libre, la mort de Che Guevara, la proclamation de la commune populaire de Shanghai, la passation de pouvoir entre Soekarno et Suharto, bref, tout cela était éreintant, on n'allait pas se consacrer davantage à ces futilités proche-orientales. Les fermiers n'auraient qu'à se contenter d'un artefact à valeur juridique, la résolution 242[29].

De tout ce que les Haddad avaient pu posséder autrefois, seule subsistait au cœur du bourg la maison du centre. Jouxtant la mosquée, cette demeure blanche et biscornue, dont le rez-de-chaussée était relié au premier étage par un escalier extérieur, leur avait demandé bien des efforts de construction et d'entretien à une époque – au tournant des années 1950 – où ils passaient l'été dans les prés attenants à la ferme et l'hiver au village. Au moins était-elle encore debout. Amal et Zuair étaient ravis de la découvrir, ils ne connaissaient ce lieu que par les récits transmis par la mythologie familiale. Ils étaient nés trop tard pour y avoir quelques souvenirs, la vie de leurs parents avait déjà été bousculée par la grande Histoire.

Les semaines qu'ils passèrent à la campagne leur firent le plus grand bien. L'ambiance villageoise, la solidarité paisible qui unissait les habitants de cette enclave sunnite les éloignèrent pour un moment des conflits et des défiances qui sclérosaient les relations des citadins. Ici, on était entre soi. Dibba et Ahmad retrouvèrent des amis perdus depuis longtemps, des cousins oubliés, des oncles, des tantes qui avaient vieilli, qui avaient presque renoncé à l'idée de les voir reparaître un jour. On fit des promenades interminables dans la montagne rocailleuse des alentours, au matin, on se dégourdissait les jambes le long d'un petit ruisseau bordant le village, on mangeait des fruits et des légumes qui sentaient le soleil, on observait d'énormes salamandres aux couleurs chatoyantes. On se sentait entiers.

Il fallut toutefois que cette parenthèse enchantée se refermât, et c'est le cœur gros – mais plein de souvenirs délicieux – qu'Amal remonta avec les siens dans le minibus surchargé qui devait les reconduire à Saïda. Le trajet fut difficile, démesurément long et inconfortable. La route qui reliait Marjaayoun à Nabatieh avait été sévèrement endommagée par les combats. Le chauffeur était sans cesse pris à partie par des miliciens ou des soldats de Tsahal. Les passagers n'avaient de cesse d'être sermonnés, fouillés, livrés à l'arbitraire, au bon vouloir de ces gens en armes.

Lorsqu'ils regagnèrent enfin la place de l'Étoile[30], Amal fut accablée par le souvenir qui la prit à la gorge. Elle revoyait les pendus et surtout sa rencontre fortuite avec un Youssef qui ne serait plus jamais le même. Traversant les rues à pied, emboîtant le pas à son père, lourdement encombrée de bagages, elle ne put s'empêcher de noter l'état de désolation auquel était réduite la ville de son enfance. En comparaison avec le calme montagnard de Chebaa, la capitale du gouvernorat du Sud avait un goût d'acier.

Il fallut pourtant y passer la dernière quinzaine d'août, l'angoisse du départ chevillée au corps. Amal alternait entre les moments de plus en plus douloureux qu'elle consacrait à Youssef et les après-midi chez les Hijaizi, où elle riait follement avec Salima, laquelle était sans doute la seule personne de son entourage à n'avoir perdu ni sa fraîcheur ni son impétuosité. Quelquefois, elle revit ses sœurs. Ghania – chez laquelle elle se rendit à plusieurs reprises – et Fatima – qui fit le voyage depuis Beyrouth. Jamais Leila. Deux fois, elle parvint à lui téléphoner, mais elle refusa catégoriquement de venir, plus encore de la recevoir. Ces fins de non-recevoir heurtèrent Amal qui n'eut cependant d'autre choix que de les accepter. Elle craignait d'imposer une présence susceptible de raviver l'ire de son beau-frère et de lui fournir un nouveau prétexte pour se défouler sur femme et enfants.

Tout, de l'humeur des gens à la teneur de leurs conversations, des petites ruelles du souk à la bananeraie d'à côté, dégageait une odeur pestilentielle de dépérissement. La guerre s'enlisait. Tous perdaient pied.

Chapitre 6

Lorsque, à l'issue d'un éprouvant périple mêlant taxi, avion et train, elle se retrouva finalement, avec ses bagages qui sentaient bon le Liban, devant la porte close de l'appartement nancéien d'Abbas, Amal hésita à rebrousser chemin. Mais pour aller où ? Pas une fois, depuis le début de l'été, elle n'avait cherché à contacter Marie-Rose. Elle sonna. La mine blême, les yeux cernés, et le corps à peine couvert par un grossier peignoir en tissu éponge, sa belle-sœur vint lui ouvrir. Sans se donner la peine de la saluer, elle lui ordonna de ranger ses affaires et de passer l'aspirateur dans sa chambre. Elle n'avait pas eu le temps de s'en occuper. Elle ne tarda pas à croiser les enfants qui – par bonheur – se montrèrent plus accueillants. Ils se jetèrent dans les bras de leur tante et voulurent qu'elle leur racontât ses vacances. Ils insistèrent aussi pour jouer avec elle et, lorsque Amal leur tendit les petits cadeaux qu'elle leur avait apportés, ils furent très reconnaissants. Valérie, en particulier, était ravie du serre-tête métallique serti de fausses pierres acheté par Youssef dans le souk de Jbail. Amal appela ensuite ses parents, elle voulait simplement leur dire qu'elle avait fait bon voyage. Cet échange fut un nouveau coup de poignard. En entendant Dibba s'égayer dans le lointain, elle mesura plus encore la distance qui allait les séparer durant une année supplémentaire. C'était le minimum. Elle ne s'y ferait jamais. Contrairement à son habitude, Marie-Rose, qui avait dû percevoir sa mélancolie, vint la rejoindre dans sa chambre et s'employa à lui remonter le moral.

« J'ai une bonne nouvelle à t'annoncer.

— J'écoute. J'en ai besoin…

— Tu n'es peut-être pas au courant, mais je suis allée voir les résultats du baccalauréat mi-juillet. »

Le baccalauréat ! Encore ! Elle savait l'avoir obtenu mais n'avait pas cherché à en apprendre davantage, trop occupée qu'elle était à savourer ses congés bien mérités. Entendant sa belle-sœur en parler, elle fut prise d'un élan soudain de curiosité.

« J'ai eu de bonnes notes ?

— Honorables. Mention assez bien.

— Mention assez bien, ce n'est pas si mal.

— C'est même vraiment inattendu. Pour tout te dire, je te trouve douée. Quand tu es arrivée en septembre dernier, sans parler un mot de français, j'ai pensé que tu n'y arriverais pas. Je me suis trompée, et c'est tant mieux. Vous êtes quand même impressionnants, ton frère et toi. »

Amal rougit un peu, elle était fière, d'autant plus qu'elle savait que cette femme froide et hautaine n'était pas du genre à dispenser des compliments. Touchée, elle la remercia.

« Je peux avoir le diplôme ?

— Il va falloir que tu te rendes au lycée, j'ai voulu y aller pour toi, mais l'intendant a demandé tes papiers d'identité. Ton frère a laissé un cadeau à ton intention, lui aussi est ravi de ton travail. »

De derrière son dos, elle sortit une liasse de billets. Jamais Amal n'en avait eu autant en sa possession. Abbas lui offrait mille francs. Elle se sentit un peu gênée de les recevoir des mains de Marie-Rose.

« Merci beaucoup, merci à vous deux.

— Ce n'est rien. Maintenant, il va falloir que tu ailles à l'université pour t'inscrire. Les cours commencent fin septembre, je te préviens, la première année sera difficile. »

Le travail n'était pas de nature à effrayer Amal, moins encore maintenant qu'il allait lui permettre de réaliser son rêve. De joie, elle fit même une bise affectueuse à Marie-Rose.

Le mois de septembre 1986 se déroula calmement. Amal lisait beaucoup, en arabe et en français. Indistinctement, elle épluchait les journaux et les anthologies de poésie qui se trouvaient dans le bureau d'Abbas. Elle avait même parcouru un manuel d'architecture naturelle, une discipline vouée à gagner en légitimité au fur et à mesure que la planète deviendrait une poubelle. La future étudiante préparait également des listes de vocabulaire technique qu'elle piochait au hasard dans de vieux polycopiés de médecine trouvés à la bibliothèque de la faculté. Pour le reste, elle s'occupait des enfants qui avaient beaucoup grandi et leur faisait répéter leurs leçons. C'était une bonne occasion pour elle de faire des exercices de grammaire et de conjugaison. Quelquefois, quand l'occasion se présentait, elle les assistait aussi dans leurs répétitions. Jules avait tout juste commencé à prendre des leçons de piano sur un beau Petrof qu'Abbas avait fait venir de Tchécoslovaquie. Valérie s'était mise au violon, instrument qu'elle détestait au plus haut point mais auquel, pour d'obscures raisons, Marie-Rose tenait, absolument. Si Amal avait pu rejoindre la classe de musique l'année précédente, elle n'était pas parvenue à acquérir un niveau de guitare suffisant pour les accompagner. À grand-peine, elle tentait de les épauler dans le déchiffrage de leurs partitions et de leurs exercices de solfège. Son sens du rythme était curieusement affûté. Attablée avec ses neveux, elle répétait inlassablement, suivant la pulsation martelée par le métronome, des successions de thèmes : *noire, deux croches, noire, quatre doubles, deux croches, quatre doubles, noire, triolet, blanche.* Rêveuse, elle se promettait qu'une fois médecin, elle se donnerait les moyens d'apprendre la musique convenablement.

Marie-Rose, quant à elle, avait repris le travail. Rien n'indiquait pour autant qu'elle se portât mieux qu'avant l'été. C'était sans doute au prix de gros efforts qu'elle s'était rendue dans le Golfe avec les enfants alors que la chaleur écrasante du désert était à son paroxysme. Il était important qu'ils voient leur père, qu'ils connaissent son cadre de travail et son lieu de vie. L'universitaire avait cependant exécré l'Arabie, au point qu'Abbas s'était résolu à prendre une semaine de congés pour emmener toute la famille en Égypte. Sur les belles plages de Charm al-Cheikh, elle avait finalement goûté à une forme de répit. Entre hôtels de luxe, baptême de plongée, planche à voile sur la mer Rouge et baignade dans des piscines surchlorées, elle avait retrouvé énergie et volubilité. Son teint était légèrement hâlé et Amal nota qu'elle s'était teint les cheveux. Elle confirma que cette escapade égyptienne lui avait permis de « recharger ses batteries », mais en aucun cas d'avancer dans ses travaux. À ses retards habituels s'était ajoutée sa longue absence, elle croulait sous les commandes non honorées et, ne parvenant pas à les gérer, noyait sa panique dans les anxiolytiques. Du Cointreau au Xanax, l'éventail était large.

Le 17 septembre au soir, alors que sa belle-sœur était en goguette, vraisemblablement retenue par une partie de bridge chez l'une de ses amies, Amal préparait du *majdara* et une salade de chou blanc pour ses neveux. Reprenant à tue-tête une chanson de Sabah qu'elle affectionnait, « Zay al-Asal », elle fut subitement interrompue par les exclamations inquiètes de Jules. Il la pressait de venir voir quelque chose à la télévision. Comme lui, elle fut happée par les informations transmises sur le petit écran. Un attentat venait d'avoir lieu rue de Rennes. La jeune femme s'installa dans un fauteuil crapaud et monta le son pour ne manquer aucun des commentaires accompagnant les images. À en croire le présentateur, cette attaque aurait été conduite par le Hezbollah, de même que les treize précédentes. On ne savait pas encore très bien quelles étaient les motivations de Fouad Ali Saleh, curieusement converti au chiisme qui, depuis le mois de décembre précédent, faisait régner la terreur dans les rues de Paris. On disait parfois de ce Tunisien qu'il était le bras armé de l'organisation pro-iranienne en France et qu'il cherchait à faire cesser les prises de position de la diplomatie française en faveur des Irakiens dans la guerre qui les opposait à la Perse[31]. Mais on disait aussi qu'il avait pour objectif de faire libérer, entre autres, Georges Ibrahim Abdallah[32]. Cette dernière piste inquiétait un peu Amal. Membre du PSNS, puis du FPLP[33], militant communiste convaincu, Abdallah avait pendant un temps été un proche ami de Yacine. Ils n'avaient jamais été adhérents à la même organisation, leurs convictions divergeaient en de nombreux points, l'un était maronite et l'autre sunnite, mais ils étaient tous deux indignés par les invasions répétées de Tsahal dans le Sud et animés par la cause palestinienne. Après avoir assassiné un militaire américain et un diplomate israélien, Abdallah avait été jugé et jeté dans une prison française. Il y croupit toujours. En entendant ce nom venu d'outre-tombe, en voyant sa photographie s'afficher sur un écran de télévision, si éloigné de la guerre de son adolescence, Amal frissonna. Le visage anguleux et les cheveux en brosse de ce militant qu'elle avait connu jeune homme, très loin de Nancy, la plongèrent dans un profond malaise. Elle éteignit le téléviseur et retourna à la préparation du dîner, préoccupée, espérant que Yacine ne fût en aucune façon lié aux agissements de ses anciennes relations. Mieux valait ne confier ses craintes à personne, ne jamais raconter qu'elle avait pu avoir un lien, même lointain, avec ce réseau. La France entière pleurait les sept morts et cinquante-cinq blessés, tués alors qu'ils flânaient sur les trottoirs du sixième arrondissement. Elle était étrangère. Elle devait se faire discrète. Marie-Rose l'avait mise en garde, et avec raison.

La première année de médecine ressembla à l'idée qu'Amal se faisait du bagne. Malgré ses immenses progrès en langue, il restait périlleux de prendre en notes, à toute vitesse, des cours magistraux portant sur des sujets techniques. Elle finit donc par se résoudre à casser sa tirelire – pleine de l'argent du baccalauréat donné par Abbas – pour acheter des piles de polycopiés qu'elle renonça très vite à traduire. Cette fois, le vieux dictionnaire bilingue qui avait été son plus fidèle allié l'année précédente resterait au placard. Pas plus en arabe qu'en français elle ne connaissait le sens des notions complexes de biologie ou d'anatomie qu'elle était censée s'approprier. Elle se résolut donc à assimiler ces concepts directement dans sa langue d'adoption, sans en chercher d'équivalent. Aussi, quelques mois suffirent à ce qu'elle ne fût plus capable de penser certaines matières autrement qu'en français. Lorsqu'elle révisait – le soir – le schéma d'une mitochondrie, qu'elle y faisait apparaître les crêtes, les ribosomes et l'ADN, Amal avait le vertige. Elle nommait – et donc conceptualisait – ces éléments en français, comme une abstraction pure. Ignorant leur dénomination arabe, elle venait de renoncer à sa langue maternelle comme socle de sa pensée. Elle regrettait alors d'être si peu fidèle à la tradition qui avait forgé son esprit, elle se disait que c'était là le commencement du départ définitif, du renoncement à soi-même. Elle ne serait plus jamais capable d'exprimer dans une langue unique l'intégralité des notions dont son esprit était pourtant familier.

La solitude aussi lui fut pénible, plus encore qu'au lycée Chopin. Si elle ne s'était fait aucun ami intime lors de sa deuxième terminale, l'ambiance générale était plutôt plaisante. Tous les élèves se saluaient volontiers, échangeaient quelques mots sympathiques, s'entraidaient, se prêtaient des affaires et des cours. À l'université, l'individualisme régnait en maître. La pression du concours était si forte que tous les étudiants adoptaient des attitudes de requins. Ils arrivaient dès potron-minet dans les amphithéâtres pour prendre d'assaut les places des premiers rangs et les réserver aux membres de leur groupe de travail. Les uns et les autres s'adressaient à peine la parole, les crasses et les coups bas étaient légion.

Par chance, peu après les vacances de la Toussaint, Amal fit la connaissance de deux Libanaises. Elle avait surpris une de leurs discussions au restaurant universitaire et – sans hésiter – avait engagé la conservation, trop heureuse, pour la première fois depuis qu'elle vivait en France, de rencontrer des concitoyennes. Mira et Nour étaient fraîchement débarquées de Beyrouth. Elles avaient, comme elle, reçu une éducation intégralement arabe et peinaient à évoluer dans cet univers francophone. Amal qui avait un peu d'avance en la matière les aidait souvent à lire des documents qu'elles ne comprenaient pas ou à traduire des notions qui restaient obscures malgré leurs efforts sincères. Toutes les trois s'astreignaient à une discipline drastique pour progresser, mais elles étaient heureuses, dans leurs moments de détente, de pouvoir parler libanais, de s'échanger des cassettes audio de Wadih al-Safi et de Nasri Shamseddine, d'évoquer des souvenirs du pays, de cuisiner les spécialités de leur mère lors du déjeuner dominical. Pour les deux amies, la situation aussi était éprouvante, bien que leur immersion fût moins brutale que celle d'Amal. Nour était mariée à un dentiste, libanais lui aussi, qui assurait des remplacements aux quatre coins de la Meurthe-et-Moselle, en attendant de posséder les fonds nécessaires à l'ouverture de son propre cabinet. Elle disposait ainsi d'une certaine aisance matérielle. Quant à Mira, elle était issue d'une puissante famille de Hasbaya, qui s'était installée à Beyrouth sur le tard. Les combats de 1982 ayant rendu la vie impossible dans la capitale, ses proches avaient largement essaimé en France et en Allemagne. Elle avait donc rejoint à Nancy deux de ses cousines, dont elle partageait l'appartement. Cette solution lui permettait de rester entourée et de maintenir un contact étroit avec sa famille.

Amal les enviait un peu, elles semblaient ne pas se rendre compte de la chance qu'elles avaient. Elles pouvaient, en rentrant chez elles, parler leur langue, se laisser aller à leurs coutumes, revêtir leur abaya[34] et cesser de se demander ce que l'on pouvait bien, ici, attendre d'elles. C'était ce qu'elle aimait chez ses amies, s'asseoir simplement dans leur salon et parler sans réfléchir des choses qu'elles avaient en commun et qu'il suffisait de dérouler, naturellement, dans l'arabe doux et musical de son enfance. L'idée ne lui aurait pas traversé l'esprit de se plaindre de ses conditions de résidence, mais l'effort d'assimilation qu'elle avait eu à faire l'année précédente était sans commune mesure avec l'intégration polie à laquelle se pliaient les deux jeunes femmes, lesquelles continuaient à vivre comme si elles n'avaient jamais quitté le Levant.

Quand elle ne croulait pas trop sous le travail qu'il fallait inlassablement abattre, Amal écrivait à Youssef. Il lui manquait, même si, depuis l'été, quelque chose entre eux s'était brisé. Comme si le rêve qui l'avait éveillée aux hommes, l'été de ses dix-huit ans, s'était écorné. Comme si les malentendus qui la tenaient de plus en plus éloignée de son amant ne devaient plus laisser de place à l'insouciance qui avait caractérisé leur relation, qui en avait fait la saveur. À son intention, pourtant, elle noircissait du papier, des dizaines de feuillets qu'elle réécrivait à l'infini, ne parvenant plus à s'exprimer avec la même spontanéité qu'auparavant. De droite à gauche, de haut en bas, elle formulait des phrases à double sens, des chapelets de sous-entendus, des suites de mots qu'elle voulait douces et apaisantes mais qui n'étaient qu'une litanie de mensonges par omission. Invariablement, elle craignait de le blesser, de le heurter, de l'inquiéter, de le froisser, de le faire se sentir coupable. Et quand, enfin, après des heures d'hésitation, elle se décidait à sceller une enveloppe, elle renonçait souvent à la poster. En revanche, elle recevait régulièrement des plis de sa part, qui ne répondaient pas aux siens. Il lui parlait de jolies choses, lui racontait le Liban tel qu'elle le rêvait, lui disait des mots d'amour et lui composait des poèmes qui auraient gagné à être retrouvés, peut-être publiés. Il lui arrivait aussi de lui téléphoner, mais moins souvent qu'au début. Lorsque Amal entendait la sonnerie retentir dans l'appartement, elle se retranchait dans sa chambre. Leurs échanges étaient empreints d'une certaine violence, d'une animosité tapie derrière les atours d'une bienveillance affichée. Ils se soldaient par des disputes, ou des diatribes exaltées sur l'avenir, le sens de la vie, la mort et le chemin qui leur restait à parcourir côte à côte. Dans leurs lettres, les mots étaient tempérés par la distance de la plume. Au téléphone, leurs sentiments contradictoires se confrontaient sans filtre. S'ils s'aimaient toujours, la maladie avait abîmé leurs rapports. Amal était confuse. Elle pensait continuellement à Youssef, ne cessait de s'en inquiéter, de déployer vis-à-vis de lui toute la prévenance et la gentillesse du monde, mais nourrissait paradoxalement une colère de plus en plus sourde à son encontre.

Il la faisait souffrir, lui reprochant une absence à laquelle il l'avait pourtant poussée, se plaignant d'être incompris, seul. Lorsqu'elle avançait un mot de consolation, il la tançait, l'accusant de ne pas être légitime à compatir, d'ignorer ce qu'il pouvait endurer. Parfois, elle avait même l'impression qu'il lui en voulait d'être en bonne santé, de ne pas souffrir, de ne pas danser sur un fil comme il le faisait lui-même. Sournoisement, il semblait jalouser sa vitalité, tout en affirmant qu'il était préférable qu'elle vécût sans se soucier de lui. Malgré ses efforts, Youssef le délicat, l'insouciant, Youssef sûr de lui, s'était laissé gagner par l'aigreur et les humeurs noires.

Plus rarement, il lui arrivait de se laisser déborder par une inexplicable euphorie, un soudain débordement de vie. Dans ces moments, il s'adonnait à toutes sortes de loisirs, se montrait incroyablement prolixe, se lançait dans d'irresponsables dépenses, faisait à Amal des promesses si invraisemblables qu'elles seraient balayées par la prochaine crise de désespoir. Ces sautes d'humeur étaient extrêmement désagréables à la jeune femme qui ne savait plus à quel saint se vouer et se sentait de plus en plus tributaire des changements d'état d'esprit de son amant. Elle voyait dans les comportements chaotiques de Youssef un ardent désir de se battre contre l'accablement, mais ne pouvait s'empêcher de lui reprocher son inconstance, laquelle la plaçait continuellement dans l'incertitude.

L'ébranlement de ses projets de vie mettait Amal dans une situation délicate. Lors de son arrivée en France, elle s'était attachée à ne pas s'installer davantage que dans un hall d'aéroport, un espace de transit, dans lequel elle aurait simplement cherché à ne pas dénoter. La jeune femme s'était tenue à une distance polie de tout ce que renfermait cette froide Lorraine. Les lieux – s'ils étaient agréables – lui demeuraient étrangers ; elle n'avait pas noué de relations privilégiées avec les autochtones ; elle était certaine que sa présence à Nancy n'était qu'éphémère, transitoire, passage obligé avant son retour définitif au Liban. Évidemment, elle avait veillé à adopter les codes, à ne pas incommoder, mais elle n'était qu'invitée, rien ne lui semblait plus normal que de faire preuve de reconnaissance à l'égard de ceux auxquels cette terre appartenait, qu'elle trouvait austère et presque un peu hostile. Barrésienne.

Avec le temps, pourtant, presque malgré elle, elle avait fini par prendre ses repères, se créer des habitudes. Elle possédait un diplôme français, un titre de séjour, un niveau de langue solide, elle connaissait le système politique, les grands auteurs, le nom des rues. Amal était parfois émue par de petits éléments du quotidien des gens d'ici, elle aimait traverser la Pépinière en hiver et observer le gel sur les branches des arbustes, voir le soleil pâle se refléter sur le dallage impeccable du pavé de la rue Saint-Jean, saluer la fleuriste du coin de l'avenue Anatole-France et sentir chaque matin l'odeur du café et des croissants qui inondait le hall de l'université. Elle sentait monter en elle une forme d'attachement à cet ailleurs qui lui était de plus en plus familier au fur et à mesure qu'elle s'éloignait de Youssef et du Liban. Sa vie ne se résumait plus qu'en un prodigieux écartèlement entre deux langues, deux cultures, deux aires géographiques et deux appartenances. Plus le temps passait et plus elle se sentait perdue au milieu du gué.

Chapitre 7

Amal ne revit pas le Liban pendant quatre ans. Absorbée par ses études de médecine, désireuse de ne plus peser sur les finances de personne, elle avait décidé, après avoir réussi sa première année, d'emménager dans son propre logement. Pendant l'été 1987, alors que la France entière était accaparée par les vacances, la condamnation de Klaus Barbie[35] à perpétuité et l'adoption de la loi Aicardi[36], elle travailla comme caissière dans un supermarché crasseux du quartier Haut-du-Lièvre. Il fleurait bon les relents de pisse et l'odeur métallique des boîtes de conserve. Après deux mois passés à saisir des codes-barres, à soulever des packs d'eau, à sourire à des clients désobligeants, elle parvint au bout de ses peines avec un mal de dos épouvantable et une somme rondelette pour garnir son compte bancaire. Avec cet argent, elle procéda à quelques visites d'appartements et se décida pour un petit studio vieillot et mal isolé, situé sur les hauteurs de la ville. Qu'importe le confort rudimentaire, le loyer était modique. Elle se sentait chez elle pour la première fois depuis deux ans, et rien n'aurait pu entacher le sentiment de quiétude que cela lui procurait. Elle était ravie de quitter Marie-Rose qui, emportée par une nouvelle vague de tourments, quitta elle-même la France, Jules et Valérie sous le bras. Sur injonction d'Abbas, ils s'installèrent tous les quatre à Djeddah, la ville que sa belle-sœur exécrait par-dessus tout. L'appartement cossu de l'avenue Anatole-France fut vendu à Noël. De la cohabitation des deux belles-sœurs ne demeurèrent que quelques pulls tricotés main. Cette fois vraiment seule en France mais soulagée de n'avoir plus à se charger de cette famille qui la traitait comme si elle n'en faisait pas vraiment partie, elle s'enfonça dans une existence monacale. Travaillant pour réussir au mieux ses examens, elle terminait ses journées par des gardes d'enfants ou des ménages. Lorsqu'elle avait un peu de temps libre, le dimanche ou pendant les vacances, elle rendait visite à Mira et Nour qui étaient toujours ravies de la recevoir et s'amusaient beaucoup de sa présence. Les années se succédèrent sans qu'Amal s'en aperçût. Une fois son externat entamé, elle s'arrangea pour mettre quelques centaines de francs de côté et se décida enfin à retourner au Liban.

Cette fois encore, elle avait bien choisi son moment. C'était l'été 1990 et le monde entier avait les yeux rivés sur Beyrouth où les fusils apprenaient progressivement à se taire. On disait que la fin de la guerre était proche. Les accords de Taëf[37] – signés quelques mois auparavant – avaient donné satisfaction à tous les observateurs. Amal, habituée aux espoirs de paix trop souvent douchés, regardait l'évolution de la situation avec circonspection et réserve. Pourtant, depuis des mois, ses amies ne parlaient plus que du règlement tripartite du conflit et de l'avenir du pays. Elles étaient survoltées et, suivant l'idée de Mira, s'étaient envolées dès la fin de la dernière session d'examens pour voir, par elles-mêmes, ce qui allait se jouer au cours de cet été crucial. Amal avait, un moment, était tentée de leur emboîter le pas. Très vite, elle renonça. Elle avait besoin de temps. Il lui importait de faire ses valises tranquillement, de chercher un cadeau à offrir à chacun, de se préparer au retour. La jeune femme craignait de constater que Dibba et Ahmad avaient vieilli, que ses sœurs souffraient encore, que les paysages avaient changé, que sa ville, elle aussi, avait été dénaturée. Plus que tout, elle redoutait de se confronter à Youssef, elle avait le sentiment d'avoir désappris à le connaître. Ils avaient été si longtemps séparés qu'il lui semblait magnifique que quelque amour puisse subsister entre eux.

Lorsque, pour la première fois, elle atterrit à l'aéroport de Beyrouth qui venait de rouvrir ses portes au public, elle crut défaillir. Il semblait à Amal que la France, l'Europe, l'Occident et le monde entier avaient convergé, précisément ici, pour emplir chaque recoin de leur flamboyance. La jet-set de la terre entière se bousculait dans le terminal de Khaldé. Il rassemblait un nombre incalculable d'exilés qui – comme elle – avaient investi toute la surface du globe avant de revenir finalement au pays, attirés par la paix, avides de savoir ce qu'étaient devenus les lieux qu'ils avaient parfois quittés depuis plus d'une décennie. À ces revenants s'ajoutaient des journalistes suréquipés. Ils se mélangeaient aux hommes politiques libanais et étrangers, aux femmes qui les accompagnaient, plantureuses et élégantes, aux mercenaires, aux marchands d'armes, aux diplomates, aux agents de tous les services secrets de la région, aux fouineurs professionnels, curieux d'observer de leurs yeux ce petit lopin de terre, qui avait si souvent fait la une du vingt heures. Cette ostentation éberluait Amal. Elle ne savait plus très bien si elle avait atterri au bon endroit. Peut-être se trouvait-elle par erreur dans cet immense hall regorgeant de modernité criante, de boutiques détaxées proposant des milliers d'articles rutilants. Elle aurait très bien pu être ailleurs, dans n'importe quelle autre capitale du monde, que cela n'eût fait aucune différence.

Ici, on ne parlait plus seulement libanais, français ou anglais, on entendait tous les idiomes se mélanger et se confondre. Les différents dialectes du Golfe et du Maghreb se mêlaient à l'italien, à l'hindi, au swahili. C'était comme si les accords de paix avaient envoyé à la terre entière un message de bienvenue, invitant qui le souhaitait à implanter, sur les ruines de Phénicie, tout ce que la mondialisation et l'uniformisation planétaire avaient produit de plus brillant.

Amal se pressa vers la sortie, elle n'avait prévenu personne de son retour, ce serait une surprise. Accédant à la porte principale, elle s'arrêta devant le grand miroir qui ornait l'un des murs de la salle des arrivées et contempla ses baskets roses, sa valise en plastique, ses vêtements achetés chez Tati. Elle fut horrifiée de ce qu'elle constata : elle leur ressemblait. Elle leur était tout en même temps comparable dans cette absence d'attaches, de fondations et de repères, qu'elle se distinguait d'eux par les motifs de son voyage, sa provenance, sa trajectoire de vie. Elle se regarda un long moment, au centre de cette ruche bourdonnante de monde. Elle pensa à regret que, malgré ses efforts pour ne pas perdre le contact, pour continuer de faire vivre sa part libanaise, elle était devenue un peu une autre, détachée, influencée par tous les pôles d'ici et d'ailleurs, perdue dans ce vaste cloaque universel qui ne savait même pas – au juste – où se trouvaient ni Saïda ni Chebaa. À son insu, elle avait trahi. Qu'elle le veuille ou non, elle participait de ce capharnaüm culturel, de ce brouillage de l'identité libanaise qui lui brûlait les yeux et lui écorchait l'âme.

Sortant sous le soleil brûlant, elle héla le premier taxi qui se présenta.

« *Hi, Miss, where do you want to go ?* »

Avait-elle bien entendu ? Interloquée, elle fixa le chauffeur à travers sa vitre baissée. Il la prenait pour une touriste, une journaliste, une visiteuse de passage en tout cas. C'était sans doute son accoutrement qui lui donnait un air occidental. Il devait la croire italienne ou grecque, croate ou chypriote à la rigueur. Sans s'enquérir du prix de la course, sans y avoir été invitée, elle prit place à l'arrière de sa vieille voiture déglinguée, sa valise et ses sacs à côté d'elle. Un chapelet orné d'une croix pendait au rétroviseur, Amal fit mine de ne pas le voir. La guerre était terminée. Le conducteur insista : où fallait-il conduire la demoiselle ? Amal ne répondit rien, elle était comme abasourdie. Pensant qu'elle ne le comprenait pas, il essaya le français. Par réflexe, elle dit dans cette même langue :

« J'aimerais aller à Saïda, s'il vous plaît. »

C'étaient les premiers mots qu'elle prononçait à Beyrouth, ils auraient dû être en arabe. Il lui sourit et annonça un tarif prohibitif. Alors, par l'entremise du rétroviseur, elle planta son regard dans ses yeux bleus et lui dit calmement, détachant chaque syllabe, chaque lettre, dans un libanais que tous deux savaient venu du fond des âges :

« Salopard de Chrétien. »

Le chauffeur la considéra sans réagir. Amal sortit du véhicule aussi soudainement qu'elle y était entrée et se mit en quête d'une autre voiture. En y repensant, même des années plus tard, elle ne s'expliquerait jamais très bien pourquoi elle avait réagi ainsi. Elle qui était toujours si douce, si égale, elle qui avait tenté de faire preuve de modération, qui comptait épouser un Maronite, avait insulté gratuitement un homme. Un homme qui l'avait niée, qui lui avait signifié qu'il ne la reconnaissait plus comme une compatriote, qui venait de lui faire exactement ce que lui faisaient tous les Français qui – croyant la flatter – lui répétaient à l'envi : « Vous avez un bel accent, d'où venez-vous ? » Elle n'était donc pas chez elle là-bas, et cette vermine venait de lui dire, ostensiblement, qu'elle n'était plus chez elle ici non plus. Alors, s'il lui avait dénié la possibilité d'avoir en commun une nationalité, il avait fallu lui signifier qu'ils n'avaient résolument rien à partager, fût-ce un Dieu.

Elle trouva vite un autre taxi qui ne manqua pas, à son tour, de l'embobiner, prétextant que la route côtière était fermée. Amal ne le crut qu'à demi, mais elle était trop lasse pour tergiverser. Elle se laissa faire. Le chauffeur était un jeune homme obèse, qui dégageait une forte odeur de transpiration. Il lui manquait deux doigts à la main droite. Assise à l'arrière, Amal regardait entre les sièges avant cette main estropiée passer du volant au levier de vitesses, allumer avec peine une cigarette sans filtre avant de lui en tendre le paquet. Ces deux petits moignons la répugnaient, mais elle était incapable de les quitter du regard. Il dut le sentir, car il finit par les dissimuler lorsqu'il n'en avait pas un besoin immédiat, les plaçant sous sa cuisse.

Le conducteur la promena pendant près de deux heures dans ce Liban qui n'avait pas beaucoup changé. Les barrages routiers étaient partout, aux miliciens s'étaient seulement substitués des soldats syriens, lesquels avaient – à leur grande satisfaction – fait main basse sur leur petit voisin et accompli leur rêve ancestral de Grande Syrie[38]. Amal regardait les militaires étrangers à travers la vitre, laissait le taxi corrompre et négocier des laissez-passer qui avaient aussi peu de portée juridique qu'ils étaient onéreux. Ses yeux, à présent habitués aux rues lorraines, propres et bien ordonnées, étaient agressés par les décombres qui bordaient les routes, par les chaussées défoncées, par les structures de bâtiments encore en construction et déjà criblées d'impacts de balles. Elle était gênée par ces meurtrissures, elle les regardait comme des anomalies, alors qu'elles avaient longtemps constitué l'unique décor de sa vie. Sa perception du monde extérieur s'était modifiée, elle était devenue plus sensible à l'ordre et au beau. La quête de raffinement, d'esthétique dans laquelle elle se trouvait malgré elle engagée l'empêchait de considérer son pays avec l'amour inconditionnel d'hier. Maintenant qu'elle disposait d'un point de comparaison, elle devenait critique, sceptique, presque sourcilleuse. Laissant ses yeux parcourir le paysage à travers la fenêtre, elle voyait sa terre pour ce qu'elle était vraiment, comme la percevaient les observateurs extérieurs qui n'avaient aucune raison de se montrer complaisants. L'émigration avait mystérieusement objectivé la vision qu'elle avait de son chez-elle en l'en distanciant. Ces éboulis, ces armes, ces champs de bataille disséminés partout sur le territoire prenaient l'allure de monstres inquiétants. Non, il n'était pas normal de vivre dans une zone de guerre, non, ce n'était pas sans danger, et maintenant, elle en avait la certitude, il était possible d'aspirer à autre chose.

Arrivée dans la rue jouxtant l'immeuble dans lequel elle avait passé son enfance, elle pria le taxi de ne pas se garer à proximité immédiate de l'entrée. Elle cherchait encore à différer, elle se sentait si loin, si différente, étrangère. Elle avait peur de décevoir autant que d'être déçue. Il était si difficile de revenir.

Le jeune amputé coupa le moteur à l'emplacement précis où l'attendait autrefois Youssef, avant qu'ils ne s'enfuient tous les deux, en secret, pour ce qui resterait gravé dans sa mémoire comme les plus belles journées de sa vie. Une fois descendue avec ses bagages et le chauffeur remercié, Amal regarda pensivement autour d'elle. Des façades décrépies à la prolifération des chats de gouttière, elle constata avec soulagement que tout était identique à son dernier retour, à l'exception peut-être de la bananeraie qui semblait un peu moins luxuriante que par le passé, de l'un ou l'autre immeuble qui avait été soufflé et des affiches publicitaires qui s'étaient modernisées.

Elle ne s'attarda pas davantage et frappa bientôt à la porte de l'appartement des Haddad. Lorsque Dibba lui ouvrit, elle sembla se demander – l'espace de quelques secondes – si elle n'était pas victime d'une hallucination. Puis, retrouvant ses esprits, elle laissa éclater sa joie. Amal fut accueillie comme une reine, on lui fit fête, on prévint la famille, on invita les voisins, on cuisina, on célébra le retour de l'enfant perdue et celui de la paix. Ce fut au cours de cette période bénie qu'elle s'aperçut qu'elle avait terriblement souffert de son éloignement. Ébahie, elle mangea à nouveau des fruits au goût de fruits, but de l'eau parfumée à la fleur d'oranger, entendit et prononça des mots libanais qui servaient à dire l'amour et la tendresse. Pendant les quatre dernières années, elle s'était abstenue de penser à ce qu'elle avait laissé derrière elle. Pour se rassurer, elle se convainquait qu'elle n'en avait pas le temps. Une vie tout entière orientée vers l'attente du retour aurait été intenable, ç'aurait été le plus sûr moyen d'en oublier le présent.

Amal ne quitta pas la maison pendant plusieurs jours, se contentant d'accueillir ceux qui, informés de son séjour, venaient lui rendre visite. Le reste du temps, elle échangea beaucoup avec Zuair, seul enfant à être resté dans la maison familiale. Il lui apparut plus épanoui que lorsqu'elle l'avait laissé pour la première fois, secoué de larmes, à l'aéroport de Damas. Avec une grande fierté, il lui annonça qu'il fréquentait un établissement spécialisé dans l'accompagnement des jeunes handicapés ayant depuis peu ouvert ses portes à Saïda. À son rythme, il y apprenait à lire, à écrire, mais aussi à coudre et à travailler le bois. Non seulement celui qui, du fait de sa différence, était condamné à une profonde solitude depuis l'enfance s'y était fait des amis, mais d'après ce qu'il disait, il y était même tombé amoureux d'une jeune fille, elle aussi trisomique : Sarah. Zuair confia malicieusement à sa sœur qu'il entendait bien l'épouser quand il serait plus âgé. Amal s'en émut, il avait bien le droit – lui aussi – à sa part d'amour, mais il était prévisible que les résistances à une telle union seraient fortes. Personne ne voudrait financer le mariage ni n'accepterait de les héberger ensemble. Ils ne pourraient pas vivre de leur travail parce que la société ne leur en donnerait pas l'occasion ; pire, s'ils désiraient des enfants, on ferait tout pour les en dissuader, de crainte qu'ils ne puissent assurer leur éducation ou que leur progéniture ne soit – elle aussi – frappée par un malheureux hasard chromosomique.

Conscient des difficultés qu'il lui faudrait affronter, Zuair avait pris ses dispositions pour tâcher de gagner quelque argent. Il s'était placé au service de l'imam qui officiait dans la mosquée voisine auquel il servait de coursier et d'homme à tout faire. Ainsi, Zuair fréquentait assidûment les lieux de culte et se réfugiait dans la prière à chaque contrariété, ce qui semblait lui faire le plus grand bien.

Malgré la débrouillardise et l'évidente bonne volonté de leur fils, Dibba et Ahmad s'inquiétaient de son sort. Ils voyaient bien que ses revenus n'étaient pas suffisants pour lui assurer une subsistance et qu'il ne parviendrait jamais à être indépendant dans l'intégralité des actes de la vie quotidienne. Certes, grâce à sa récente prise en charge, il avait considérablement progressé et gagné en autonomie, ce que tous trouvaient formidable, mais, de toute évidence, l'éventualité qu'il puisse avoir des projets de mariage apparaissait grotesque. Lorsqu'il parlait de Sarah, on faisait mine de ne pas entendre, à la rigueur on souriait, gêné. C'était d'autant plus regrettable que Zuair était tout à fait clairvoyant et percevait cette différence de traitement comme une nouvelle injustice. Le handicap ne suffisait-il pas qu'il faille encore le doubler de contraintes sociales archaïques ? Seul un chromosome séparait sa vie de celle des autres, c'était une frontière infranchissable.

Dibba proposa un matin à Amal de l'assister dans la confection du pain. C'était une activité assez distrayante à laquelle elles s'étaient souvent livrées toutes les deux, quand Amal était petite. De plus, elle fournissait aux femmes une bonne occasion de discuter autour du *sag*. Installée à genoux devant le métal brûlant et huileux sur lequel elle étalait sa pâte, la mère entretenait sa fille de sujets anodins bien qu'elle semblât préoccupée. Elle finit par se confier :

« Ma chérie, je suis inquiète pour Zuair.

— Au contraire, il a l'air d'être en pleine forme.

— Il n'a pas la vie qu'il mérite. C'est un bon garçon, mais je crois qu'il est malheureux dans ce monde. Ici, il n'y a pas de place pour lui.

— Je crois qu'il n'y a nulle part de place pour des gens comme lui, malheureusement.

— En France non plus ?

— Pas à ma connaissance.

— C'est triste.

— Oui. »

Sur ce constat, le silence retomba. Après plusieurs minutes de silence, Dibba poursuivit en baissant la voix, comme si elle redoutait d'être surprise :

« Écoute, Amal, ton père et moi sommes déjà vieux et s'il y a une chose dont je suis sûre, c'est que nous ne sommes pas éternels.

— Arrête de dire des choses pareilles.

— Non, c'est important d'en parler, j'ai besoin que tu me permettes de partir en paix. Ta sœur Fatima, tes deux frères aînés et toi avez ou êtes en train de réussir, de construire des vies stables. J'ai confiance en vous et je sais que, quoi qu'il se passe, vous vous en sortirez.

— Attends que je sois médecin.

— La question n'est pas d'être médecin ou balayeur. Tu as réussi à te sortir seule de situations difficiles, tu es forte. Je le vois bien. Je sais que je peux m'appuyer sur toi. J'ai demandé à Abbas et à Yacine de veiller sur Ghania et Leila s'il nous arrivait malheur.

— Ce ne sont pas des enfants. »

Cette remarque acerbe chiffonna la vieille femme qui se tut quelques instants avant de reprendre sur un ton contrarié :

« Il ne s'agit pas de cela mais de solidarité, et d'entraide. Tes sœurs vivent dans une immense détresse et j'ai besoin de savoir que vous prendrez soin les uns des autres.

— C'est ce que nous avons toujours fait.

— Il va falloir continuer. Tu vas t'occuper de Zuair.

— Mais je suis en France.

— Pour le moment. Tu comptes y rester ?

— Je ne sais pas. À l'origine, je ne voulais pas, je pensais que ce n'était qu'une étape avant de revenir. Maintenant, je suis bien installée là-bas, j'ai appris la langue, j'ai entamé des démarches pour obtenir la nationalité…

— Rencontré un Français ?

— Non.

— Alors, tu peux toujours rentrer. Et puis la guerre est presque finie.

— Je peux toujours, mais je ne suis pas sûre de le vouloir. »

Un silence se fit. Dibba semblait accuser le coup. De toute évidence, elle n'avait pas anticipé que le départ de sa fille puisse effectivement être irréversible. Elle persévéra :

« S'il te plaît, j'ai besoin que tu m'assures qu'au Liban, en France ou sur la Lune, je pourrai compter sur toi pour veiller sur ton frère, lui donner les moyens de vivre et le soigner s'il en a besoin.

Promets-moi que tu ne le laisseras pas tomber, que tu t'en soucieras comme s'il était ton propre enfant.

— Je te le promets. »

Cette conversation terminée, Dibba acheva de faire cuire la pâte qu'elle avait préparée et s'en fut vendre leur pain en ville. Amal resta un moment dans la cour de son enfance à contempler les plantes, les traces d'infiltration d'eau sur les façades, les divers objets qui traînaient là, l'encombrement des balcons. Elle se sentait à la fois fière de la confiance qu'on lui accordait et écrasée par la lourdeur des responsabilités qu'elle endossait.

Le lendemain, elle se rendit chez Salima. Physiquement, celle-ci avait beaucoup changé. Ses traits s'étaient affinés, elle avait perdu les joues rondouillardes et pleines de fossettes qui la caractérisaient. Pour une fois, ses cheveux étaient coiffés, elle était parvenue à les rassembler en chignon, et ses ongles étaient manucurés. Ravie de la voir, elle la fit installer au salon. Elles discutèrent longtemps de la situation au Liban – ce qui permit à Amal de constater que Salima n'avait rien perdu de sa verve –, de la vie en France, du devenir du monde, de leurs familles, de leurs secrets et de leurs études. Ainsi donc, la petite Chiite de toujours, la communiste, l'impétueuse s'apprêtait à entamer une thèse de doctorat en droit pénal des affaires ! Elles qui n'étaient rien se hissaient dans l'échelle sociale à une vitesse ahurissante. Demain, elles seraient docteurs, en droit, en médecine, en dépit de la pauvreté, en dépit de la féminité.

Après plusieurs heures de bavardage, Amal demanda à utiliser le téléphone. Elle composa le numéro du garage Khalifé qu'elle connaissait par cœur et se laissa bercer par la monotonie de la tonalité. Une fois, deux fois, cinq fois, quatorze fois. Elle raccrocha. Salima, devinant sa déception, lui apprit qu'il se murmurait au Parti que Youssef avait mis un terme à ses activités professionnelles. Il valait mieux se rendre directement à son domicile. Amal n'y avait jamais été invitée, elle n'allait pas s'imposer à présent qu'il y vivait reclus. La mort dans l'âme, elle resta encore un peu à discuter avec son amie. C'est ainsi qu'elle apprit que cette dernière entretenait toujours une correspondance nourrie avec Yacine. Il y avait à présent six ans qu'il avait été exfiltré. La famille d'Amal avait reçu, au début de l'année 1986, une lettre de sa part cachetée d'Ukraine. Tout en ménageant la censure soviétique, il y expliquait avoir accosté dans le port de Sébastopol après avoir traversé la Syrie et la Turquie. Il avait ensuite pris une autre embarcation à destination d'Odessa où il se trouvait finalement. Selon ses dires, il était bien entouré par ses camarades libanais, apprenait le russe à toute allure et se préparait à faire fortune dans le commerce d'appareils photo et la restauration. Il affirmait que la vie sous Gorbatchev était plutôt douce. Avant, il aurait hurlé au salaud effritant l'idéal socialiste ; à présent, il se gargarisait de la *Perestroïka*. Entiché d'une belle Ukrainienne, il s'était accommodé de quelques écarts au modèle idéal. Et puis tant pis, quelles qu'aient été ses dérives politiques, on avait été rassurés d'apprendre qu'il était en vie et bien tranquille, quelque part au Pays des Soviets.

Se pouvait-il que l'amourette d'adolescence inavouée entre Salima et son frère ait perduré, indifférente au temps et à l'espace ? En tout cas, Salima avait des nouvelles bien plus fraîches qu'elle sur la vie de Yacine. Elle lui révéla qu'il sortait d'une période difficile au cours de laquelle il avait enchaîné les emplois à l'usine, connu le manque d'argent et, depuis la chute de l'URSS, assisté à l'échec effectif d'une idéologie pour laquelle il avait été à deux doigts de donner sa vie. Cela dit, elle ne semblait pas se faire le moindre souci pour lui, elle le disait plein de ressources et avait, à ce sujet comme à beaucoup d'autres, parfaitement raison. Apparemment, l'un de ses anciens camarades du PCL était venu le rejoindre à Odessa et lui avait suggéré de profiter du vaste imbroglio dans lequel se trouvait enlisée la toute jeune Ukraine pour tenter d'y importer des biens manufacturés. Les Soviétiques avaient hâte d'accéder au consumérisme, c'était l'occasion ou jamais. Amal sourit. Elle était convaincue qu'il y aurait plus d'une vie dans la vie de son frère.

Le lendemain, quelques minutes avant le dîner, elle fut très étonnée d'apercevoir la tignasse brune de Salima par la fenêtre du salon. Il était extrêmement rare qu'elle se présentât sans y être expressément invitée. Elle ne se déplaçait jamais par hasard et Amal en conclut que quelque chose de spécial se tramait. Elle inventa une grotesque histoire de retrouvailles fortuites avec son équipe de volley-ball et disparut, laissant Dibba, Ahmad et Zuair en plan devant les assiettes débordantes de choux farcis.

Après qu'elle l'eut rejointe dehors, Salima la salua d'une claque dans le dos et la fit monter dans un taxi-service qu'elle avait fait arrêter devant la maison. Elle indiqua tout de go au chauffeur de conduire Amal sur la Corniche, face au château de la Mer. Quant à elle, elle se refusa à monter et, avant qu'Amal ait pu l'interroger sur ce qui se passait, elle avait refermé la portière, s'en allant à pied, à contresens.

La jeune femme se doutait que son amie avait contacté Youssef et qu'elle lui avait arrangé une entrevue. Elle se demandait ce qu'elle pourrait bien lui dire… Il fallait parer à toutes les éventualités et, le concernant, elles étaient nombreuses. Amal s'était faite à l'idée que son comportement était devenu imprévisible, la versatilité ayant pris le pas sur toutes les autres composantes de son caractère. S'ajoutait à cette impossibilité à prévoir la hantise de le trouver diminué physiquement.

Débarquée, comme elle s'y attendait, devant la forteresse croisée, elle n'aperçut d'abord personne. Après quelques secondes, elle se dirigea d'elle-même vers le restaurant Amir, là où avait eu lieu leur première entrevue en tête à tête. Comme la fois précédente, elle salua courtoisement le gardien, qui ne manqua pas – de guerre lasse – de lui faire sentir qu'elle n'était pas apprêtée pour la circonstance. Moins impressionnable qu'alors, elle se contenta de le toiser, puis de lui adresser un sourire supérieur en lui glissant un pourboire. Elle cherchait Monsieur Khalifé, était-il quelque part ? Oui, naturellement, le maître d'hôtel allait l'accompagner, elle le trouverait à sa table habituelle, sur la terrasse.

Alors qu'elle emboîtait le pas à l'employé, elle se sentit prise de haut-le-cœur. Elle ne savait rien de ce qui allait arriver, et avait pourtant le sentiment que sa vie pourrait s'en trouver bouleversée. Youssef était déjà attablé quand elle l'aperçut. Il fumait, caché derrière un exemplaire de *L'Orient – Le Jour*. Ne sachant comment l'aborder, elle se figea devant lui, et lâcha un « bonsoir » qu'elle aurait souhaité moins froid. Il laissa ses yeux vairons s'élever par-dessus son journal et lui adressa ce sourire merveilleusement bon qui n'appartenait qu'à lui. Sans hésiter, il se leva, l'attira dans ses bras et, au milieu du restaurant, à la vue de tous les clients, l'embrassa longuement sur la bouche, puis les joues et le cou. Prise au dépourvu, Amal eut un léger mouvement de recul, cette attitude cavalière l'avait surprise. Un peu honteuse, elle regarda alentour et constata avec soulagement que personne ne se scandalisait de leur étreinte, c'était tout juste si on les avait remarqués. Sentant la retenue d'Amal, Youssef la fit s'asseoir et lui commanda un jus d'orange pressée. Un bref silence s'installa, ils se jaugeaient par-dessus la table. Puis, avec un demi-sourire, Youssef déclara :

« Je te trouve bien prude pour une presque Française.

— Je ne suis pas prude, juste un peu pudique. »

Ils échangèrent un sourire de connivence. Pour la première fois depuis bien longtemps, une forme de complicité venait de renaître entre eux.

« Oublie ça. La pudeur, c'est démodé. La paix est revenue, les mentalités évoluent. Bientôt, on sera aussi libres ici qu'à Londres, Amsterdam ou Los Angeles.

— J'ai cru le comprendre en arrivant à l'aéroport. Le luxe, l'excès, cette jet-set qui débarque. Impressionnant. Ça doit te faire un drôle d'effet.

— Pourquoi ? Je me réjouis du renouveau.

— C'est à ce renouveau auquel tu aspirais quand tu militais au PCL ?

— Je n'ai jamais vraiment milité, je sympathisais plutôt.

— Bref, c'était de cette américanisation vulgaire dont tu rêvais ?

— Peut-être pas, mais il faut vivre avec son temps. Au cas où tu ne l'aurais pas remarqué, le communisme n'a plus vraiment le vent en poupe. Je m'adapte.

— En bradant l'identité collective.

— Quelle identité, Amal ? Tu ne crois pas que le Liban a déjà perdu assez de temps comme ça ? On a quinze ans de retard sur le reste du monde. Réveille-toi !

— Du retard à rattraper, évidemment qu'il y en a. Je vois bien que les infrastructures sont dans un état déplorable, qu'il n'y a plus d'État, plus de transports publics, à peine l'électricité. Mais développer ne signifie pas renier le passé, s'asseoir sur une culture, une tradition et un art de vivre pour copier benoîtement les conneries des autres.

— Parce que toi, tu n'as rien renié ? »

La question claqua dans l'air et fit prendre à la conversation un tour dangereux. Amal songea que, si la soirée devait se dérouler autour d'un semblant de dîner, mieux valait jouer la désescalade. Cependant, Youssef renchérit :

« Tu attendais bien au chaud là-bas que ça se calme et, maintenant que l'orage est passé, tu rentres nous donner des leçons.

— Tu es injuste, Youssef. Je ne suis pas partie pour fuir, j'ai saisi une opportunité, ce à quoi tu m'as d'ailleurs encouragée.

— C'est vrai, mais je ne pensais pas que tu prendrais la grosse tête, que tu oserais revenir pour condamner ceux qui, contrairement à toi, ont enduré la guerre jusqu'au dernier jour. Tu t'étonnes que les gens soient attirés par l'excès ? Mais ils ont une sacrée revanche à prendre ! »

Amal se tut, elle était soufflée par la violence des propos qui lui étaient adressés. Elle s'était toujours doutée que son départ pourrait lui être reproché, et qu'il serait éventuellement perçu par certains comme une trahison, mais pas par celui qui n'avait eu de cesse de l'y pousser. L'ambivalence de son discours la heurtait.

« Si tu es préoccupée par l'état du pays, Amal, tu n'as qu'à rentrer et agir plutôt que de balancer des critiques à l'emporte-pièce, sans rien comprendre.

— Je n'ai pas terminé mes études.

— Et alors ? On ne sait pas former les médecins au Liban ? Tu n'as qu'à continuer ton cursus chez les Jésuites à Beyrouth. L'enseignement est de bonne qualité, et en français. Reste ici, tu as une chance à saisir. Il faut que tu comprennes que c'est maintenant que tout se joue, les cartes sont rebattues. Il faut se créer un sillon aujourd'hui pour compter parmi les grands du Liban de demain.

— Ce n'est pas ma volonté. Je me fiche de compter.

— Si tu t'en fiches, essaie au moins d'aider. Tu as eu la chance de te former ailleurs, de voir du pays, mets-toi au service de la reconstruction. Même si je ne l'apprécie pas beaucoup, c'est ce que fait Hariri.

— Tu prends pour exemple les Sunnites pro-saoudiens maintenant ?

— Non, je te donne des exemples de gens qui ont su se retirer au bon moment puis rentrer au Liban à présent qu'il a besoin d'eux, de gens qui n'ont oublié ni la mer, ni le Cèdre, ni leur patrie, ni ce qu'ils sont. Tu seras bientôt médecin et, à ton échelle, tu peux être utile toi aussi. Si tu veux, je t'emmène visiter un hôpital ou un dispensaire, je peux te garantir qu'ils regorgent d'éclopés, de victimes de guerre et d'amputés qui seraient bien contents que tu te consacres à eux. Au fond, c'est ton devoir et ta responsabilité.

— J'ai aussi une responsabilité vis-à-vis de la France. Depuis cinq ans, ce pays m'a beaucoup donné, il m'a accueillie, formée et est sur le point de m'offrir une nationalité. Il faut que tu comprennes que maintenant j'ai deux dettes, que je ne suis plus exclusivement tournée vers le Liban.

— Peut-être, mais tu vois bien que l'urgence n'est pas la même. Ici, les gens sont sans ressources. Il n'y a pas de Sécurité sociale, pas la moindre prestation compensatoire. Pour payer tes soins, tu peux compter sur toi-même et sur la solidarité familiale. Si ça ne suffit pas, tant pis pour toi. Alors, je veux bien entendre que tu estimes ne pas avoir de dette vis-à-vis de l'État libanais, mais pense aux gens, à la Nation.

— Parce qu'il y a une Nation libanaise ?

— Oui, sinon cette guerre n'aurait jamais trouvé d'issue. »

Amal se tut quelques instants, avala une gorgée de boisson et reprit de plus belle :

« Tu veux que je te dise quelque chose ? S'il y avait une Nation, cette guerre n'aurait jamais commencé. Hors du pays réel, il y a peut-être quelque chose qui ressemble à un sentiment national. Quand des Libanais se rencontrent à l'étranger, ils vont les uns vers les autres et se fédèrent instinctivement – en diaspora – parce qu'ils partagent ce même attachement à ce petit pays. Peu importe, au fond, qu'ils soient chiites ou protestants. Mais ici, il n'y a pas de cohésion qui tienne, il n'y a que des particularismes, des clans, des familles, des confessions et des rivalités, et c'est pour toutes ces raisons que la guerre a pu survenir et durer. Et je suis prête à parier que le retour de la paix ne mettra pas fin à ce tribalisme attardé.

— Arrête.

— Et pourquoi devrais-je arrêter ? On ne s'est pas vus depuis des années et tout ce que tu trouves à dire, c'est que je devrais rentrer au pays sous peine de trahir une nation fictive.

— C'est peut-être ma façon de te dire que tu me manques, que je ne veux plus vivre loin de toi.

— Tu pourrais le dire autrement. Et puis tu me demandes de revenir, mais tu n'as rien à m'offrir à part un hypothétique projet de renaissance nationale. »

Il se tut un instant, baissa la tête comme s'il prenait conscience de la violence démesurée de ses paroles, puis soudain répondit :

« Si. De t'aimer, toujours. »

Alors qu'Amal était hors d'elle, cette déclaration d'amour doucha instantanément sa colère. Abolissant la distance qui les séparait, elle plongea ses yeux dans ceux de Youssef et lui confia, elle aussi, son amour. Hésitante, elle finit aussi par s'autoriser à lui avouer les doutes et l'inconfort radical qui l'assaillaient depuis l'annonce de sa maladie. S'ils devaient fonder quoi que ce fût ensemble, mieux valait jouer la transparence.

« Et pourtant, ce soir tu as l'air en forme, suffisamment pour provoquer des disputes. »

Youssef sourit largement, il avait retrouvé sa bonne humeur, le voile gris qui avait obscurci son front alors qu'il sermonnait la jeune femme s'était dissipé.

« Aujourd'hui est un bon jour, puisque tu es là.

— Tu souffres ?

— Certaines fois, beaucoup. Mais je suis satisfait, ces épisodes ne sont pas très fréquents et je trouve miraculeux d'avoir si peu décliné en cinq ans. Si la stagnation perdure quelques années encore, j'aurai gagné. Chaque jour arraché à l'impotence a une saveur particulière, un goût de victoire.

— Je veux bien le croire. Les crises sont imprévisibles ?

— Complètement aléatoires. Je vais à Boston une fois tous les deux mois pour faire un bilan d'avancement de la maladie avec le neurologue. Il dit être agréablement surpris de mon état. Grâce à lui, j'ai accès à des traitements expérimentaux qui ont l'air de porter leurs fruits.

— C'est bien. J'aimerais te poser une question.

— Je t'écoute.

— Il paraîtrait que tu ne travailles plus, c'est ce que j'ai entendu dire.

— J'ai l'air d'avoir des raisons d'arrêter de travailler ?

— De prime abord, je dirais que non.

— Merci. Il est vrai que je suis moins présent au garage, que j'ai moins de temps pour me consacrer moi-même à la réparation des voitures des clients, mais je travaille différemment.

— Comment ?

— Je l'expliquerai à mon épouse. Si elle veut encore de moi. »

Elle le dévisagea, perplexe, n'étant tout d'abord pas bien sûre de ce qu'il voulait lui faire comprendre. Comme une confirmation, il sortit une bague de la poche de son veston et s'empara de la main gauche de la jeune femme avant qu'elle n'ait eu le temps de réagir. Amal en fut embarrassée car, sous l'effet de l'anxiété provoquée par les derniers partiels, elle avait rongé ses ongles jusqu'au sang. Pour ne pas les lui faire voir, elle s'était appliquée – depuis le début de leur face-à-face – à les cacher sous la table. Touché par cette ultime minauderie, il fit mine de ne rien remarquer et passa un très joli solitaire en or blanc à son annulaire gauche. Elle regarda le bijou, hébétée. Elle avait imaginé beaucoup de choses pour cette soirée, à l'exception d'une demande en mariage. Avec délicatesse, Youssef baisa sa main, lui répétant qu'il l'aimait.

À ce moment précis, elle se sentit princesse. Les doutes qu'elle nourrissait à l'égard de cet homme se dissipèrent. Elle en oublia leurs peines, leurs disputes, leurs vexations et se laissa envahir par les souvenirs de leurs joies passées, les mots délicats qu'il lui avait adressés, toutes les lettres pleines de passion qu'elle recevait dans les premiers temps de son émigration. La tentation était forte de se pendre à son cou, de lui dire seulement « oui ». Mais elle avait mûri, elle était pragmatique et avait appris la retenue.

« Youssef, je ne suis pas sûre. J'ai perdu confiance. »

Il blêmit, visiblement décontenancé.

« Tu as rencontré un autre homme ?

— Pas du tout. »

Cette question la vexa. Avait-il si peu confiance en elle et en leur amour qu'il se la figurait volage ? Piquée, elle se défendit :

« Je mène une vie rangée en France. À part travailler et dormir, je ne fais rien.

— Alors, quel est le problème ?

— C'est juste que tu as tellement changé depuis que tu es malade, tu me sembles lointain, aigri, inconstant. Tu m'as demandé de me faire une raison, de renoncer aux rêves que j'avais pour nous, c'est ce que j'ai fait.

— Je t'ai fait cette demande parce que le diagnostic venait de m'être annoncé et que j'étais convaincu de dépérir très vite. Finalement, ma vie n'a pas tellement changé. Alors, oui, j'ai sans doute mauvais caractère, mais de qui – dans ma situation – ne serait-ce pas le cas ? »

Il n'avait peut-être pas tort, après tout, il existait encore des raisons d'espérer... Sur un ton enfantin, elle demanda :

« Je suis ton espoir ?

— Le seul qui vaille. »

Ils s'embrassèrent et la seconde partie de soirée se déroula à la perfection. La table était couverte de *mezzés* variés, tous plus exquis les uns que les autres. Six personnes auraient sans difficulté pu partager leur repas. Youssef dîna de bon appétit, il fit du zèle, se montra tantôt plaisantin, tantôt protecteur, identique à celui qu'Amal avait connu et aimé. Tandis qu'elle se demandait si elle pouvait s'autoriser à le croire, se prendre à rêver à nouveau avec lui, accepter sa demande en mariage, des musiciens apparurent sur la terrasse. Ils chantèrent de vieilles chansons arabes d'Oum Kalthoum et d'Asmahan. Le jeune couple, de même que les autres clients, se prit à frapper dans ses mains au rythme du riqq[39], et à chanter à tue-tête. Très vite, l'assistance se leva pour danser la dabké. Ils avaient bu trop d'arak, la tête leur tournait, mais, aussi libres qu'autrefois à Jezzine, ils virevoltaient parmi les autres.

Lorsqu'ils furent trop fatigués et trop en sueur pour continuer à danser, ils reprirent place à leur table et se concentrèrent sur les vagues s'écrasant contre les piliers de la terrasse. La nuit était presque sans lune mais constellée d'étoiles et la veillée ne semblait pas devoir s'arrêter. Pour la faire perdurer, ils commandèrent un premier dessert, puis un deuxième, puis des fruits et du café, enfin un narguilé qu'ils fumèrent tranquillement, en se passant le tuyau. Amal s'étonna elle-même de se trouver si à son aise en public, à fumer et à boire comme un homme. Pour la première fois, le qu'en-dira-t-on lui était indifférent. Il fallut néanmoins que ces instants prissent fin, aux abords de trois heures du matin. Youssef la reconduisit chez ses parents et la soutint jusqu'à la porte d'entrée où il jugea plus convenable de la laisser retrouver ses esprits et sonner seule. Elle avait bu, et il était parfaitement vain de chercher à le cacher. Lorsque la porte s'ouvrit, elle renonça à essayer de justifier son retard, de même que son état. Se contentant de traverser tout droit le couloir et de s'écrouler, entièrement vêtue, sur un lit qu'elle ne prit pas la peine de défaire, elle passa une nuit agitée de rêves érotiques que nuançait la récurrente et désagréable sensation de se trouver sur une mer déchaînée. Après plusieurs heures de sommeil lourd, ponctuées de nausées et de réveils impromptus, elle se leva avec un terrible mal de tête et une furieuse envie de retrouver Youssef sans passer par les explications que ses parents exigeraient qu'elle fournisse. À table, un petit déjeuner l'attendait encore malgré l'heure tardive. Elle y fut longuement considérée par Dibba.

« Tu as passé une bonne soirée ?

— Excellente.

— Où étais-tu ?

— Chez Salima.

— Menteuse.

— C'est elle qui est venue me chercher hier soir, tu l'as vue. Nous avons rejoint les filles du volley pour dîner dans un restaurant, puis je suis retournée chez les Hijaizi.

— On boit chez Salima, maintenant ? Elle a une énorme voiture depuis longtemps, ta copine ? »

Elle avait donc aperçu la Mercedes de Youssef au moment où il l'avait reconduite. Les choses allaient se compliquer.

« D'accord, je suis restée chez eux un certain temps, puis nous avons retrouvé d'autres amis, des gens qu'elle fréquente à la faculté de droit. Il y avait de l'alcool, j'avoue que j'ai un peu bu. Quand la soirée s'est terminée, quelqu'un a gentiment proposé de me raccompagner, j'ai trouvé plus prudent d'accepter. »

Dibba la toisa du regard avec une froideur qu'Amal ne lui connaissait pas. Il lui sembla même distinguer, au fond de ses prunelles, une forme de rage. Il n'était plus temps de mentir, sa mère avait compris.

« Tu me mens encore une fois et je te gifle. C'est ton Chrétien, je le sais très bien. Tu ne l'as pas quitté. Pendant toutes ces années, je t'ai fait confiance et toi, tu continuais d'entretenir une relation avec ce salaud.

— N'en parle pas comme ça, il n'a rien fait.

— Je parle comme je veux de l'homme qui va corrompre ta vie, Amal. Tu es en train de faire les mêmes erreurs que Leila et Ghania, tu n'as pas vu combien elles sont malheureuses ? Il n'y a que Fatima qui soit mariée à un homme respectable.

— Je n'ai pas parlé de me marier.

— Tu préfères faire la putain ? »

Amal regarda sa mère, blessée. C'était une femme douce et chaleureuse, protectrice et compréhensive, elle n'aurait jamais imaginé qu'elle pût l'insulter ainsi. Pour mériter un tel traitement, elle avait dû dégringoler de son piédestal et se noyer dans les tréfonds de son estime. Il était rare que des grossièretés franchissent les lèvres maternelles et, pour une fois qu'une obscénité en sortait, elle lui était adressée. Elle la revit, des années auparavant, s'opposer au jeune lieutenant de Tsahal pour préserver la dignité de ses filles, à présent, elle la traitait de « putain ». Abasourdie, elle chercha à se convaincre qu'elle avait mal entendu :

« Pardon, maman ?

— Une fille qui couche avec un homme sans être mariée, tu appelles ça comment ?

— Donc, tu maintiens que je suis une putain ?

— Non, je maintiens que je ne veux pas que tu le deviennes.

— Ça n'arrivera pas. Puisque tu insistes, il m'a demandée en mariage. »

Dibba accusa le coup. Elle déglutit fortement. Elle semblait chercher ce qu'elle pourrait bien formuler pour qu'un tel malheur ne se concrétisât pas.

« Si c'était un homme respectable, il se serait présenté à ton père et lui aurait demandé ta main.

— Mais il ne pouvait pas le faire ! Tu m'as ordonné de le quitter il y a des années et de ne rien dire à *Baba.* »

Amal laissa passer un temps avant de préciser :

« Et même s'il était venu à votre rencontre, il n'aurait rien eu à vous proposer que le mariage civil à l'étranger ou la conversion. Je ne suis pas assez bête pour croire que l'une de ces solutions puisse vous convenir.

— Tu as déjà sérieusement envisagé de devenir chrétienne ? »

La formulation de cette dernière éventualité fit s'arrondir d'horreur les yeux de la vieille femme. Elle semblait frôler l'asphyxie, son teint reflétant un inquiétant dégradé de rouge tirant sur le bleu.

« Je te charge d'annoncer ton baptême ou ta fuite au reste de la famille, c'est plus que je ne peux en supporter.

— *Baba* va me tuer.

— C'est tout ce que tu mérites. Maintenant, tu fais ce que tu veux. Tu peux choisir de continuer de nous cracher au visage, de nous humilier, de nous prostituer. Dans ce cas, sache que même si tu es mon enfant adorée, celle que j'aime par-dessus tout, pour laquelle je donnerais ma vie, tu n'auras plus ta place ici.

— Je ne veux pas vous perdre.

— Alors, abandonne-le.

— C'est impossible.

— Pourquoi ?

— Parce que je l'aime, mais aussi parce qu'il est malade – il a une sclérose en plaques – et que vous m'avez appris à ne pas abandonner ceux qui souffrent. »

La jeune femme regarda sa mère dans l'attente d'une réaction favorable, elle pensait que ce dernier argument serait de nature à l'émouvoir. Les Haddad avaient un grand cœur. Ils aidaient et réconfortaient quiconque le souhaitait, sans distinction de fortune ou de religion. Aussi la réponse de Dibba la désarçonna.

« Raison de plus pour y renoncer tant qu'il en est encore temps. Je refuse que tu gâches ta vie à essayer de sauver la sienne, tu as de grandes choses à accomplir, tu as le devoir de vivre. »

Amal peinait à contrôler ses émotions, elle était traversée par des pulsions rageuses motivées par un sentiment d'injustice terriblement puissant et se trouvait d'autant plus démunie qu'elle avait épuisé tous les arguments rationnels qui auraient pu rallier sa mère à sa cause. C'était peine perdue. Elle se sentait d'autant plus épuisée que la scène qui venait de se jouer avait été prédite par Salima à la veille de son départ en France, si longtemps auparavant. Force était d'admettre que – même si elle avait préféré se voiler la face à l'époque – son amie avait été d'un redoutable pragmatisme. Amal avait choisi de prendre le risque de cette liaison sans avenir, elle était parvenue à ménager deux incompatibilités jusqu'à leur paroxysme, mais voilà qu'elles entraient en collision et qu'il fallait choisir sans plus pouvoir différer. La jeune femme était écrasée par des forces qui la dépassaient, des déterminismes profonds, le poids d'une tradition et d'une culture qu'elle n'avait pourtant de cesse de défendre.

À toute allure, ses vingt-quatre années d'existence défilèrent devant ses yeux. Elle s'aperçut qu'elle n'avait jamais choisi, que les choses s'étaient toujours imposées à elle avec la force de l'évidence et que, peut-être, son départ pour la France n'avait été qu'une tentative de s'ériger contre la fatalité, de prendre à bras-le-corps son destin. Amal n'avait pas fui le Liban ou la guerre, elle avait essayé de se départir de l'absence de choix. Les politiciens, les miliciens, les parents, les professeurs, les amis, les amis de ses amis, les voisins, les cousins, les ennemis, tous avaient toujours eu davantage de prise sur sa vie qu'elle n'en avait elle-même. Nancy n'avait été qu'un affranchissement, douloureux mais entier. Elle s'était sentie terriblement seule en France, elle avait souffert du manque et de l'isolement, mais elle s'y était constitué la possibilité de décider et d'agir sans consulter, sans avoir constamment à prêter l'oreille aux prophéties des uns et des autres. À présent, le discours forcené de Dibba, lequel visait

– en vertu de lois archaïques – à lui rappeler ce qui était admissible et ce qui ne l'était pas, la renvoyait au conditionnement qu'elle avait subi jusqu'à ses dix-neuf ans et qu'elle n'avait plus été en mesure de supporter. Depuis qu'elle avait conquis une certaine autonomie, elle ne pouvait plus y renoncer. Considérant sa mère avec mépris, elle débarrassa la table, prit une douche et fila tout droit au garage Khalifé dans l'espoir d'y trouver Youssef. Elle était prête à tout lui raconter, prête à le supplier de l'enlever.

L'un des mécaniciens lui annonça qu'il était en déplacement à Beyrouth pour la journée, que sans doute il ne repasserait pas au garage. Il était préférable de revenir un autre jour.

Incapable de regagner la maison les bras ballants et la tête basse, elle erra dans Saïda, de café en boutique et du cinéma à la Corniche. À vingt-trois heures, il fallut se résoudre à rentrer. Elle savait que sa mère aurait pleuré et que son père serait furieux. Cependant, elle espérait qu'ils auraient compris la situation, exactement comme ils avaient reconnu, en dernier ressort, que son émigration était une belle preuve de courage et de maturité. Poussant la porte, Amal les trouva tous les deux installés au salon. Zuair dormait déjà. Ils ne parlaient pas, ne regardaient pas la télévision. Manifestement, ils étaient sortis de table assez tard puisque des plats fumants se trouvaient encore sur la table de la salle à manger. Amal ne savait comment les approcher, elle opta d'abord pour un air détaché.

« Bonsoir.

— Bonsoir.

— Vous avez bien mangé ? »

Ahmad était animé par une colère froide, le timbre de sa voix était étrangement distant.

« Tais-toi et assieds-toi. Ta mère m'a dit que tu avais des projets de mariage, avec un homme dont je n'ai jamais entendu parler. Tu sais qu'elle n'est pas ton porte-parole ? Si tu as des choses à me faire savoir, il conviendrait de me les dire.

— C'est arrivé hier.

— Peut-être, mais tu ne l'as certainement pas rencontré hier.

— Non.

— Alors quand ?

— Avant de partir, il y a cinq ans.

— Et en cinq ans tu n'as jamais trouvé une seule occasion de m'en parler ?

— *Mâma* m'a demandé de le quitter depuis le début. Elle savait que tu désapprouverais.

— Ce n'est pas une raison pour me cacher les grandes expériences de ta vie, sinon à quoi sert une famille ?

— Je ne sais pas, *Baba*. J'avais peur de te décevoir, de te mettre en colère, alors je n'ai rien dit.

— Je suis déçu que tu n'aies rien dit.

— Qu'est-ce que cela aurait changé ?

— Ta mère et moi ne sommes peut-être pas très instruits, ni très riches, mais nous avons toujours voulu le meilleur pour nos enfants, nous avons tenu à leur donner la même chance qu'à ceux qui sont mieux nés. C'est pour cela que nous avons tout fait pour que vous alliez à l'école, que nous avons essayé de faire preuve d'ouverture d'esprit en acceptant que tes frères et toi partiez. Nous avons même approuvé le mariage d'Abbas avec une étrangère, car nous sentions qu'elle pourrait le rendre heureux. »

Amal se retint du moindre commentaire sur l'état de fortune du mariage de son frère et conclut :

« Youssef me rendra heureuse. »

Ahmad considéra hautement sa fille, Dibba sanglotait en fixant le mur, droit devant elle. Il poursuivit :

« Il paraît qu'il est malade, qu'il va mourir.

— Il a une maladie dégénérative, c'est vrai. Mais depuis cinq ans, il n'a pas décliné.

— Ça ne garantit rien pour l'avenir.

— Rien n'est jamais garanti pour l'avenir. »

Sa mère qui, au prix d'efforts considérables, était parvenue à se calmer reprit la parole et, changeant de stratégie, chercha à amadouer sa fille.

« C'est parce que nous t'aimons, parce que tu nous es précieuse que nous nous opposons à ce mariage. Cet homme est sans doute plein de qualités et, s'il n'était pas malade, nous pourrions peut-être même passer sur le fait qu'il soit chrétien.

— C'est faux, il y a cinq ans tu ignorais tout de son état de santé et, déjà, tu désapprouvais notre relation au motif qu'il n'était pas assez bien pour moi.

— Avec le temps, j'aurais pu me laisser convaincre. Maintenant que je sais qu'il va mourir, je me dois de t'empêcher de courir à ton propre malheur. Tu ne passeras pas les prochaines années de ta vie à être l'infirmière d'un homme condamné.

— C'est injuste !

— Oui, c'est injuste ! Mais c'est pour ton bien. Pour le moment, tu l'aimes, tu te raccroches à l'espoir qu'il guérisse, mais c'est impossible. Il faut que tu te le mettes dans la tête. Ce que tu vois comme un miracle n'est en fait qu'un sursis. Nous avons téléphoné au docteur Mohammad tout à l'heure, pour nous renseigner. Il nous a affirmé que cette sclérose en plaques ne pouvait conduire qu'à l'infirmité et la mort.

— Je le sais aussi.

— Alors, pourquoi s'obstiner ? Sa maladie va prendre le dessus et te réduire en esclavage. Tu revendiques le droit d'être libre, mais ce poison ne pourra que t'entraîner dans une prison circonscrite par ce que son espérance de vie t'autorisera à envisager. »

Amal était rompue de fatigue, elle se sentait perdre du terrain.

« Alors, on abandonne les gens dans le malheur ?

— Non, ceux qui lui sont liés, ses parents, sa famille doivent lui rester fidèles et le soutenir. Sans doute le feront-ils très bien. C'est juste que tu ne peux pas enchaîner ta vie à la sienne, alors qu'elle se consume lentement.

— Mais la situation peut se maintenir encore longtemps.

— Elle finira par péricliter, à plus ou moins brève échéance, tu ne peux pas à ton jeune âge, alors que tu as tout pour toi, vivre avec cette angoisse permanente.

— C'est mon choix.

— Non, c'est aussi le nôtre. Tant que nous serons de ce monde, nous ferons notre possible pour te protéger.

— Pas contre mon gré.

— Si nécessaire. »

Amal inspira profondément ; ses parents étaient définitivement parvenus à la fâcher. Elle puisa dans sa colère la force d'imposer sa volonté.

« Je vais l'épouser. »

Son père la fusilla du regard.

« Alors, je vais me tuer. »

Un silence épais enveloppa la pièce, le temps semblait suspendu. Le visage d'Ahmad était incroyablement serein, il n'avait pas proféré cette menace sous le coup de l'émotion, elle avait été préparée. La jeune femme savait qu'il ferait ce qu'il disait. Il faisait toujours ce qu'il disait. Elle regarda Dibba, laquelle ne semblait pas inquiète. Son expression ne traduisait aucune marque de surprise ou d'anxiété. Ils avaient dû imaginer à deux ce chantage, ils le savaient sans issue pour leur fille : le lien de sang prévaudrait à jamais sur tous les autres. Leur menace éloignait Ahmad de la mort et rapprochait Youssef du tombeau.

Amal se leva et alla s'enfermer dans sa chambre. Elle était dos au mur, ils avaient gagné.

Les Haddad savaient qu'elle leur en voudrait mortellement, mais ils n'avaient que faire du désamour passager que cette odieuse comédie occasionnerait. Sans doute les accuserait-elle d'avoir gâché le grand amour de sa vie, d'avoir ruiné son bonheur, d'avoir injustement imposé leurs vues. Mais il ne faisait aucun doute que, un jour, elle comprendrait. Belle et intelligente, pleine de vitalité, de désirs et de projets, elle rencontrerait quelqu'un, qu'importe sa nationalité ou sa religion, mais quelqu'un qui la pousserait vers la vie, qui tiendrait la mort éloignée de leurs jeunes années. À cet homme, sans hésiter, ils confieraient leur trésor le plus précieux, ils offriraient leur fille. Et ce jour-là, alors que Youssef serait sans doute paralysé, agonisant ou déjà plus de ce monde, elle aurait la certitude d'avoir fait le bon choix, quels que soient les remords qu'il puisse lui en coûter. Amal avait beaucoup plus à offrir au monde que des sanglots et des souffrances inutiles.

Restés seuls dans le petit salon, Ahmad et Dibba pensèrent que cette séparation contrainte était la dernière digue qu'ils pouvaient abattre pour offrir à leur fille ce qu'elle avait toujours revendiqué. Ils la forçaient à être libre.

Postface

L'idée d'écrire ce livre m'est venue il y a plusieurs années, alors que j'étais encore adolescente. Ma grand-mère maternelle était décédée depuis peu de temps et toute évocation de son nom ou de sa mémoire engendrait irrémédiablement la mélancolie, les larmes puis le silence de ma mère. Avec le temps, elle a fini par devenir un sujet tabou que je m'appliquais à contourner pour nous épargner des peines inutiles. Pourtant, à cet âge, peut-être à quinze ou seize ans, j'avais déjà la certitude que cette paysanne, cette femme pauvre et illettrée qui n'avait pas d'autre richesse que sa famille et l'amour donné à ses enfants tous les jours de sa longue vie, avait beaucoup de choses à raconter.

Elle est née à une époque où le Liban était un protectorat français, où l'eau courante et l'électricité étaient un mythe dans les confins rocailleux et pourtant convoités du Sud. Le premier village était à des heures de marche, l'idée même qu'une ville puisse exister relevait du fantasme. On vivait là lentement, au rythme des saisons et des travaux agricoles.

Mariée de force à quatorze ans à un homme qu'elle n'aimait pas, elle a accouché dans les champs, construit une maison et creusé un puits de ses mains, accumulé des trésors d'ingéniosité et de ruse, connu le déplacement contraint, la dépossession, la guerre. Cette femme, ma grand-mère, a aussi été une mère comblée à la tête d'une famille de neuf personnes, puis, quand ses enfants sont eux-mêmes devenus parents, de vingt-cinq. Je regrette de l'avoir si peu connue au fond, de ne l'avoir rencontrée qu'à l'occasion des vacances que nous prenions annuellement à Saïda, et il fallait bien dire que je m'y ennuyais beaucoup. J'ai souvent déploré d'être là plutôt qu'ailleurs, à tourner en rond dans l'appartement bruyant et surchauffé. Si c'était à refaire, je n'y changerais rien cependant, car c'était bon d'être un enfant, un peu insolent et capricieux, auprès d'elle qui cédait plus par générosité que par lassitude. Quand je fixe mon attention sur *Téta*, je la revois faire cuire du pain dans la cour, nous éplucher des fruits à mon frère et moi, nous serrer très fort contre son corps chaud, nous dire des mots d'amour, incompréhensibles. Ce que je revois surtout, c'est ma mère se dirigeant vers elle, sa joie de la retrouver après une année d'absence, de redevenir enfin – elle aussi, pour le temps des vacances – une enfant, son enfant.

Alors que je n'osais plus évoquer le moindre de ces souvenirs devant ma mère, de peur de la perdre à nouveau, elle s'est mise à me raconter elle-même des histoires d'enfance, ce soir-là. Elle m'a longuement parlé de ses mésaventures avec son amie Salima, des mariages désastreux de ses sœurs, des réussites fulgurantes de ses frères. Sans que je lui demande rien, elle a ensuite dérivé vers des récits de guerre, de survie, de fuite. La chronologie, cette fois comme les autres, n'était pas très claire, elle ne l'est jamais lorsqu'elle traverse oralement les souvenirs épars de cette période qu'elle aurait certainement préféré oublier. Pour autant, j'ai eu accès cette nuit-là à des fragments inconnus, jusqu'à ce qu'elle me fasse le récit d'une grande histoire d'amour.

Une fois couchée, j'ai repensé aux bribes entendues, aux tirades évasives, et je me suis dit que ces parcours de vie, chaotiques et chamboulés, étaient infiniment trop romanesques pour tomber dans les oubliettes d'une grande Histoire qu'ils pourraient utilement éclairer. J'ai songé aussi que ce n'était que rendre justice à mes parents que de relater les trajectoires ahurissantes les ayant conduits d'une ferme reculée à l'érection d'énormes empires économiques pour certains, à la poursuite d'une vie de misère pour d'autres.

C'est pour garder une trace de ces aventures entrecroisées et conditionnées par le destin du monde que j'ai décidé de condenser tous les épisodes dont j'avais connaissance dans les pages qui précèdent. Lorsque la matière m'a manqué, je me suis laissé guider par l'imagination.

Notes

1. Les fermes de Chabaa, situées dans le Golan, sont annexées par Israël en 1967 suite à la guerre des Six Jours.

2. Organisation de libération de la Palestine.

3. Attentats-suicides du 23 octobre 1983 frappant les contingents américain et français et faisant 305 morts. Les faits sont attribués à l'Organisation du Jihad islamique, un groupe armé chiite affilié au Hezbollah.

4. Soleimane Frangieh, président de la République libanaise de 1970 à 1976, connu pour ses liens étroits avec la Syrie.

5. Mouvement fondé par Moussa Sader pour permettre aux Chiites d'obtenir davantage de droits civiques et une meilleure situation économique.

6. Parti politique chrétien nationaliste fondé par Pierre Gemayel dans les années 1930.

7. Mouvement d'unification islamiste d'obédience révolutionnaire fondé en 1982.

8. Commémoration du massacre de Hussein lors de la bataille de Karbala en 680.

9. Construite par les Français durant la période mandataire, la prison s'est transformée, dans les années 1980, en centre de détention et de torture tenu par l'Armée du Liban-Sud et Israël.

10. Né en 1927 dans une famille maronite, Antoine Lahad devient chef de l'Armée du Liban Sud à partir de 1984, suite à la mort de Saad Haddad.

11. Le château de la Mer de Saïda était appelé Sagette par les Croisés ; il se trouve juste à côté du restaurant Amir.

12. En réaction au massacre de Karantina perpétré en 1976 par les Kataëb en banlieue de Beyrouth contre des réfugiés palestiniens, les milices palestino-progressistes ont assassiné de 150 à 580 habitants chrétiens de Damour.

13. Le massacre de Tel al-Zaatar a été commis par des milices chrétiennes contre des réfugiés palestiniens et a fait plus de 2000 morts.

14. Pâtisserie habituellement servie pour le petit déjeuner à base de kadaif, de fromage et de pistache.

15. Sorte de barbe à papa contenant un cœur à la pistache.

16. Dans les cultures arabes, le père est souvent désigné par le prénom de son fils aîné précédé de « Abou » qui signifie « père de ».

17. Graines torréfiées que l'on déguste en apéritif.

18. Plat d'Égypte et du Levant à base de pain frais grillé et de pois chiches.

19. De 1985 à 1987, la milice Amal s'est employée, avec le soutien de la Syrie, à éradiquer l'Organisation de libération de la Palestine au Liban. Cette dernière était présente dans les camps de réfugiés. Les bombardements et les sièges pratiqués ont fait plusieurs milliers de victimes libanaises et palestiniennes notamment à Sabra, Chatila et Burj al-Barajneh.

20. Sabra, Chatila et Burj al-Barajneh : quartiers pauvres situés en périphérie de Beyrouth habités par des Libanais défavorisés et des réfugiés palestiniens.

21. Milice du Mouvement des déshérités.

22. Équivalent d'un maire.

23. Parti socialiste progressiste laïc fondé par le chef druze Kamal Joumblatt en 1949. Lorsqu'il meurt assassiné en 1977, son fils Walid prend sa suite.

24. Milice fondée en 1976, alliée à l'armée israélienne dans le sud du pays.

25. Poème de Khalil Gibran adapté en chanson par Fairouz, le titre signifie « Donne-moi la flûte et chante ».

26. Parti social nationaliste syrien favorable à la création d'une Grande Syrie.

27. Verset 3 de la sourate « Les femmes » : « Il est permis d'épouser deux, trois ou quatre, parmi les femmes qui vous plaisent, mais, si vous craignez de n'être pas justes avec celles-ci, alors une seule, ou des esclaves que vous possédez. Cela, afin de ne pas faire d'injustice (ou afin de ne pas aggraver votre charge de famille). »

28. Journaliste et historien franco-libanais, Samir Kassir s'oppose à l'hégémonie syrienne sur le Liban. Il meurt dans un attentat en 2005.

29. Résolution adoptée par l'ONU après la guerre des Six Jours, dont relève le litige des fermes de Chebaa, et en vertu de laquelle la communauté internationale demande le retrait d'Israël des territoires nouvellement conquis.

30. Gare routière de Saïda.

31. La guerre Iran-Irak a opposé les deux pays de 1980 à 1988 suite à une multiplicité de conflits liés à des questions de frontières et à l'avènement de la révolution islamique iranienne qui a opposé le pouvoir chiite de Téhéran au régime sunnite de Saddam Hussein.

32. Georges Ibrahim Abdallah est un militant communiste libanais considéré comme le chef de la Fraction

armée révolutionnaire libanaise (FARL) en France et condamné en 1986 à la prison à perpétuité.

33. Le Front populaire de libération de la Palestine est une organisation marxiste-léniniste palestinienne qui se caractérise par son antisionisme et son nationalisme palestinien.

34. Tenue traditionnelle d'intérieur.

35. Officier SS ayant fui en Amérique du Sud après la Seconde Guerre mondiale. Il est finalement extradé de Bolivie et condamné, en France, à la prison à perpétuité en 1987.

36. La loi Aicardi est un texte adopté en 1987 modifiant des procédures fiscales et douanières.

37. Le Maroc, l'Algérie et l'Arabie saoudite, avec le soutien des États-Unis, ont opéré une médiation destinée à mettre fin à la guerre civile libanaise qui dure depuis 1975 en proposant un cessez-le-feu et une réconciliation nationale. Le traité interlibanais est signé le 22 octobre 1989.

38. Idéologie irrédentiste promue par l'homme politique Antoun Saadé et visant à regrouper au sein d'une même entité la Syrie actuelle, le Liban, la Jordanie, la Palestine et certains territoires turcs.

39. Tambourin utilisé dans la musique arabe.

REMERCIEMENTS

C'est ma mère que je tiens avant tout à remercier. En me transmettant sa culture, sa langue et son histoire, elle a donné sa substance à ce texte. Surtout, elle n'a eu de cesse de m'interroger sur son état d'avancement et de m'encourager à aller au bout de mon projet en acceptant de ne pas en lire une ligne avant sa publication. Plus largement, cet ouvrage n'aurait jamais vu le jour sans la bienveillance et le soutien de mes familles française et libanaise, en particulier d'Alexandre et de Valentine qui ont fait preuve d'un véritable esprit critique et de beaucoup de pertinence lorsque je leur ai demandé leur avis.

Merci aussi à mes amis Delphine, Hélène, Cécile, Félix, Jad et Jean-Marc ainsi que Claire, ma marraine, pour leurs encouragements, leurs suggestions, leurs relectures et leur enthousiasme.

Je remercie tout particulièrement Victor, qui a su m'arrêter lorsque je faisais fausse route et m'inviter à réfléchir au sens et à la portée de ce roman en lequel il croit depuis que je lui en ai parlé pour la toute première fois, il y a quatre ans.

Merci, enfin, à Audrey, mon éditrice, qui a bien voulu me donner ma chance alors que je faisais par hasard sa connaissance dans un TGV Nancy-Paris et aux équipes aux bons soins desquelles elle a confié mon manuscrit, Zoé, Martin et Vincent.

UNE PRÉCIEUSE RÉFLEXION SUR L'IDENTITÉ, INDIVIDUELLE ET COLLECTIVE

LES IDENTITÉS MEURTRIÈRES

AMIN MAALOUF

N° 15005

Que signifie le besoin d'appartenance collective, qu'elle soit culturelle, religieuse ou nationale ? Pourquoi ce désir, en soi légitime, conduit-il si souvent à la peur de l'autre et à sa négation ? Né au confluent de plusieurs traditions, le romancier du Rocher de Tanios *(prix Goncourt 1993) puise dans son expérience personnelle, aussi bien que dans l'histoire, l'actualité ou la philosophie, pour interroger cette notion cruciale d'identité et nous invite à un humanisme ouvert qui refuse à la fois l'uniformisation planétaire et le repli sur la « tribu ».*

ENTRE L'ALLEMAGNE ET LE LIBAN, UN JEUNE HOMME EN QUÊTE DE SES ORIGINES

TANT QU'IL Y AURA DES CÈDRES

PIERRE JARAWAN

N° 36044

Après avoir fui le Liban, les parents de Samir se réfugient en Allemagne où ils fondent un foyer soudé autour de la personnalité solaire de Brahim, le père. Des années plus tard, ce dernier disparaît sans explications, pulvérisant leur bonheur. Samir a huit ans et cet abandon ouvre un gouffre qu'il ne parvient plus à refermer. Pour sortir de l'impasse, il n'a d'autre choix que de se lancer sur la piste du fantôme et se rend à Beyrouth, berceau des contes de son enfance, afin d'y dénicher les indices disséminés à l'ombre des cèdres. Voyage initiatique palpitant, Tant qu'il y aura des cèdres *révèle la beauté d'un pays qu'aucune cicatrice ne peut altérer. À travers cette quête éperdue de vérité se dessine le portrait d'une famille d'exilés déchirée entre secret et remords, fête et nostalgie.*

PAPIER À BASE DE
FIBRES CERTIFIÉES

Le Livre de Poche s'engage pour
l'environnement en réduisant
l'empreinte carbone de ses livres.
Celle de cet exemplaire est de :
700 g éq. CO_2
Rendez-vous sur
www.livredepoche-durable.fr

Composition réalisée par PCA

Achevé d'imprimer en août 2021 en Epagne par
RODESA
Dépôt légal 1re publication : août 2021
LIBRAIRIE GÉNÉRALE FRANÇAISE
21, rue du Montparnasse – 75298 Paris Cedex 06

89/7310/8